一念之间

非鱼 著

河南文艺出版社
·郑州·

图书在版编目（CIP）数据

一念之间/非鱼著. —郑州：河南文艺出版社，2020.8（2022.5重印）

（文鼎中原）

ISBN 978-7-5559-1030-5

Ⅰ.①一⋯　Ⅱ.①非⋯　Ⅲ.①小小说–小说集–中国–当代　Ⅳ.①I247.82

中国版本图书馆 CIP 数据核字（2020）第 115099 号

出版发行	河南文艺出版社
本社地址	郑州市郑东新区祥盛街 27 号 C 座 5 楼
邮政编码	450018
承印单位	河南龙华印务有限公司
经销单位	新华书店
纸张规格	890 毫米×1240 毫米　1/32
印　张	11.125
字　数	220 000
版　次	2020 年 8 月第 1 版
印　次	2022 年 5 月第 2 次印刷
定　价	50.00 元

编委会

目　录

桐花开

大清早，太阳刚刚升起，薄雾还没有完全散去，麦秸垛上有潮润的水汽，草尖上挂着细碎的露珠。偶尔能听见一声绵长的牛叫，或者几声清脆的画眉叫，间或有风箱发出慵懒的"咚——啪——"声。

刚刚经历过忙碌的秋收秋种，整个村庄沉浸在一种带着凉意的闲适和静默中。打破这种宁静的是武他娘。

有人刚端上酸滚水，有人已经吃完上了崖头，蹲在碌碡上吸烟。武他娘呼扇着袄襟从后沟一路出来，站到场院边那块小高地上，手掌在屁股上一拍，骂人的话张嘴就来。

"哪个绝户的你出来，看我不撕烂你一家的嘴，打断你家老母猪的腿。"

听了这句，就知道武他娘咒骂的对象并不确定。这样，各家各户的男人女人都放了心，揣着一种轻松愉快的心情，喝完碗里的酸滚水，刷了锅，洗了碗，用洗锅水拌了猪食喂完猪，再给鸡扔一把玉米粒，悠然地走上崖头，找一个合适的位置，或站或蹲或坐。勤快的女人手里还拿着鞋底，耳朵不闲，手也不闲，看热闹。

武他娘刚嫁到观头村的时候，还叫桐花，扎着两根瓷实的大辫子，腰肢细软，圆盘大脸，像刚出锅的白蒸馍一样暄腾，谁见了都说是村里的"人样子"。

武他爹叫胜。胜长得膀大腰圆，从崖头上经过，咚咚咚，脚是一下一下砸在地面上，在窑里都听得真真的。胜有一把子力气，干活也不惜力，小日子就过得油和面般滋腻。

武刚满三岁那年，他妹妹酸枣还在桐花的肚子里，胜去县里修水库，在山洼撒尿的时候，一块碗大的石头掉落下来，正好砸在他头上，他连喊都没来得及喊一声，就悄没声地走了。

胜走了以后，桐花挺着大肚子去找村里，找公社，找县里，想给胜讨个说法。找来找去，说法没找来，酸枣降生了。等把酸枣养到三四岁，公社和县里领导又换了，关于胜的问题更成了陈年往事，没人管了。

桐花慢慢变成了村里人嘴里的"武他娘"，不再是那个雪白暄腾的"人样子"，像一颗被忘在枝头的红枣，一天天失了水分，瘦巴巴黄蜡蜡的。样子变了，脾气性格也变了。以前的桐花性缓，一说一笑，现在的武他娘寡情刻薄，什么都计较，一点亏不吃。小孩子们一起玩，武和酸枣被别人碰一下，磕了摔了，她拉着孩子站人家崖头上骂半天；为一根柴火棒，她能把西窑的弟媳妇吵得哭回娘家。刚开始，村里人念起一个寡妇家拉扯两个孩子不容易，都让着她，年龄大的婶子们还劝一劝。后来，她越来越嚣张，鸡毛蒜皮的事都要骂东骂西，花样不断翻新，也越来越难听。村里人就由了她，当眉户戏看了。

武他娘已经坐到了地上，伸长了腿，连咒骂带吟唱，从胜的死说起，说到都欺负他们孤儿寡母；说到有人黑心烂肝，摘了她崖头上菜地的秋黄瓜；说到有人把猪放出来，拱了她的番瓜秧。

"欠吃的，吃了我的黄瓜，一家烂心烂肝烂肠子……别让我打听出来是谁，打听出来我挖烂你的脸，撕烂你的嘴。"

半晌过去了，看热闹的人来来去去。纳鞋底的媳妇绳子用完了，回家取了绳子又来了，有小孩子拱在娘怀里有一搭没一搭地嘬着奶。

这时，铁匠来了。

铁匠刚从山上搬下来不久。媳妇害病死了，一个人领个六七岁的小丫头，在后沟找了一眼窑住下，靠打铁锹饭铲子啥的过活。

铁匠和胜长得像，都是大个儿紫红脸，都不爱说话，一身力气。

小丫头听见吆喝，要看热闹。铁匠不知就里，领着孩子来到场院，离老远就听见武他娘在骂人，忙拉了小丫头要回。小丫头看见人多，死活不走，还不停往人堆里挤。铁匠跟着小丫头，一下就挤到了武他娘跟前。

武他娘正唾沫星子乱飞，一眼看见铁匠，愣了一下。真像胜啊！她心里一哆嗦，嘴里也降了声调。

　　铁匠看她一眼，出于对这个村里人的礼貌，笑了一下。武他娘心里又哆嗦了一下。胜也是这样憨乎乎地咧开嘴，笑一下，很短，像笑错了似的，匆匆忙忙地收回去。

　　酸枣在拽她袄袖："娘，我饿。"

　　武他娘看一眼铁匠，站起来拍拍屁股上的土，眼一红，拉了酸枣："回！"

　　回到家，她无心给武和酸枣做饭，脑子里全是胜。她趴在炕上哇哇大哭，哭着骂着胜。她不知道怎么把日子过成了这样，怎么就成了全村人的笑话。

　　村里人同时看见铁匠和武他娘，似乎才想起来铁匠是没了媳妇，武他娘没了男人。

　　没过几天，媒婆五姑先去了铁匠家，后来又去了武家，三两趟跑下来，就成了。

　　据五姑说，铁匠就说了一句："没人依靠的女人才自己强出头。"

　　武他娘也说了一句："胜不在，我把人过成鬼了。"

　　两家并成了一家，三个孩子在院子里玩得高兴，铁匠看着坐在炕边的武他娘，问："往后，我叫你啥？"

　　武他娘心里软成了一摊泥，脸上淌着两行泪："桐花。"

（原载《百花园》2018 年第 8 期）

岛拉和米法

岛拉和米法是一把剪刀的两片。

不，她们不是年轻漂亮的小姑娘，更不是争夺一个男人的情敌。相反，她们的年龄加起来超过一百一十岁了。这样就好理解了，她们是两个退休的中年妇女，或者说，广场舞大妈。

岛拉原本在老年大学画画，跟着姜教授画竹子。勉强能在一丛竹子旁边画一只大公鸡的时候，米法说："姜教授动机不纯，别跟他学了。"岛拉问米法："从哪儿看出来的?"米法说："我都打听过了，他老婆去年走了。"岛拉奇怪："这有什么，班里的同学一半都是单的。"可米法说不一样，愣是把岛拉拽走了，让她去跳广场舞。

米法带着岛拉来到小广场，大功率音箱把岛拉震得心动过速。她喊米法，说太吵了。米法压根听不见，她穿着紧身 T 恤和短裙，小腿紧绷，腰肢舒展，站在队伍的最前面，像姜教授说的"骄傲的公鸡"。岛拉站在队伍的最后面，手忙脚乱，比画得很难看。

两个小时太难熬了，岛拉的耳朵一直咕咚咕咚地响。米法跳完，却依然笑意盈盈，保持着挺拔的姿势。岛拉明白了，米法这是故意的。第二天，米法再叫，她死活不去了，又继续去画她的竹子和大公鸡。

两个人的明争暗斗不是一天两天，是三十年。从毕业分配到一个单位开始，自己不比，别人比啊，提起一个，总要捎带另一个。哎呀，岛拉的对象在机关上班，米法老公好像是教师，岛拉胜。米法提拔成副科长了，岛拉哭着去找主任，凭什么啊？主任也觉得好像是对不住岛拉。于是，半年后，岛拉也提了副科长。在单位，两个人工资待遇一样，在家里，两个人同样生了女儿。相同点又让她们保持着特殊情感，米法的老公蒸了包子，一定要给岛拉带几个，岛拉老家捎来了红薯，也要有米法一份。就这样，过了三十年，一直到同一年退休。

退休以后，两个人结伴买菜，一起吃个小火锅，喝个茶，短途旅行，你好我好，但暗流依旧汹涌。岛拉在朋友圈发一张新画的竹子，米法必然发一段跳舞的视频；岛拉发一张老公炒的菜，米法发一张老公做的蒸饺。两个男人不胜其烦，你们何必呢？

其乐无穷。岛拉和米法认为，这样才有意思嘛。

当岛拉已经可以在竹子旁边画鹰的时候，她第一时间发了朋友圈。很奇怪，米法毫无动静。她又发了一张山水，米法还是保持沉默。

一念之间

不对，有问题。岛拉直接去敲米法的门，没人；打电话，不接；打她老公电话，通了。米法老公说，在医院，等结果。

岛拉是一路跑到医院的，从门诊部追到住院部，在二十一楼找到了刚办好手续的米法。一见岛拉，米法骤然变色，冲她老公喊："谁让你告诉她的，让她出去。"

岛拉忙退出去，站在走廊上等米法的老公安顿好出来。"怎么回事？才几天不见，她怎么瘦了那么多？"

男人垂头掉泪："怀疑是肺癌。"

岛拉靠墙站稳："怀疑嘛，还不一定不是？"男人说："希望不是。"

回到家，岛拉关上门，哇哇哇地哭。老公喊她吃饭，她不开门，也不吃饭，就是一直哭，好像得病的是她。

几天后，结果出来了。米法确诊为肺癌，中晚期。她第一个想到的是岛拉："不能告诉她。"男人说："行，不告诉她。"男人偷偷给岛拉打电话，年近花甲的男人，像个无助的孩子，哽哽咽咽，语无伦次。"米法不让告诉你，你就当是肺炎。"

岛拉拎着一罐小米粥和两个小菜去看米法，一进门就喊："妈呀，你可吓死我了，还好是肺炎。"

米法笑起来："我也吓得不轻，以为自己活不成了。"

"呸呸呸！赶紧好了跟我学画竹子去，别蹦跶了。"

"还画呢？姜老头没对你怎么样吧？我好了得赶紧排练，我们团 6 月份省里有比赛，我是领舞。"

其实，从医院回去那天开始，岛拉已经不再画画了，她不想让米法不高兴，尽管米法不知道。她在网上找肺癌病人的食谱，然后，一样一样给米法做。

米法还是嫌弃岛拉。说她脚笨手也笨，切的菜像檩条，煲的汤舍不得文火慢炖，自己好得慢，全怪她送来的饭不好。岛拉说："米法啊，有的吃就不错了，装病号才有这待遇，再不赶紧好，明天我不来了。"

岛拉的饭依然按时按点送来，米法的男人完全乱了方寸，天天就守在病床边，拉着她的手，一言不发。岛拉一来就撵他出去，老夫老妻了还秀恩爱，受不了。她想让他透口气。

米法没有一天天好起来，情况越来越糟，瘦得走了形，说话也几乎没力气了。

米法说："给我……找一套最漂亮的衣服……高跟鞋……"

岛拉说："好。"

米法说："我姑娘……"

岛拉打断她："什么你姑娘，那是我姑娘。"

（原载《微型小说选刊》2017 年第 17 期）

姑娘，你是不是失恋了

那时候，我和她刚大吵一架。她把门摔得咣当响，丢给我俩字：混蛋。

然后，我去吃牛肉面。牛肉面拉得太粗，这我能忍；我说了微辣，依然放那么多辣椒，我也能忍；为我端饭的姑娘那么丑，我还能忍——不能忍的是，那个塌鼻梁大圆脸的姑娘脾气还不好，她居然把我的一碗那么粗糙的牛肉面朝我面前一蹾，汤洒出来，哩哩啦啦从桌子上往下流，我眼看着她的大拇指从碗里出来的时候沾满了油汪汪的辣椒，她还甩了甩。

如果她的容貌或者脾气占了一样，我也不至于动怒，但哪头都不占就有点儿不讲理了。

姑娘，你失恋了？

姑娘立马警觉起来，瞪了我一眼。她的眼睛还不算难看。

我问你话呢，是不是失恋了？

她又瞪我一眼。吃你的饭，操闲心。一口陕西普通话。

我绝对不是操闲心，失恋了要哭出来，要不会憋出病的。

你才有病。

你这是啥态度？我好心好意问你，你咋骂人呢？

塌鼻子大圆脸的姑娘把大拇指在墙上挂着的一块来历不明的布上抹抹，给了我一个深深的白眼，坐一边玩手机去了。

也许是听到了我们的对话，也许是没有人吃饭，闲了，厨师出来了，手里拎着一根棍，不像是擀面杖。

浑身上下油渍麻花的厨师把棍在一张桌子上敲了敲，不多的几个食客都抬头望着他，他在每个人脸上狠狠地扫一遍，接着敲他的棍子，只不过有了节奏，四三拍的。

姑娘冲我撇撇嘴，有点儿挑衅的意思。

唉，这就怨不得我了。

我抄起那碗面，手一扬，碗飞出去了，面条与汤分离，各自沿着各自的轨迹在空中划过，落在过道与桌子上，一部分汤落到了姑娘的裤腿上。

厨师停止了敲击，姑娘大张着嘴，其他食客选择夺门而逃。我其实也不知道接下来要干吗，想扔就扔啦。

姑娘最先反应过来，立马站起来，一张圆脸上两片嘴唇翻飞，我的耳朵里哇啦哇啦乱成一团。厨师就淡定多了，他只是停止了他的四三拍，在我肩上敲了一个休止符。

醒来的时候，我的身上依然能闻到牛肉面腥辣的味道，脸上似乎有血，胃里空荡荡的。

还能怎么样？我在寂静的街道上，像一个醉鬼一样摇晃。再晃一会儿吧，明天，就要和五道口说再见了。她？不行，想起来胃就疼。三年了，二锅头，茄子面，炭烧咖啡，帆布包，小酒窝，都长在肉里了，撕都撕不开。树叶乱飞，灯光迷离，难熬的夜啊。

巷口奶茶店的门还开着，贵州姑娘小美在。哥，回来这么晚，给你冲杯奶茶暖暖。

我靠在灯箱上，费劲地嚼着那些黑色的合成珍珠，对小美说，明天我就回去了。

小美说，我也想回。可回去了又想来。

他妈的北京。

就是。

她果然没回来，这是预料之中的。如果她回来了，我真不知道该说什么。她的小兔子牙刷还在，小熊头的毛巾也在，粉色的拖鞋也在，揉成一团的睡衣也在，那只小格子发卡不在。

我把她的东西一一放整齐，又把我的归置到一起。

她居然把我的画全卷好了，还裹了厚厚一层报纸。也许就像父亲说的，我真不是那块料，还不如回家办培训班。我已经靠模仿过了半年了，画廊老板说，炉火纯青，销路好得很，他可以再给我接活。

我去过他的画廊后院，那间小屋子里窝了五六个人，什么样的画都画，哪个年代的都有。我进去，几个人看着我，一脸冷漠，他们很可能和我一样，都曾是美院的高才生。老板告诉我，你来，一个月少说也有两三万。

她不让我去。说她不喝炭烧，不吃松饼了。

我跟她商量。要不，跟我回去算了。

不行啊，太远了。她噘着嘴，腮边那颗小酒窝不见了。

东南西北，朝哪儿走都不对。我开始怀疑我的画笔出了问题，它们不听使唤，那些颜料也出了问题，怎么调都不对。

汪峰很费力地反复唱那一句，反正像我们这样的人——生来彷徨。我经常替他担心，那个调提不上来，最后一句飘了飞了。现在，是我飘了，飞了。

我把那些颜料倒进了马桶，画笔用一把火烧了。她抱着我哭，然后捶我，骂我，我让她滚。

北京西站真冷啊，人也真多，有来的，有走的，就是不知道有没有和我一样狼狈的。

车开了。枕着她帮我卷起来的画卷，我开始想她，想北京，想贵州姑娘小美，想那个塌鼻子大圆脸的陕西姑娘。对不住了，该哭的人不是你，是我。

（原载《芒种》2017 年 12 月上半月刊）

扶自行车的人

对，我就是那个扶自行车的人。当然，我也可以不是。

非鱼说我是，那我就是吧。

我是她创造出来的一个小说中的人物，她很随意地叫我木头，对此，我一直觉得委屈。她取过那么多好听的名字，唐度、王小倩、祝红梅、田小……为什么轮到我就是木头？即便是她常用的李胜利，也比我的名字好听得多。

算了，这事由不得我，我就是木头。

非鱼告诉我，我所在的这座城市要刮一个月的风。我冷笑一声："刮一个月？你怎么不让我住在鼓风机里，那样我就能上天了。"

问题的重点不在这儿。刮风这种事，谁也说不准，甚至下雨、冰雹，自然界也有神经质的时候。

问题的重点是扶自行车。

在她的创作中，我应该是二十出头，在一家烧鸡店打工，浑身上下沾满了鸡屎味儿，天天一副睡不醒的样子，我喜欢店里那个叫乌云的前台姑娘。我告诉非鱼，人家不叫乌云，叫吴云。非鱼对此也是一副无所谓的样子，依然固执地用键盘敲出"乌云"俩字。你瞧，她对我就是这样随意，对我喜欢的女孩儿也没有一点儿耐心。

非鱼说："木头，我们谈谈。"

谈呗。我朝门口的一只塑料袋踢了一脚，谁知塑料袋没扎紧，鸡毛乱飞。我看了非鱼一眼，她并没有不高兴。我说过，非鱼要让这座城市刮一个月的风，现在已经开始了，有几根鸡毛从烧鸡店的后门飘出去，开始在空中飞舞。

非鱼说："木头，你看见店门口那一溜儿自行车了吗？"

我点点头。

"刮风的时候自行车总被刮倒，一倒一片，影响行人和骑电动车的人。"

我又点点头。

"你要做的就是把它们扶起来。"

这很简单啊。我跳起来，从店里穿过去，把几辆倒在地上的自行车扶起来，支好，有一辆车车把有点儿歪，我还顺带扭正了。

非鱼对我不问缘由就去干这种事很满意，她还怕我不同意。干吗不同意？多大个事儿，反正不拽鸡毛、不杀鸡的时候，我闲着也是闲着，乌云对我也是不热不冷，我只能抱着我的破手机上网。

风，持续地刮着。这座城市的天空弥漫着土腥味儿，到处都是垃圾和树叶，来往行人都戴着口罩，匆匆忙忙。

　　　　　　　　　　　　　　　　　　　　　　一念之间

按照非鱼的要求，我要每天把那些倒在地上的自行车扶起来，摆放整齐。于是，那一片的自行车总是乖乖地站着，就好像大风从不曾招惹过它们。

扶到第二十天的时候，非鱼告诉我，如果不想扶就算了，天天这样做，怪辛苦怪无聊的。我说："不是说好一个月吗？还不到期。"

非鱼说："好吧，你乐意扶就扶呗，想停下来，随时可以停止。"

我没有告诉非鱼，干吗要停止？我已经从这件事里找到了乐趣。我看见有一个姑娘每次来骑车的时候，都冲我笑呢。乌云说我是自作多情，我不管。那几个穿校服的学生冲我竖大拇指总是真的，她说没看见。哼，她这人总是这样。

第二十八天来临时，非鱼告诉我："木头，可以停止了，你不用再扶了。"

我第一次没有听从她的安排，我说："不，这是我的事，跟你没关系。"

非鱼有点儿生气："怎么没关系？你是我创造出来的人物，我不过是拿你来做个测试，看一个人做一件对自己毫无意义的事，能坚持多久。"

"那你就继续测啊。"我扔了手里的抹布，冲非鱼喊。

我俩不欢而散，谁也不理谁。

刮了一个月的风，并没有完全停下来，只是变得小了，柔和了。倒在地上的自行车没有以前多了，偶尔有一辆两辆，乌云发现了，也会提醒我，或者我在忙的时候，她就去扶起来。

这时，有人送来一张大红纸写的表扬信。说是附近居民发现我一直在扶自行车，联合起来表扬我。

乌云激动得两颊通红，她一把把我拉到大红的表扬信前，说"就是他，就是他"。我接完表扬信才发现，乌云居然一直挽着我的胳膊。

过了几天，网上突然出现了好多和我有关的帖子，说我是"最美烧鸡哥"。我开心得不得了，和乌云一条一条翻看着，她咧着嘴一直笑。

非鱼来了，她说："木头，我得提醒你，这些已经偏离了我的初衷，我并不想让虚无的东西影响你的生活。你懂吗？"

我说："怎么是虚无的？表扬信是真的吧，网上那些照片也是真的。"乌云插嘴："木头成名人了。"

"可有什么用？你就是个烧鸡店的小伙计，这些既不能改变你的生活，也不能改变你打工仔的身份，不是虚无的是什么？"

"我知道我的身份，不用你告诉我，我乐意，行了吧。"

非鱼还试图说服我："木头，我不想让你变成另一个人。"

我一根一根拽着鸡毛，头也不抬。我很憋屈，非鱼还是个作家，怎么和她就说不清呢？乌云劝我："好好跟非鱼说，她也是为你好。"

我知道非鱼是为我好，但她这样做，让我很难过。

现在，我和乌云正式在谈恋爱，她已经告诉家里人了。我以为非鱼会为我高兴，谁知道她提都没提。唯一祝福我们的，是烧鸡店的老板，他给我俩发了个大红包，说有了我，店里的生意比以前好多了。

非鱼的小说写完了，我们得分别了。她说："祝我的木头和吴云永远幸福。"

我竟然有点舍不得。我问她："我们还能再见吗？"

她说："能！我想你的时候，就叫你来我的作品里，你还叫木头。"

我挠挠头说："好吧，只要不嫌我浑身鸡屎味儿就行。"

（原载《百花园》2017 年第 10 期）

论王石头的重要性和非重要性

坐在我面前的是王石头。

"不死了？"

"没法死。"

我并不知道她到底叫什么，她没有说，我也没有问。王石头这个名字，是我在心里给她取的。原因很简单，她坐下来的时候，土灰色的羽绒服随着身体的松懈在沙发上瘫软成一堆，就像一疙瘩圆滚滚的石头。

被我叫作王石头的女人，用力擤了一把鼻涕，另一只手去兜里掏纸，没有。我赶紧递过去一张，她擦了擦手，又狠狠地揉了揉鼻子，把肉乎乎的鼻头揉得通红。

"死都没法死，我憋屈。"

我在一家自媒体公司工作，说起来是记者，其实就是接听电话，解答投诉，找点小道消息，甚至遇到像王石头这样的，还要做一个蹩脚的心灵按摩师。

谁的头顶都是一会儿蓝天一会儿乌云的，我还一肚子憋屈呢。之前王石头不停地给我打电话，说活不成了，要跳楼，要上吊，要吃老鼠药。每次，我都苦口婆心地劝她，给她找出一万种活下去的理由，说得脑袋缺氧。但过一段时间，她又会打来电话，我一接，她就不由分说地哭起来："这回我是真真活不成了，你别劝我，我现在就吃安眠药。"

最后一次打来电话时，我刚被头儿训过。原因是我提出要调部门，我受够了每天的鸡毛蒜皮，我不是在媒体上班，更像一个居委会大妈。头儿说我一屋不扫何以扫天下，小事做不好，到哪儿都是一堆废材，说得我满腔怒火，又无处发泄。正好，王石头打来电话，说她不得不死。

"要死就赶紧。跳楼，上吊，卧轨，吃老鼠药，吃安眠药，点煤气，抹脖子，哪种方法都行。"我恶狠狠地说。

王石头大概没想到我会这么回答，她愣了一下，喉咙里发出叹气的声音。"报警找110，死不了伤了找120。"我不由分说挂了电话。

过了几天，头儿说有人找我。

在会客室，我见到了王石头。

她一开口说话，我就知道是她，一个多少次要死而没死的女人。

我说："要死肯定有死的理由，为啥?"

王石头说："日子过不下去了，哪条路都堵死了。"

所有的路都是由一条路引出来的。起头是她得了乳腺癌，还好发现得早，没有扩散，切了一个乳房就完了，连化疗都不用。可她所在的单位找了个借口，把她开除了。丢了工作，她天天在家穿着睡衣，脸也不洗，愁眉苦脸，老公看了心烦，回家就发脾气。闺女让她检查作业，她心不在焉，总是弄错，闺女也嫌弃她。到后来，屋子也不收拾，饭也做得七生八熟，老公开始跟她吵，摔东西，甚至动手打她。于是，她开始一次次地想一死了之，最后却变成了以死相逼，把老公逼到别人床上去了。

最后一次给我打电话的时候，是老公在外面几天不回家，一回来又打了她。她真想死的，割腕，就死在家里，要让家里变成一片血海，让老公一进门就害怕。念着我以前对她的好，一个素不相识的人对她不厌其烦地安慰，她想对我说一声谢谢。谁知我劈头盖脸一顿吼，反倒让她不知所措。

我的脸红了一下。"真抱歉，我那天心情不好。"我说。

她说："也就是那天，我愣怔了好半天，这世上竟然没有一个人关心我的死活，我死了又有啥意思？"

"这是你不死的理由？"

"不是。是我闺女的辫子。"

那天上午，她一直坐在屋里想死不死，咋个死法，饭也没做。闺女跟她爸买了凉皮和烧饼，在客厅吃着，说下午要排练节目，老师让统一梳新疆辫子。她老公说不会，闺女饭也不吃了，抽抽搭搭地哭。听见闺女哭，她心烦，冲闺女吆喝："别号了，我给你梳。"

想到马上要死了，也许这是给闺女最后一次梳辫子，她的心还是疼得不行。一根根辫子编得很认真，编到最后泪都滴到闺女头上了，但闺女没发现。

辫子编好了，闺女照照镜子，转了一圈，让满头的小辫子飞起来，开心地说："妈，你手真巧，编得真好看。"说着搂着她脖子，在脸上亲了一口："妈，我以后每天都要编这种辫子。"

呼啦一声，好不容易堆起来的石头块垒全倒了。她叹口气："还真死不成了，死了谁给闺女编辫子？"

"就是，起码你编的辫子好看，你闺女离不了你。"

"可我还是憋屈啊。"

"谁不憋屈？要是憋屈都去死，那世界上的人早都死绝了。"

"唉……也是啊。"

王石头临走的时候从包里掏出一个塑料袋，塞给我，脸憋通红，说："这是我腌的泡菜，你尝尝。"

我接了，她临出门的时候，我问她："还不知道，你叫什么？"

她说："我叫祝红梅。"

我笑着说："嗯，比王石头好听。"

她大瞪着眼："王石头是谁？"

（原载《海燕》2017 年第 5 期）

当我们谈论爱情时

砍瓜切菜，哼哼，说起来容易。

女人的逻辑看似毫无章法，内里却经过了严密的计算，严丝合缝。

比如，严老太，对了，严老太是严晶晶，四个女人，不同的老太，我是郑老太。严老太请我们泡温泉，解除武装，骨头都泡酥的时候，她轻描淡写地说：姐准备结婚了。

三个老太懒洋洋地转过头：滚！你儿子都十四了。

她趴在水池边上，给了我们一个圆润的屁股：我说真的。

有故事。八卦的女人热情四溢，擦干湿漉漉的身体，把严老太围在中间。

严老太端起一杯果汁，慢条斯理地抿一口，放下，调整一下姿势，把身体在躺椅上安放得起起伏伏。然后说：我早离了啊。

四个老太炸了三个。作，作不死你！小安子不要给我们啊，帅得流鼻血。

帅有什么用？

是啊，有什么用？好像也并没有什么用。

严老太是我们四个中那只骄傲的白天鹅。大院里长大的孩子，父母都是海军，那做派，哪儿哪儿都透着一股劲儿，大气，还婉约。当年的小安子，一头扎在她爱的旋涡里，差点憋死。

她总说我们是散兵游勇。四个人来自不同的阶层，凑到一起，实在不易，共同点就一个：中年妇女。说具体点：为了一个吃喝玩乐的目标走到一起的中年妇女，互诉心事，各家的根根梢梢，大都了如指掌。

严老太每次在外，小安子就跟个遥控器一样，要不要接啊，要不要送啊，啥时候回啊，带没带伞啊……周到，絮烦。这样一个又帅又贴心的小安子，严老太居然说不要就不要了。

唉……你啊。这是资源浪费知道不？曾老太痛心疾首。

严老太换了个姿势，妩媚一笑，什么也不说。

我知道严老太有隐疾，但不具体。隐疾在她儿子身上。

小小安明明是她十月怀胎生的，她对他却一点也不上心，充其量就是尽到一个母亲最基本的本分，养大他。说到感情，她似乎对这个孩子压根爱不起来，在她眼里，小小安甚至不如一只猫。

小小安上初中住校，严老太开始在家里养猫。一只，两只，三只，四只……一进家门，猫叫声此起彼伏，来回乱窜。

她怀抱着一只黄的，脚边卧一只黑的，眼里水波荡漾，满满的宠爱。我说她：看小小安你也没用过这样的眼神。

路上遇到一只流浪猫，脏兮兮看不清本来面目，眼角糊满了黑黄色的眼屎。那只猫冲她叫一声，严老太就心软如泥，撇下手里的包，一把抱起那只猫，从快餐店里要来一杯水和纸巾，蹲在路边慢慢给它擦去眼角脏物。对此，我很不耐烦：你这是爱心泛滥。可是，小小安打电话的时候，她又是那样的焦躁：知道了，知道了，这事跟你爸说去。

"这事跟你爸说去"似乎成了严老太的口头禅。见到小安子，我们打趣他：瞧你把老婆惯的，你一个人又当爹又当妈，不委屈啊？小安子一笑：自己的老婆自己的儿，委屈啥？

什么世道！爱情本就是奢侈品，让严老太生生弄成了孤品。现在倒好，孤品也让她给摔了，就此绝世，她又弄一赝品。

我们得见见这赝品。

小酒馆里，三个人对两个。韩老太踢我一脚，偷偷给我发微信：粗糙的赝品都算不上，简直就是次品，残次品。

我也这么认为。更严重的是，严老太介绍说，他们俩是在牌桌上认识的。

那顿饭，除了严老太，我们三个几乎没有吃也没有喝，面对这样一个人，哪有心思吃饭喝酒？

和那个"次品"分开后，四个人来到海边，沿着长长的堤岸，我们一直走，走到一块大礁石上。我发现，严老太的泪已经流到脖子了。

曾老太刚说了一个字：你……立马被她截住：什么也别问。海风吹过来，腥，冷。

我们四个中年妇女，像不经事的少女那样，并排坐着，让风把头发、衣角吹起，把严老太的泪吹起。

要经历多少难以启齿的苦痛，才能攒出这一窝又一窝的眼泪？我扭头看看严老太，她的泪还在飞。

严老太还是和那个"次品"结婚了，我们五个人正经吃了一顿饭，算是婚宴。既然是她选的，就必须祝他们幸福。

此后，我在路上碰见过小安子。他依然帅气，旁边有一个女人，长相和气质都和严老太没法比。

我给严老太汇报，她淡淡地说：我知道，那是他高中同学。她甚至没问那个女人的具体情况。

我试图想象被省略的细节。也许关乎爱情，也许关乎生活，也许关乎谎言。真相，又有谁知道呢？即便是知道了，又要如何呢？

（原载《小说月刊》2018 年第 1 期）

一念之间

二十年前的月亮很亮，和今天晚上一样。

散个步而已，怎么会突然关注起月亮了呢？

灯光下、月光里、树影里，走过一个人，和他太像了。可是，怎么又突然想起他了呢？很多年，他都是不存在的。

人影憧憧，摇摇晃晃，手臂紧贴身体。

他们去看电影，电影名字忘记了，主演也忘记了，只有手心里的汗。他说，跟我回南方老家吧。她摇摇头。他说，要不我跟你走。她又摇摇头。他说，我们都留在这里吧。她没有摇头，也没有说话。他说，我送你回去。她看着又圆又大的月亮，并不想回宿舍。或者还有第四种选择？

第四种选择是别人替他们选的。他去了一所高校教书，她去了另一座城市的高校教书。

他们的名字一同出现在一家核心期刊上，紧挨着，就好像那天晚上在电影院里。那是他们离得最近的一次。她想，打个电话，问候一下，就当是同学，或者朋友。算了吧，这么远，能怎么样呢？

后来，他就再也没有出现过。她时常翻阅各种社科类期刊，都没有看到他的名字。

实际上，在学校当了两年助教，他又去考研、读博，然后出国了。等从国外回来，他成了一位知名学者，研究的领域超出了她的教学范围，她自然看不到他。

对于不在一个轨道或频率的人，挂碍少了，烦恼自然也少了，各自只在各自的红尘里浮沉煎熬。

突然有一天，学校给老师们发票，说是市里邀请一知名学者讲学，专门为学校安排了一场。拿到票，她看见了那个熟悉的名字，恍惚了一下，同名同姓太多了。

讲座开始，他被校领导请上主席台，一眼，她就认出是他。从校领导的介绍里，她对他有了新的了解。博士，海归，知名学者，学科带头人。这些年，他都经历了什么？

整场讲座，她听得一团乱麻，只有手心里的汗。

从掌声里清醒过来，他已经在往后台走了，她盯着那个背影，目送他离开，手臂紧贴身体。

从会场回到办公室，她的脑子又开始乱了。他是知道她在这座城市、这所学校的，那么他有没有一瞬间，会记起她呢？知名学者，不说校领导，市领导也是当座上宾，多少风云世事，一个她，算什么？她自嘲一笑，把他放进回收站，并清空。

他当然没那么健忘，再知名的学者，也有青葱岁月可追忆。讲座的时候，他也曾目光睃巡，试图找出那个摇头不语的姑娘，但并没有发现似曾相识的面孔，这么多年过去了，也许她调走了呢？也许回了老家所在的城市了呢？

直到宴会间隙，他在去洗手间的路上找到了机会，问陪同他的学校工作人员，有没有这么一个女老师，教古代文学。工作人员很年轻，对学校老师的情况不是很了解，知名学者问话，紧张得不行，随口就说，没有。果然，大家都有太多的变化。他微微一笑，她这一页翻过去了。

离开这座城市的时候，他并没有什么牵挂。但几天后，校长突然给他发消息，说工作人员无意间说，他曾问过教古代文学的一个女老师，学校是有这么一个老师的，问需不需要帮他们联系。他用知名学者的态度回答，谢谢，一个多年不见的老同学而已，下次去再联系。

原来，她一直在。那么，听讲座的时候，她是否也在呢？如果在，她应该能够认出他的，她怎么也没有和他联系呢？这些年，她都经历了什么？

一个人放下，一个人放不下，就会有遇到的机会。

学校里骨干教师外出进修，有半天的课，是他来讲。

不同于大讲座，熙熙攘攘的人群，进修的课堂，二三十个人，一进门，他就看到了她。

彼此微微一笑，二十年的时间就过去了。

课间休息，他们站在走廊里，交换电话，添加微信。都挺好的？挺好的。你呢？也挺好的。晚上一起吃个饭吧？好。地址回头发你微信。好。

接下来的课，她听得很认真很专注。他变化真挺大，口若悬河，才思敏捷，完全不是当年那个木讷的他。

两个人吃饭，吃得并不轻松，甚至有点尴尬。基本情况介绍完了，接下来呢？他先打破沉默，这些年，你都经历了什么？

她其实也想问这句，既然他问了，她就得先回答。可是，从何说起？

想了想，她说，千万个日子，千万个一念之间，最终，就是你看到的样子。他点头，可不是。

就像今夜，突然看到月亮，突然想起他，不过也是一念之间。

（原载《微型小说选刊》2019 年第 3 期）

对饮

突然就想起那年冬天的故事。

眼前出现了一幅晶莹剔透的画面。麦草搭的饭棚上，垂下一排长长的冰挂，掰下来一根，锥子一样，在手心里扎一下，凉凉的，痒痒的，咬在嘴里，嘎嘣嘎嘣，还有一股烟熏火燎的麦草味。

大哥就是在这时候被父亲撵回家的。他从院门外跑进来，黑色的棉袄敞开着，露出精瘦凹陷的胸脯，棉裤弄湿了，哩哩啦啦甩着水珠，他跑起来的样子像被敲了腿的狗，两条腿一撇一撇的。我大笑着喊娘：你哩亲狗娃又闯祸了。父亲拎着一根棍子，呼哧呼哧喘着粗气：三天不打，你皮又发痒了不是？

大哥已经撇着腿钻进了他的西屋，并牢牢地堵上了门。父亲把那扇四处走风的破窗敲得咣咣响：有本事你死里面。

娘站在檐下，看到父亲的棍子没打到大哥，她呵呵地笑：又咋了？你们爷儿俩就是反贴的门神。

父亲没打到大哥，一肚子火气冲着娘：惯吧，你就惯吧，早晚把他惯到监狱里去。大冬天跳水库，棉裤湿半截，看不冻死他。

娘一听棉裤湿了，不笑了，立马换了哭腔：老天爷呀，我的亲狗娃啊，棉裤湿了看你光屁股上学，这败家的娃啊。

于是，那天下午，大哥一直躲在西屋一声不吭，父亲在门外怒吼，母亲配合着吟唱。我一直玩着冰挂，弄湿了棉袄袖子和前襟，被母亲捎带着戳了几指头。

——这样的场景，像演电影一样，过几天就要演一次，只不过，大哥幸运的时候并不多。他经常会吃上父亲几拳头，或者挨上几鞭子、几棍子。父亲手边有啥，抄起来就照大哥抡过去。我有时候真怕他把大哥打死了，因为大哥在外面挂了彩，回来还要再受二次伤。父亲每次打他都会凶狠地说：打死你。

娘看着父亲打大哥，她除了流泪，毫无意义地喊着让父亲住手，也无能为力。她说：狗娃是你前世冤家啊，你非要他命，又何必生他。

大哥在父亲的棍棒下，并没有成长为他希望的乖娃，而是长得和他越来越像。从脸上浓密的胡须，到宽厚的手掌，甚至说话的声音。最重要的是，大哥的脾气越来越暴躁，像父亲一样容易发怒，敢跟父亲叫板了。但父亲动手的时候却越来越少，取而代之的是争吵。两个声若洪钟的男人，在屋里对吼起来，其他人就完全被忽视了，整个世界都是他们的。娘的规劝，就像落在他们肩膀上的一只蚊子，手一扬，就被扇飞了。

我的记忆力就是这么好，想起这些故事，总要拿出来讲一讲，让孩子们笑笑。

阳光从落地窗户上照进来，新打扫过的屋子散发着清新的味道。再有一天，就是除夕了。我给父亲送过年要穿的新衣服，大大小小十几口人提前聚在大哥家，有一种喧嚣的幸福。

我问父亲：你怎么从小只打大哥，不打二哥三哥？

父亲背对着阳光，我看不清他确切的表情。他好像没听见我的话，一声不吭。

我想问大哥，他说：好了，爹该洗澡了。

大哥把父亲从沙发上搀起来，我看着两个背影一模一样的男人，慢慢地走向浴室。

这个场景，如同饭棚麦草上一排排的冰挂，在阳光的照射下，光芒四射，让我想哭。从什么时候起，这两个暴躁易怒的父子变得如此沉默寡言，我竟没有发现。也许是从娘去世后，也许是从大哥成家后，也许更早。

我站在浴室门口，看着玻璃花纹上映出的橘黄的灯光，还有蒸腾缭绕的水雾。我特别想知道，六十多岁的大哥给八十三的父亲洗澡，是一种什么样的场景。大哥刚做完心脏手术三个月，父亲也同样在心脏的位置，放置过起搏器。

水声停了。大哥说：搓搓背吧，省得背痒。

父亲没有回答，浴室里安静下来。一会儿，我听见搓澡巾擦过皮肤的声音，很慢，沙沙沙，像叶子落在地上，或者像细小的雨落在脸上。

大哥问：重不重？

父亲说：还行。

浴室里重新安静下来。父亲咳嗽了一声，似乎想说什么，迟疑了一下，又咳嗽了几声。大哥说：是不是太热了，不舒服？

父亲说：你，伤口，还疼不疼？

大哥说：不疼了。

父亲说：有病了，就注意点儿。

听着他们的对话，我眼前出现的却是他们挥舞着手臂，瞪大眼睛，大吼着吵架的情景。

门开了，两个一模一样的男人又搀扶着出来。

父亲的胡子刮得干干净净，脸色红润，他眯着眼睛，说：四妞，今年拿的啥酒？

我说：三十年的西凤。

他说：晚上打开，我和你大哥少喝点。

那个晚上，餐桌上出现了多年前熟悉的一幕。

父亲和大哥，他们几乎不说一句话，两个人默默地倒一点酒，轻轻一碰，玻璃杯发出清脆的声音，然后一饮而尽。我们完全被忽视了，好像整个世界都是他们的。

（原载《小说月刊》2016 年第 2 期）

百花深处

认识她，是在那个拥挤肮脏的小浴池里。

刚搬了家，冬天没有暖气，洗澡只有到那个菜市场里面的小浴池。祝红梅，就在那里，光着身子坐在一张床上，腰里围着一床旧的被子，抽烟。

我喊：搓背。她快速地用嘴把烟头从嘴角移动到嘴唇中央，薄薄的两片嘴唇一鼓，烟头已经被她"噗"的一声送到了墙脚。她掀开被子，一双细瘦的长腿，肌肉松弛，宽大的髋骨上套一件肉色的内裤，整个人从侧面看扁扁的，包括两只松松垮垮的乳房，也是扁扁地贴在胸部。她头发稀少，在脑后绾一个小而乱的髻子，潦草应付。

她套上一双黑色胶鞋，咔嗒咔嗒过来，接过我手里的搓澡巾，套在右手上，先在左手掌里很响地拍两下，然后从我的背上一滚而过。

疼。我大喊。

啊，不好意思，不好意思。她的嗓门很大，亮且婉转，完全不像她的外表那样粗糙。

搓澡的时候，她的话很多，不停地絮絮叨叨，问长问短，包括在哪儿上班、一个月领多少工资她都问，很多事的样子。更多的时候，没人找她搓澡，她会安静地站在洗浴室门口，或者坐在更衣室墙角的床上。

她喜欢隔着浓浓的水雾看一个个年轻的身体，贪婪地看着她们清洗身体的每一个部位。而她老去的身体像隔年的苹果，干瘪，多皱，没有一点水分。

我听到有人喊她"祝红梅"，她很响亮地答应。我想试着喊，但看她总有五十多岁了吧，还是没喊出口。

祝红梅和很多人都是熟人。她们热烈地交谈，声音在水汽里泡过，嗡嗡地响。

很快，我和她也成了熟人。很偶然的一次，在她又问七问八的时候，我礼节性地问她住在哪儿，她说：百花深处。我一愣，百花深处？是啊，我住在百花深处，她们都知道。

单单这四个字，就足以让我对祝红梅产生好奇，也和她成为热烈交谈的熟人。

我问她百花深处是哪儿，我怎么没听说过。她哈哈大笑起来，笑完了，她诡秘地说：不告诉你。

她越这样，我越好奇，我越好奇，她却越不说。

我曾试着问售票的阿姨，她笑着摇摇头：红梅啊，她爱开玩笑。可我觉得她一点也不像开玩笑。

天渐渐热起来，祝红梅闲着的时候也越来越多。她靠着墙，不停地吸烟，话也越来越少，眼睛呆呆地看着高处的一方小窗，或者看某一个年轻的身体不慌不忙地穿衣服。

夏天即将来临的时候，我不再去浴池了，也没有见到祝红梅。

在冬天来临之前，小区的暖气接通了，我为终于不用再去拥挤肮脏的小浴池而长出一口气。

我似乎已经完全忘记了祝红梅，可就在这时，我又见到了她。

一天中午，在一家饺子馆，我见到了正在喝酒吃饺子的祝红梅。穿一条黑色长裙的祝红梅比搓澡的时候漂亮多了，很明显她已经喝多了，两颊通红，眼睛迷离。我喊：祝红梅。她抬头看看我，指指对面的椅子：坐……坐啊。

祝红梅喝的是一种劣质的白酒，度数很高，一瓶已经没剩多少。我劝她少喝点，她说：喝……喝死拉倒。

我眼看着祝红梅喝完了那瓶白酒，盘子里的饺子还有一多半。她摇摇晃晃地站起来要和我再见，看她醉成那样，我觉得应该送她回去。

扶着她，我说她今天很漂亮，她傻呵呵地笑：漂亮？那是——三十多年前了。

她不停地东摇一下西晃一下，走过一条条大街小巷，从一个破旧的院子里穿过去，我看到两间旧的瓦房。祝红梅指指那座孤零零的破房子：那儿，百花深处。

这就是百花深处，她的家？

走近了，我看到房子前一大片蓬勃的太阳花、指甲草、

一念之间

长寿花、蜀葵，还有日落红、旱金莲，杂乱地挤在一起。这就是她的百花深处了，也对啊，谁说这些就不算百花呢。

扶她进了屋，她一头倒在一张窄窄的床上，沉沉地睡去。

我打量着祝红梅小小的家，简单的家具，简单的陈设，但墙上却贴满了各种老画报，还有演出的剧照，生活照片。

仔细辨认，又看画报下面的简介，我看到了无数个祝红梅，柯湘的祝红梅，江姐的祝红梅，杨开慧的祝红梅……天哪，她曾经是一个剧团的当家女一号。那时候，她可真美啊。

很多张照片上，她笑容灿烂地和一个小男孩站在一起，用长长的胳膊搂着他的肩膀。也许是她的儿子。

我隐约看到了一个女人无限风光的过去，一段模糊不清的后来。就好像穿过香气四溢的百花园，突然跌入枯萎衰败的野草丛。其中怎样的伤痕累累，都如烈酒，被她一饮而尽。

祝红梅在床上睡得很香，脸上没有任何表情。

我替她拉上门，穿过她灿烂繁杂的花花草草，悄然离去。

（原载《安徽文学》2009 年第 11 期）

看戏

连枝和她嫂子在她娘过头七的那天下午吵起来了。

孝子们脱了孝衣孝帽，在院里说话等吃饭，女人们一路哭回来，走得慢，回屋后跪在灵桌前拖长了声哭，连枝和她嫂子比赛似的，都不肯先起来，本家嫂子拉了这个拉那个，总算是把两个人拉起来了。

连枝去里屋脱孝衣，顺手掀开了娘的板箱。她嫂子看见了，问她：连枝你干吗呢？咋翻娘的箱子？

她嫂子的意思很明显，爹不在了，娘过世后，连枝就是外人，不能动了。连枝觉得这是她娘的箱子，她开箱子也就放一下孝衣，怎么还就不行了。两个人你一声我一声，声音越来越高。

连根在院里听见，先吼了自己媳妇几句，又说他妹子：也不怕人笑话，娘才过头七，你们俩就吵，咋说她也是你嫂。

原本连枝和嫂子也就是顶撞几句，说过就算完了，连根这样一说，连枝又哭起来，跪在灵桌前哭，哭可怜的爹，哭可怜的娘，哭可怜的自己。越哭她越觉得伤心，越哭越觉得自己委屈，哭得满院子亲戚饭也吃不成，跟着掉泪。

那天下午，连枝没和她哥她嫂打招呼就走了。这也就意味着，这个娘家，她没法再来了，她娘的三七、五七，连枝都是直接去坟地，上完坟就走。

连根觉得这是连枝在让他难堪，拗劲上来，也不跟她搭话，她爱咋咋。兄妹俩结了疙瘩，谁都不让步。

转眼到了四月底，正是青黄不接的时候。连枝家四个大小伙子，麦子刚过了正月就快接不上茬，只剩半瓮的白面不敢动，要不来个客擀面烙馍都没面了，一家人黄面馍红薯馍黄面汤吃了俩月，黄面缸也快见底了。

往年都是连枝跟连根借粮食，今年是没法跟她哥张口了。她让男人出去借，谁知道窝囊男人天天夹着布袋出去，又夹着布袋回来，一颗麦一粒玉米都没借到。

连枝骂他：借不来，就等着吃风屙沫吧。男人一声不吭，圪蹴窑门口抽烟。四个儿子不行啊，一溜行大大小小进门就吆喝肚饥，说她做的饭都是哄鬼的，不顶饥，转个圈尿一泡肚子就空了。连枝也饿，但她不能说。

连枝见天去麦地里看，这麦咋还不熟啊，急死个人哩。她偷偷掐一把青麦穗，揉揉，麦籽稀嫩，看样子再半个月也熟不了。面缸面瓮都见底了，一家人的嘴都要搁起来了。她只好自己再出去借，满村也就借了一碗玉米面，这时候，家家都是吃了上顿没下顿，难熬呢。

端着一碗玉米面回到家，连枝坐饭棚下哭，正哭着，听见院里扑通一声，像是啥东西从崖头上掉下来了，她抹着泪出去一看，是一大块土坷垃。准是哪个淘气的娃扔进院的，她没心思管，扭头进了窑。不一会儿，又听见扑通一声，出去一看，又是一大块土坷垃，她得上崖头看看。

一打开院门，门洞里放着两个口袋，她一眼认出那是连根家的。打开，半口袋麦子，半口袋玉米。她跑上崖头，崖头上空荡荡的，连个人影都没有。

粮食算是续上了，不到一个月，新麦下来，可连枝犯了难，连根送来的粮食吃了，口袋咋还？让男人去，男人死倔，不去，让几个儿子去，几个儿子更是不去，说以前要去大舅家，她都不让去。连枝天天看着那俩粮食布袋，熬煎得不行。

一直到九月，观头村要唱戏，破天荒请了运城蒲剧团，连唱五天。家家户户都打发孩子去接姥姥、喊姑叫姨来看戏。

这时候，是一个村子的狂欢。大戏下午一场，晚上一场，有为看戏的，有为戏台下卖吃食的，打石子火烧、炒一生凉粉、烧醪糟、炸麻花、炸糖糕、炖羊肉汤、卖针头线脑鸡零狗碎……台上台下一样热闹非凡，大人叫，孩子跑，整个村子都沉浸在喜庆和热闹之中。

连枝也听说了观头村要唱戏，心里急得五脊六兽的。娘在时，只要有戏，娘早早就叫侄娃来接她，她从开戏一直住到戏班子走。想起她跟嫂子的仇气，想起连根那俩空布袋，想起马上要唱的戏，她跟吃了草一样，心里乱糟糟的。

连根跟她一样，心里也跟吃了草一样。去接连枝吧，拉不下那个脸，还怕媳妇不乐意。他还恼着这个妹子，自己主动送了粮食去，吃完了怎么着也把布袋送回来啊，没句话，布袋也给吃了。

还是连根媳妇嘴快，喊她儿子：明儿早起去接你姑去，就说咱村唱戏了，叫她早点来，这回请的好戏。连根听见，心里有了着落，却装没听见。

连枝在炕上纳鞋底，猛听见侄娃在崖头上喊：姑，我妈叫你看戏去。

连枝失急慌忙出来，仰着脸冲侄娃喊：诶，诶，石头，赶紧下来，姑拾掇一下马上去。

还拾掇啥啊，包袱早绑好了，在炕头放着，两个布袋里装着苹果、暖柿子，也在墙角放着。

侄娃推着自行车，驮着布袋和包袱，连枝跟着。村里人看见，问她：连枝，回娘家看戏去啊？

连枝大声野气地喊：看戏去。这不，侄娃来接了嘛。

秋阳高照，田地里、村庄里，万物生长。

（原载《芒种》2019 年第 2 期）

喜鹊

喜鹊嫁到观头村快六十年了。

从喜鹊到喜鹊婶到喜鹊奶，她缓慢地熬过了一年又一年。

熬这个词，好像天生就是给她准备的。文火慢炖是熬，钝刀割肉是熬，哭烂双眼是熬，一个水灵灵的小媳妇，硬生生熬成了一个碎嘴婆。

儿子死的时候，她哭烂一只眼。男人让车撞死，她哭烂另一只眼。剩下一个闺女害病又走在她前头，她撇了撇嘴，莲心泡黄连，有啥法子。一块手绢把两只烂眼搓了又搓，揉了又揉，红肿明亮。

倒还有个儿媳妇，带着孙子，原本跟她住一个院，可受不了她天天指桑骂槐、含沙射影，一气之下回了娘家，在娘家兄弟帮衬下，盖了三间平房，带着儿子过日子。

院子空了，除了一条狗、两棵泡桐、几只鸡之外，就剩下喜鹊奶出出进进一个人。

每天早起，扫了屋里扫院子，扫完院子添水熬汤，一锅汤吃一天，也就两顿，第一顿喝稀的，第二顿焖久了吃稠的。吃完饭，搬个小板凳走到巷子口，夏天坐在大柿树下，冬天找个山墙跟，有人来，见谁跟谁扯东拉西。路过歇脚的，她也能扯上话头，哪村的？谁家的？非得问到她认识的那辈儿人，七拐八拐怎么着也是沾亲带故的。

村里的闲人大多跟喜鹊奶年岁差不多，开始都乐意听她谝闲话，多了，嫌她烦，总是那几句。生来苦命人，算卦的多少年前就说过，可我爹没当回事啊，还让我嫁给那个死鬼，他倒是早早享福去了。我作的啥孽，一辈子吃不完的黄连苦，没过过一天好日子，哎呀……说着说着又哭了，两只烂眼通红通红。

女婿外孙虽也嫌她絮叨，但又没办法，过一段时间送来点儿吃的用的，留点儿钱，慌忙走了。喜鹊奶拿着他们留的钱，向邻居诉苦：当年还不如养条狗，养条狗还能汪几声，养那么大个闺女，末了自己先走了，女婿外孙送点儿钱来，看个头疼脑热都不够，还叫我赶集，唉……怨我啊，这孙子孙子靠不上，外孙外孙靠不上，他们都想着我死哩。

说到死这个话题，喜鹊奶的精神头来了。我就不死，盯他们的眼，他们不管也不行，要戳脊梁骨呢。

翠花奶也是一个人，儿孙在县城，她自己守着老屋。翠花奶耳背，正好和喜鹊奶碎嘴子凑一对，一个说，一个打岔，谁也不嫌谁。

天气好点儿，翠花奶就抱着她的大包袱找喜鹊奶，把包袄里花花绿绿摊一炕。看看，我这老衣啥样，棉的单的里里外外整七身。

喜鹊奶从箱子里翻出自己的。你命好，有人准备。我都自个儿准备，就等哪天咽气，要不谁管啊。你瞧，这鞋、袜子、袜带，这帽子。

两个老人你看看我的，我看看你的，嘴里各说各的。一会儿，炕上铺排满了，搅和在一块了，你拉我拽又开始吵。吵够了，自个儿的老衣扒拉一堆，慢慢再叠起来。这褥子软和，铺着不硌脊背。你摸这料子，光的，明儿个死都值。

晒完了老衣，第二天是集日，她们开始商量着赶集。

喜鹊奶要买药，还得买盐买菜买点儿肉。她说着，翠花奶应着，耳朵里听的是啥也不知道，光是点头应承。

第二天，喝了稀汤，喂了鸡和狗，喜鹊奶锁上门去喊翠花奶。

两个七十多岁的老太太各自挎着一个布袋，一晃一晃去赶集。

集市其实并不远，可她们走得慢，一路走，一路你说话，我打岔，等走到集市也快晌午了。先找个卖凉粉的摊儿，叫一碗凉粉，烧一碗醪糟，消消停停吃了喝了，再跟旁边卖凉粉吃凉粉的谝几句，提到喜鹊奶黄连一样的日子，她抹几把泪，这才去买东西。

东头转到西头，东西买得差不多了，该回家了。布袋子里装了半袋子零碎东西，挎在肩上，走几步，歇歇，换个肩。

一路走一路歇一路说，看见认识的人再问几句，回到村里，已经是半下午了。

村口的柿树下坐了一圈人，喜鹊奶知道人家不待见她，又想往跟前凑，就拉着翠花奶，把韭菜择了再回。

找块石头坐了，掏出集上买的韭菜，一根一根择干净。

有人问，打算咋吃啊？

烙几个韭菜盒子。

能咬动？

看见这韭菜嫩，想着烙几个盒子。慢慢咬。

你孙子给你送面了，你不在屋，搁大门口了。

你看看，我这是上辈子造了啥孽，知道我去赶集，来送面，跟我就是仇人。都盼着我死哩。

那一堆人听她说这，都扭脸不搭理她，喜鹊奶开始给翠花奶说，咱老了，不中用了，人都嫌哩。

黄昏来临了，闲坐的人都回家做饭了，翠花奶送喜鹊奶回家，要帮她把门口的面给抬进去。一开院门，老黑狗蹿了过来，蹭她的裤腿，泡桐树上落了一只长尾巴喜鹊，喳喳叫起来。

喜鹊奶和翠花奶把面抬回屋，把集上买的东西一样一样掏出来。翠花奶说，喜鹊叫哩，明儿个你有好事哩。

喜鹊奶对着翠花奶的耳朵喊，你明儿个来，看有啥好事！

（原载《小小说选刊》2019 年第 8 期）

谁也不与鸡同眠

娘说，那时还没有我。炕上躺着的是大姐，奶奶背着的是哥。

在这个故事里，父亲一直是缺失的。用娘的话说，那几年他只顾跑。跑什么呢？不知道。父亲后来说，他在西安待过半年，和一次运动有关。一个地道的农民，除了十几岁的时候被抓壮丁给国民党军队运过一次粮食，除了他三哥当过保安队大队长，什么运动能运动到他头上呢？这一直是个谜。

还是说娘。父亲不在家的时候，娘私自做了一个重要的决定：下一座院子。

她头一次没有和父亲商量，没有听奶奶的话，像一头倔牛，铁了心要下一座自己的院子。

我一直认为那些千疮百孔的窑洞都是自然长出来的，像笨笨牛的窝一样，到处都是，随便住。

娘说，不是。窑都是有主的，咱家住的那眼窑，是借来的。

我脑补了一个画面：奶奶和姑、娘、父亲，还有哥和大姐，这么多人，住在一眼借来的窑洞里，还有鸡和猪。哥和大姐肯定是要睡在炕上的，那么姑会不会和老母鸡同眠呢？

细节娘从来不说，她总是从吵架开始说起。

窑借了十几年，当娘已经忘了这是借来的还要还的时候，娥婶提醒了她。

娥婶先是在她家窑门口哭，说猪拱翻了案板，碟子碗都打碎了，下顿饭一家人得趴锅里吃了。娘是去安慰她的，说谁家猪都拱过案板和灶火，再来小炉匠了镴一下还能用。

娥婶一把鼻涕甩在娘的袄襟上：镴碗不要钱啊？我笑一个小炉匠就给白镴啊？

娘这时应该带着那串鼻涕及时离开的，但她就是热心，还劝娥婶：哭也没用啊，赶紧想个法子。

娥婶一双大手拍在地上，仰着脸号啕大哭：就你会说，一眼窑借了十几年，要还了我还用猪一群人一群搁一块挤啊，早晚挤死一疙瘩。

娘这回听明白了，也想起来了，这眼窑是我那死去的爷爷从他堂兄手里借的，老一辈认亲，没人说还，可小一辈记着呢。

娘扭身回窑抱着哥哭，一边哭一边骂父亲，奶奶和姑跟着哭。

娘说，那天一家人都没吃饭，连平时老是喊饿的姑也没吃。娥婶的窑里倒是传来奎叔打娥婶的声音，笤帚疙瘩打得娥婶吱哇乱叫。

第二天，娘对奶奶说：咱下座院子。

奶奶抱着哥，她的眼睛几乎透不进一点光，她说：老天爷，你让娥子气疯了？下院？空嘴白牙说说就能下了，他爹又不在家。

娘说：我说下就下，你别管。

奶奶又开始哭：我不管？把你能耐的，我要死了就不管了。我咋还不死哩，阎王小鬼咋还不来收我啊……

那个早晨，娘走出猪粪和鸡屎味道混合的窑洞时，已经坚定了下一座属于自己的院子的决心。

在豫西的某个地方，存在着一种叫地坑院的民居，有人叫地下四合院。平地上挖一个长方形的深坑，深坑的四周挖几眼窑洞，就是一座院子了。娘要下的，就是这样的一座地坑院，而且要三丈深转圈六眼窑的大院子。

地是现成的，村子里没有坑的地方都能挖。娘看中的，是一棵老柿子树旁边的那块地。

箍窑的人请来，罗盘对对方位，铁锨、镢头、筐，工具一摆，娘开始了她造一座大院子的宏伟计划。

娘像一只钻洞的老鼠，手挖肩挑，天天撅着屁股和箍窑人一起，在地上慢慢刨着坑，越刨越大，越刨越深，几个月后，终于刨成了一个三丈深四丈宽六丈长的大坑。娘说，仰脸坐在那个平展展的坑里，别提有多美了。

坑挖成了，接着就是箍窑。娘非得要转圈六眼窑，还要大窑。奶奶说：老天爷，你挣死鬼托生的哇。有个坑窝住不淋雨就行了，挖那么多窑等我死了往里埋啊！

娘不搭理奶奶，她有她的计划。一眼是她和父亲的，一眼是哥的，一眼是奶奶和姑的，还有一眼喂猪。

奶奶用一个破手巾把眼角抹得通红，她说：我哩憨子啊，咋算都还多两眼。

娘也许知道，她后来还会生下二姐和我。一群娃娃，都要睡在大窑里，睡在大炕上，谁也不能跟猪和鸡挤在一起。

奶奶后来说娘那会儿是又疯了。

我不知道奶奶为什么说又，但她就是这么说的。

箍窑用的时间远比下院子用的时间多，那是技术活，一不小心，挖塌了，就前功尽弃了。窑腿得稳，窑面得平，渗坑要深，窑里还得用麦秸泥抹得光光堂堂。箍窑人说：下茬了，箍这么多窑，这院子是真下茬了。

进院的斜坡就在老柿树下，一级一级台阶转一个圈，就下到院里。

娘一手抱着大姐，一手拉着哥，姑拽着奶奶的拐棍，老少一家人排排场场进了院。奶奶看不见，问姑院啥样，窑啥样，姑只顾咧着嘴笑，给奶奶说不清，奶奶都急哭了。

娘对哥说：去，挨窑去尿一泡。

（原载《小小说选刊》2017 年第 5 期）

那些花啊

郁结，就是不通，堵住了。好好的，怎么就都堵上了呢？

王小倩说：你知道重感冒时，两个鼻孔堵得严严实实的那种感觉吧？得靠大张着嘴，像鱼那样呼吸。

我说：知道。

她说：我现在就这样。

她要革命，要解放，要拉着我上山。我说：山里面也没有住着神仙啊。

有没有我也得去试试，要不憋死了。她恶狠狠地把手机摔到沙发上，眼看着它从沙发上掉到地板上，发出清脆的一声响，屏幕绽开了花。她并没有立即捡起来，而是看了看，跟上一脚，把那朵花进一步踢到墙脚：去死吧。

手机当然没有死，换个屏而已。跟她有仇的不是手机，是人。

高铁呼啸，从一个又一个城市经过。王小倩离开郁结之地渐远，她大张的嘴一点一点合拢，变成鼻翼的急促翕动。幸好我们是 E 座和 F 座，否则旁边的人会以为她犯病了。

三十多岁的人了，还追求爱情，可笑吧。

我冲她一撇嘴：相反，一点也不。

她摇着我的胳膊：看看，我就说嘛，你会永远站在我这边。我想起村上春树的那篇演讲，我说：我永远站在蛋这一边。她说：我现在就是个易碎的蛋，让人同情的蛋，即将从桌子的边缘滚落到地上的蛋，即将撞向高墙的蛋。

王小倩的爱情来去如风，我还没把上一任的名字和脸对上号，她已经开始了和下一任的约会。我劝她：生活，说简单点，就是死皮赖脸地活着，爱情，就是一日三餐那道菜上的几根香菜，你见过谁少了香菜不吃饭？

王小倩不，她非要香菜，而且甚至光吃香菜不吃主菜。这才是要了命了，离过一次婚的女人，简直是不可理喻，脑子一根筋，但谁让她有这个资本呢？她其实完全可以不要男人，自己什么都有，还要男人干吗？她鄙视地看我一眼：我不能雌雄同体，自己爱自己啊。

我不知道这次故事的主人公是谁，我等着王小倩告诉我。但她聒噪了一路，一直等我们到达了金鞭溪，她也没说，看来这次是真的郁结住了。她没有诅咒那个人的祖宗十八代，或者鄙薄地哼一声，而是隐藏在心里，那个坎过不去了。

溪水淙淙。由于是淡季，游人不多，我陪着她沿着溪水，慢慢晃着。阳光穿过树林，细细碎碎，让人发懒。王小倩脱了鞋，就地往路边一坐：我要是一棵树多好，就长在这里。我笑她：树不吃香菜。王小倩叹了口气：树可以根紧握在地下，叶相触在云里啊。

我闭上眼，仰起脸，让细碎的阳光和风从脸上滑过，溪水的声音被放大，轰轰隆隆，满耳朵都是，世间所有的声音都消失了，所有的人都消失了，所有的香菜、蛋都消失了。明明是满的，却又是空的。那种感觉，要怎么说？悠然心会，王小倩和我。

她又叹了口气。隐藏在心里的人和事还是说不出口，或者不知从何说起。她说：你闻。我在闻，贪婪地闻。空气里的味道丰富极了，不用强调什么前调、中调和尾调，松木、青草、泥土、花果、阳光、水汽，各色味道蜂拥而至，却清晰可辨。突然，一声鸟鸣从头顶划过，脆里带着回响，舒畅而恣肆。

随着那声鸟鸣，好像有什么被带走了，轻飘飘的。王小倩说：真好。我说：真好。我们相视一笑，穿上鞋，继续沿着溪水慢慢走。

她的电话不合时宜地响起来，她看了一眼，挂了。继续响，继续挂断。刚刚兑换来的空和满全被破坏了，我说：接吧，死也要有这一回。

她接了，手有点抖，嘴角也不由自主地抖。这个人，她是在意到骨子里了。我示意她深呼吸。

喂……一个字出口，王小倩已经泪流满面，我从没有见过如此狼狈的她，丢盔卸甲，溃不成军。她的骄傲、洒脱、挥一挥手，看来都是给别人准备的。

我在金鞭溪。她的鼻子又堵了，声音很难听。我走在她身后，在溪水的伴随下，她的声音时断时续，间或能看见她抖动的背和僵在半空的手臂。很显然，他们在吵架。这个过程持续了很长时间。

突然，她喊了一嗓子：好！好！好吧……

然后，我看到了一道优美的弧线划过，她的手臂，她的头发，还有，她的手机。

她转过脸，满脸湿漉漉的，在笑。我说：真难看。

她继续笑。这时，有风吹过，有细碎的叶子花儿一样，纷纷洒洒，在空中飞舞，携带着一股干燥的香气，在阳光中飞舞，在我们身边飞舞。

真美啊。王小倩说。

确实很美，所有的，一切。我说。

（原载《小说月刊》2018 年第 5 期）

无人等候

想了又想，我还是决定告诉你们关于唐度的一切，否则，不断发酵的故事会把我的心撑爆。

我尝试过对着河水大喊大叫，或者在无人的旷野狼嚎一样哭泣，都没用，我始终无法卸下这块牢牢压着我的石头。

我和唐度是在酒桌上认识的。那时候，他像一头刚出笼的猛兽，浑身上下带着一股凶狠的力量，把白酒像水一样灌进自己的胃里，一杯接一杯。当我们一个个败下阵来，答应第二天就签合同的时候，他才放下酒杯。一个晚上，我没有见他吃过一口菜。

我明确表示对唐度的敬佩，我的上司也把他当作榜样，时不时地提起，要我向他学习。我学不来，真的学不来，酒精把我的食道我的胃灼得火辣辣疼，深夜里头疼欲裂，这样的滋味他怎么没有？

我问过唐度，他说：一句俗话说得好，酒是龟孙，谁喝谁晕。

那你还喝？

一念之间

不喝，我的业绩怎么办？不喝，我的提成怎么办？不喝，我一家老小怎么办？

这样的话我不会全信。我宁可相信他是自己愿意喝，像个老酒鬼一样嗜酒成性，或者天生喜欢借此追名逐利。

果不其然，在我认识唐度的第二年，他就以副经理的身份，跳槽到我们公司，成了我的顶头上司。

于是，我成了他拼命工作拼命喝酒的目击者。但他除了工作要求很高之外，从不强求我喝酒，有时候甚至会替我抵挡。原本的一些怨气和愤恨，慢慢消失了，他一直强调：我们是哥们儿。

好吧，尽管他拿着比我高五倍的工资，开着公司配的奥迪，有专职的女秘书，手下有像我一样几十号算得上精英的员工，但他拿我当哥们儿，我也不能太矫情，我们就做哥们儿吧。

我第一次送唐度回家的时候，他本来开着车的，说好不喝酒，但经不住对方死命地劝，他就喝了，然后就喝多了，我只好在他模糊不清的指点下，把他送回家。

看到是他回来，给我们开门的老先生一言不发，转身走了，年龄大点的阿姨说：怎么又喝多了，不是开着车吗？一个年轻的女人伸手扶着他，对我说：谢谢。她扶着他进了屋，沙发上一个年轻的男子低着头在电脑上忙活，他头也没抬，在我即将转身离开的时候，他嘟囔了一句：就知道喝，早晚得喝死。

我不知道这几个人和唐度是什么关系，但我听了他的话，浑身发冷。我在空荡冷寂的大街上走了很长时间，身体依然感觉不到一点儿温度。

第二天，唐度叫我到他办公室，跟我道谢。我问他家里怎么那么多人，他笑笑说：就父母弟弟还有老婆，看起来人很多。不过弟弟很快就出国了，手续已经办得差不多了。那个坐在沙发上头也不抬的年轻人，看来就是他弟弟了，我没有跟他说那天晚上的详细情形。

快过年的时候，唐度住院了。

我去看他，他脸色枯黄，才几天不见，突然就瘦得走了形，加上一身宽大的病号服，看起来好像老了十岁。

我问他什么病，他说：肝癌。

我大吃一惊：不会吧？

唐度倒比我坦然：怎么不会？我早就知道有这一天。

我们坐在楼下的小花园里，他说，十几年了，我从来不上医院，不体检，可这一天还是来了，要不是疼得受不了，我才不来。我上中学时候就得过乙肝，我怕大家看不起，就拼命隐瞒，连我老婆都不知道。结婚六年了，我不要孩子，老婆说我有病，说我不想承担责任，我都认了。实际上，她曾怀过一个孩子，但我告诉她我那一段时间吃过好几种药，这个孩子不能要，就给打掉了。

还记得几年前，你问过我喝酒的事，我没有说实话。喝了酒谁不难受啊？我经常彻夜无眠，在反复呕吐和肝部疼痛中度过一个又一个夜晚。老婆问我，我说胃疼。她躺在我身边不停地哭，让我不要再喝了。不是我喜欢喝酒，喜欢拼命工作，父母等着我养老，弟弟上大学读研究生出国要钱，我得想办法赚更多钱，又不敢说自己得过肝炎不能喝酒，只有自欺欺人，喝。我知道早晚有这一天，但我没想到会这么快，这么快。

我不敢看他的脸，一直低着头，听着他的声音越来越轻。

最后一次见唐度，他脸色发黑，两颊深陷，但他跟我说：给我来点儿酒。

我偷偷给他买了一瓶五粮液，用一次性纸杯倒了浅浅一杯底，他闻了闻，仰起头一饮而尽，说：我第一次觉得酒这么好喝，以后每年给我上坟，记得带瓶酒。

我终于还是没有机会给唐度上坟，也没有机会再给他带酒。

唐度走后，他的父母来过单位。因为二十万的丧葬费和抚恤金，他们在单位闹了半天，把经理堵在会议室，非要让他把唐度老婆领走的丧葬费和抚恤金要回来，小儿子马上要去德国留学，着急用钱。

我不知道他们把唐度安置在哪里，也不知道二十万的问题最后是怎么解决的，因为我辞职了。

现在，我躺在一家偏远的乡村客栈里，暮春的阳光从窗户照进来，四溢的花香和嗡嗡作响的蜂蝶使我昏然欲睡。

播放器里李宗盛在唱着：越过山丘，才发现无人等候。每次听到这里，我都会想起唐度，泪流满面。

[原载《小小说月刊》（下半月）2014 年第 7 期]

喋喋不休

我就是唐度的弟弟，唐朝。

从德国辗转到过瑞士、英国，去年，我来到了挪威。在这里，谁也不认识我，我也不认识谁，除了公司的那些同事。

回国？我不止一次想过。每年的圣诞节、国内的春节，我都会想家，想那座北方小城，那里有我年迈的父母，还有亲戚好友。

我没有那么残忍，置父母于不顾，每年我都会定期寄钱回去，足够他们体面地养老。

关于哥哥的死，那座城市里很多人都不会原谅我，我知道，我自己也不会原谅自己。

谁知道他会冒着生命危险喝酒啊，我一直以为他喜欢喝酒，喜欢出人头地，赚大钱。每当家里有事的时候，他都会豪迈地甩出一沓钱，跟父母说：没事，有我呢。

作为比他小三岁的弟弟，我活在他的阴影之下，来自各方的阳光，总是先照射在他的身上。我如同参天古木旁的一块苔藓，人们只会仰望古木的枝叶，谁会在意脚下暗黑湿滑的苔藓呢，包括我的父母，都一样。

不是我不想承担家庭的责任，哥哥包揽了一切，他买了大房子，接来了父母，自作主张退了我租来的小房，把我的一点儿东西扔垃圾一样扔进了他的家。

原本，我本科毕业已经找到了一家单位，但哥哥说那个公司小得可以忽略不计，满大街都是这样的公司，我要努力上进，不能得过且过。

努力上进？我也想。大公司，跨国公司，世界五百强，谁要我啊？

我重新走进校园，读了硕士。硕士之后，又读了博士。

我原以为读了博士，就可以找一个和哥哥差不多的工作，可现实就是这么残酷，除了搞研究，或被一些基层政府招去装点门面，并没有多少大公司对我表现出兴趣。在父母那里慢慢积攒起来的一点儿荣耀和资本，又不知不觉地消失殆尽了。

每天，我看着哥哥醉醺醺地走进家门，心里有一万个不平：凭什么他可以花天酒地就把钱赚了，而我拼了命读了这么多年的书，却还要吃他的喝他的？

在我眼里，哥哥越来越像个老酒鬼，父母劝，嫂子哭，都不管用，他依然不是加班就是陪客户，然后摇摇晃晃地回家。

出国留学，是我突然做出的决定。我对哥哥提出，要搬出去住，他一口就回绝了：不行。我是你哥，我家就是你家，你现在没有合适的工作，哪有钱租房养活自己？我想说，不要管我了，让我自生自灭吧。但话到嘴边，又生生咽了下去。我说：要不我出国？哥哥说：行。

就这样，我放弃了继续找工作，开始准备出国。那一段时间，家里的气氛异常地好，父母因为我要出国，天天给我做好吃的，好像这是一件多么光宗耀祖的事。嫂子的脸上也有了笑脸，不知道是不是因为我终于要离开她的家了。哥哥的事业越来越好，当然，喝酒加班也越来越多。他对我说：放心，出国的钱哥给你准备。

我发誓，那天我说的"早晚得喝死"完全是随口的气话，那天晚上，本来说好我们一起研究出国的事，但他又喝多了，我就那么一说，谁知道他真的有病。

唉，父母明知道哥哥得过肝炎，他们怎么就不说呢？如果说了，我们是怎么也不会让哥哥再喝酒的。

能怨谁呢？哥哥吗？不，绝对不。我知道他是为了我们好，尽管这种好让我感到沉重深的压力，有时甚至觉得承受不起，宁可他不要管我。怨父母吗？不，他们仅有的医学知识也只是习惯和偏方而已。

哥哥得病的消息，差点儿让我有从二十八楼跳下去的冲动。家里的天塌了，父母怎么办？嫂子怎么办？我怎么办？

他的病是我们集体犯的错，也包括他。即使有病，也不要企图站在道德的制高点上把自己择出去，自己的身体为什么就不知道爱惜呢，不能因为要对我们好，就可以对自己不负责任。

哥哥临走前，我没有去看他。这是父母和亲戚朋友始终不肯原谅我，也一直让我无法面对那座城市的原因。

不是不想，而是不敢。

肝癌晚期的哥哥已经和之前判若两人，我无法克制自己，无法让自己面对他时不自责、不悔恨、不流泪。一想到他的生命已经离我越来越远，我就不知所措，五脏六腑揪成一团，疼得受不了。

哥哥走了，才三十二岁。父母把他的骨灰拿回家的时候，每个深夜，我都会紧紧地抱着他入睡，给他一点温暖和力量。

关于二十万块钱的事，我是来到德国后才知道的，是嫂子告诉我的。她说父母去哥哥单位大闹了几次，经理征求她的意见，她就给了父母。原本她是想给哥哥买一块好的墓地，让哥哥安静地休息，可父母说的也有道理，哥哥住得再好，如果他看见弟弟因为没有钱出不了国，心里也会难过的。

父母当时告诉我，钱是哥哥早就准备好的。

看着嫂子的邮件，我又一次难过得想死，把头在墙上撞出了血。

后来，我给嫂子寄去了足够买墓地的钱，告诉她，一定要让哥哥住最好的墓园，她说：好。

李宗盛用沧桑的声音唱着：喋喋不休，时不我与的哀愁。每次听到这里，我都会泪流满面。

我们原本彼此相爱，可相爱的方式竟如此惨烈。

（原载《百花园》2014 年第 6 期）

川主寺的夜晚

旅游团到达川主寺镇的时候，是下午五点多。

圆脸的藏族导游普通话不太标准，他告诉大家尽量少活动多休息，到街上买东西最好结伴。

他不想听导游絮叨，拿到钥匙就进了房间。男团员是单数，他给导游提出来自己单独住，说怕影响别人。其实，他是不想让别人打扰他。

这一路，他几乎不说话，大家唱歌讲笑话，他从不参与，也不笑。

他不知道怎么会弄成这样。似乎所有通往未来的路都被堵死了，除了仰望天空一声接一声地叹息，他不知道该做什么，还能做什么。

看到贴在旅行社门口的广告，他毫不犹豫地选择了九寨沟，因为那美丽的水。把两千块钱交给旅行社后，除了几百块的零花钱、一张身份证、一间孤单的屋子、几样家具，他在那个城市，真的是一无所有、了无牵挂了。

十月末的川主寺寒气逼人，他躺在冰凉的床上，头疼欲裂。走廊里旅行团的人笑语喧哗，他们结伴去逛街。他想起那句课文：热闹是他们的，我什么也没有。他把柜子里的被子也拿过来盖上，还是冷，脑后像要炸开一样，他不停地用手去敲头。

有人敲门。持续的敲门声让他很烦，他起来开了门，是那个圆脸的小导游，笑眯眯地站在门外：出去转转吧，现在就睡觉晚上会睡不着的。

走出宾馆，他朝和主街道相反的方向走去。公路的右边有几个小饭店和小商店，左边是坡度很缓的草地。远处，一群白羊在草地上吃草，没有一点声息。对面的山坡上，是一个藏族的小村落，五彩斑斓的经幡在微风中飘动。

他在草地上躺下，身边有一簇黄色的小花，天空阴沉得叫人难过，云层从四面八方压过来，他转个身，趴在草地上。

黄昏渐渐来临，他离开了。他问路边一个小店的老板娘，哪里有藏刀卖？年轻的藏族女人正在炉子上炖一锅牛肉，肉汤发出诱人的香味。她指指他来的方向，用生硬的普通话说：街上有。又指指锅里的肉：吃不吃？他摇摇头。门口一个老阿妈端坐着，沉默地望着远方。

他买了一把藏刀，刚回到房间，导游又敲门，后面跟着一个四十多岁的男人，是他们团里的。导游说：他和你一起住。

男人很健谈，不停地说话，问东问西，问他头疼不，要不要喝红景天，要不要喝热茶。他一直摆弄着那把藏刀，头也不抬地说：不要。不要。

第二天吃早饭的时候，导游问他是不是买了一把藏刀，他说是。导游让他把刀交给他保管，说进景区要检查的，所有游客买的藏刀都要交给他保管。他狠狠地瞪了同屋的男人一眼，把刀从怀里掏出来，交给了导游。

终于到九寨沟了。他跳下车，那对一路上叽叽喳喳的恋人跟着跳下来：大哥，我们一起走。他说不用，女孩说：导游安排的，必须结伴，要不走丢了怎么办？走吧。

他远远地跟着那对年轻的恋人，他想独自走，一直走到没有人的地方去。可那对年轻的恋人似乎很听导游的话，一直在不停地回头看，看到他离得远了，就停下来等着他。

每到一个景点，女孩都会发出阵阵惊呼，把那些惊艳的水指给他看，让他帮他们拍照，拉着他一起合影。到最后，女孩子干脆让他和她的男朋友一左一右拉着她的手，女孩嗲嗲地说：大哥，不行，我缺氧了，头晕，帮帮我。

他只好和她的男朋友拉着她的手。他感觉她的手软软的，凉凉的，和他那个一声不吭就消失得无影无踪的女朋友的一样。他扭过头看了她一眼，她咧嘴一笑，很抱歉的样子。

一路走到长海，他趴在木栏杆上，呆呆地望着那一汪清澈的湖水。女孩趴在他旁边说：这里的水不能碰，都是有神性的。

他暗暗冷笑。他笑女孩说的神性。神在哪里？神看得到他的苦难和绝望吗？

男孩子拍拍他的肩：走吧，大哥。我们俩任重道远呢，得把这个小东西拖回去。

他继续和男孩拉着女孩的手，走着看着，看着走着。

一路颠簸，一车人又回到那座让他伤心的城市。

他背起背包刚要下车，导游叫住了他，导游把那把精美的藏刀递给他：还你的藏刀。我们藏族人佩戴藏刀一是为了装饰，一是为了切牛肉羊肉。他接过刀，对年轻的圆脸导游说：谢谢。导游在他身后幽默地说：大哥，切肉的时候千万小心，别切了自己的手。他抬起手冲背后摇了摇。

那对年轻的恋人在车旁等他。女孩说：大哥，再见啊。我们拜见过神了，神会保佑我们的。

他走了。那对恋人，那个中年男人，还有好多刚下车的团员们，当然，还有那个年轻的藏族导游，都微笑着和他挥手告别。

他弯下腰，给他们深深地鞠了一躬，匆忙离去。

（原载《小小说月刊》2010 年第 7 期）

一棵椿树的存在方式

地坑院的日子过得很缓慢。

太阳从窑脑上开始，在院子里一寸一寸地挪，从东墙挪到西墙，才过去一天。

在这一天里，娘可以做很多事。跟着生产队的钟声下地出晌、回家做饭、喂猪喂鸡、缠线纺花、洗洗涮涮、纳鞋底、补衣服袜子，还有，打大姐。

和哥的瘦弱文静不同，大姐实在是有点疯长。娘说："这女子也不知道随了谁。"

大姐不光是长得高，长得皮实，而且性子野，在她的人生里，似乎就不知道怕。

小孩子都喜欢住姥姥家。奶奶舍不得哥，一直让哥在她的手里牵着、背上背着。大姐就不一样，爱自己跑去姥姥家，穿过两个苹果园、一个水库、半坡麦田，就到了姥姥的村庄。从没有人想起来接她回来，有时候她一住就是三个月甚至半年，家里人似乎都忘记了还有这么一个孩子的存在。

每次从姥姥家回来，大姐似乎都比之前更高更野了，用娘的话说，地坑院里盛不下她了。她手里经常拎个棍子撵鸡逮狗，要么整天架在柿子树上，或者领一帮孩子打架、闯祸，为自己招来娘的巴掌、笤帚疙瘩、布尺、烧火棍……

老孙奶奶家有一棵石榴树，每年五月开花的时候，那些红色的花朵从院墙里探出来，惹得大姐蠢蠢欲动。

在她的带领下，一群孩子爬上墙头，去够那些花。够到手，也没什么用，看一看，扔了。老孙奶奶是豫东人，口音和豫西人差别很大，也许大姐他们就是喜欢听老孙奶奶骂人："鳖孙孩儿，看我不敲断你的腿！"石榴长到核桃那么大时，大姐的队伍就像一群守卫，天天在墙角转悠，看着老孙奶奶锁了大门，挎着篮子下地干活了，他们就立马上墙，骑在墙头，歪着身子去揪石榴，一直从石榴结白籽揪到石榴熟。当然，大姐也有不走运的时候，石榴枝闪一下，她就掉进了老孙奶奶院里，但她愣是一声不吭，在院里待了一下午，直到老孙奶奶回来，才飞蹿出去。

和大姐截然相反，哥在奶奶和娘的精心呵护下，长成一个心思柔软、细密的男孩。废弃的场院里除了野猫野狗，还生长着各种树，槐树、榆树、苦楝树、皂角树、楸树，最多的是椿树，苦椿。椿树的种子随风飘荡，四处发芽生根，椿树苗和草一样铺排成一片。

哥大概去挖笨笨牛的，心血来潮，居然挖了一棵椿树回家，宝贝似的要种树。

娘忙得顾不上管他，父亲压根不屑一顾，但奶奶不同，孙子要种树，不能马虎。于是，那棵草一样的椿树从此命运发生了变化，被哥种在了渗坑边上。

也许是哥的玩伴实在太少，奶奶又不放心让他独自出去和其他小伙伴一起疯，哥就把那棵椿树当成了他的好朋友，不时地浇水、施肥。

一棵改变了命运的椿树，果然不负众望，长得和别的椿树大不一样，树干直溜。春天的时候，一簇新叶在顶端花一样绽放。

大姐就在这时候从姥姥家回来了。原本不起眼的椿树此刻引起了她的兴趣，大约是把这簇嫩芽当成了香椿，大姐拉着指头粗的树干，想把那簇新叶摘下来，但她的力气实在太大，手还没有够到叶子，树干咔吧一声，折了。

大姐才不管那么多，折了就折了，她拿着那段树干，把上面的嫩叶摘得干干净净。尝了一口，不对，怎么这么苦，随手就扔了。

哥从学校回来，一眼就看到了大姐搞的破坏。他扔了书包，把大姐摁在地上一顿揍，边揍边把那些苦哈哈的叶子往大姐嘴里塞："馋嘴猫，你吃啊！吃啊！"

大姐再野再胆大，但她不敢反抗哥，因为她知道后果。

看到哥哭着揍大姐，一家人心疼的不是大姐，而是哥。奶奶一边抱着哥说好话，一边骂大姐。娘回来时，大姐的嘴里还充满了绿色的汁液。听到奶奶训话，娘又逮着大姐打了一顿。

这一次，大姐刚回来就被关在门外，一直等到父亲回来才被放进院。

那棵椿树在哥的哭声中被包上了塑料布，到第二年，又发出了新芽。大姐可能是长了记性，也可能是知道那不是香椿，从此饶了那棵椿树，没再折腾它。

树和哥、大姐、二姐、我一起长，长得枝繁叶茂，树干长出了芽头，只有我偶尔会爬上去看看。

大姐出嫁的头一年，木匠来做嫁妆，两口箱子，一对柜子，可大姐非要一个大立柜。哭，摔东西，不吃饭，但父亲就是不松口："家里没硬料了，现成的大立柜又买不起。"

哥那会儿已经上大学了。他说："把椿树刨了。"那棵椿树经历了大姐的打击后，大家都把它看成哥的心头肉，奶奶死的时候都没敢刨。

哥说："这几年，大姐太辛苦了。"

不说辛苦则罢，一说辛苦，大姐的委屈就随着眼泪就往下淌。在砖瓦厂拉砖，在家里挑水盖房，男娃女娃干的活她都干了，这也许就是她坚持要一个大立柜的原因，是她在这个家最后的权利。

树刨了，锯成板子晒干后，做了大立柜的硬撑。

送大姐出嫁那天，哥说："还好你嘴下留情，第二年你再吃就没有大立柜了。"

大姐笑着笑着，又哭了。

（原载《微型小说选刊》2017 年第 9 期）

大巧巧

观头村把能干的媳妇叫巧巧。

大案板上擀出的面又薄又筋道叫巧巧；绣枕头、绣门帘，针脚细密，鸳鸯、蝴蝶、鱼、花活灵活现叫巧巧；剪窗花能剪得了一张席子那么大的顶棚花叫巧巧；捏花馍能捏得了大糕上插的龙啊凤啊也叫巧巧。这几样都拿得起放得下，那就是大巧巧。

观头村的大巧巧只有五姑一个。

每年收了秋，麦子种到地里，男人们忙着修水库、修渠、整地，女人们除了生产队的活，就忙着预备娶媳妇、嫁闺女的细碎活，五姑也就开始忙了。

五姑的一张脸白腻富态，和其他女人焦黄的脸完全不同，一方月白的手帕顶在头上，一个光溜的发髻绾在脑后，同样黑蓝的衫子上不沾一星土，没有一个面点子、饭粒子，胳肢窝里夹一个蓝白条的土布小包，一走身子一颤一颤地就进了一个地坑院，走进上窑，一偏身子，直接往炕头一坐，双脚一盘，气定神闲地问主家："想做啥？"不管主家提啥要求，都在她心里头、手底下。

主家请五姑，那是提前十天半个月说好的，到了日子，没大事，五姑就上门，坐上炕头，主家心里才踏实，才消停地跟五姑商量。

"女子换鞋样，蒸糕嘞。"

"几个糕？"

"男娃子家亲戚多，恐怕得三个。"

"一个捏一对凤凰，一个捏一对龙，一个捏鱼戏莲，咋样？"

"能中吗？听你嘞。"

五姑说的是糕中间最大的那个花馍，是门面。

来帮忙的几个媳妇陆续来了，洗了手，在炕边坐了。主家把面盆搬上炕，小点的案板也搬上炕，五姑打开她的小包，里面是两寸长的小剪子，一寸长的牛骨梳，小镊子，细毛笔，还有一把亮晃晃的大剪子，一根半尺多长的红枣木擀面杖。五姑一摆开摊场，主家没事了，拿了鸡蛋去烧酸滚水，五姑的碗里起码得有四个荷包蛋。

这一天，五姑就一直坐在炕头上，帮忙的媳妇们忙着盘面、和面，五姑手里不停，嘴里不停，不大一会儿工夫，擀擀捏捏剪剪，一只大凤凰就成了型，左右端详一会儿，笑笑："成了。"当一只大糕在锅里蒸熟时，五姑的一堆花馍也捏好了，上锅蒸熟，放凉，摆开几只小碟，调了桃红、翠绿、姜黄各色颜料，小毛笔蘸了，细细上色打扮。竹签一头插进花馍，一头插进大糕，正中的是那两只颤颤巍巍欲飞的凤凰，喜鹊、百灵、小猫、小狗、花花草草挨着插满整个糕顶，密密匝匝，热热闹闹，一个送往男方家的喜糕才算完成。

缺了五姑上门，各家的喜事总归是要大打折扣，缺了脸面嘛。

五姑就惯下了好吃的毛病。提前来定日子，得带着点心，坐上炕头，半晌午得有加了荷包蛋的酸滚水，正点饭得见荤，再不济也得有葱油烙馍、炒鸡蛋，嘴不能亏。

栓劳家和五姑是隔院的邻居，栓劳娘死得早，栓劳爹一个人拉扯四个儿子，日子过得大窟窿小眼睛，院子里屋里到处都乱糟糟的，爷五个端着饭碗在院里吃饭，从崖头上看，就像五个黑乎乎的土谷堆，五姑就笑话他们："一窝黑老鸹。"这话传到栓劳爹耳朵里，他骂五姑："吃嘴婆娘，游门子摆四方。"仇气就这样结下了，两家谁也不搭理谁。

这年冬天，刚进十月，媒人传话说栓劳的媳妇腊月要过门。

栓劳家的情况说个媳妇不易，栓劳爹笑得龇着大板牙。整个观头村也跟着高兴，一窝男人终于要有个女人打理了。

招呼事情的自然是喜顺爷，他一样一样给栓劳爹捋，栓劳拿了小本子铅笔头记着，慢慢准备。唯有一样，栓劳爹作了难。

腾出来一眼东窑给栓劳，可窑里乌漆麻黑，得重新墁，得糊顶棚、炕墙。墁一遍容易，可这顶棚花、炕墙花、窗花、风门花，必须请五姑，少了她剪的花，这窑就还是一眼烂窑。

栓劳爹急得满嘴燎泡，自己去请，磨不开面子，让栓劳去，栓劳不敢，怕五姑骂他，让喜顺爷去，喜顺爷说这事得主家亲自请，没有旁人去的道理。

眼看着日子一天天临近，雪下了一场又一场，一切都停停当当，窑墁了两遍，顶棚用苇子席重新棚了，糊了报纸，五姑还没请。

栓劳爹蹲在崖头上，眼看着五姑今天夹着小包进了东家院，明天夹着小包去了后沟，心里猫抓似的，一想到栓劳下面还有三个弟弟，都要用到五姑，他更是悔得直捶头。

离迎亲的日子还有五天。当栓劳爹终于下了决心，包了一疙瘩柿饼拉下脸准备去请五姑时，一打开院门，五姑笑眯眯地颤着身子正从门洞往下走，身后还跟着几个小媳妇。

她们又说又笑看着栓劳爹，从他身边挤进院里，直接进了东窑，把自己带的红纸、绿纸在炕上摊开，比画着顶棚、炕墙的尺寸，商量着花样。栓劳爹呆呆地站在窑门口，搓着大手，不知道说啥。

五姑吆喝他："你站那儿你会？"

栓劳爹说："不会，不会。"

五姑说："不会走远点，跟照壁墙一样，挡光了。"

栓劳爹说："他五姑，劳烦了。"

五姑剜他一眼："俫娃儿大事哩，我敢马虎!"

（原载《小小说选刊》2018 年第 8 期）

顶门杠

正月的最后一天，观头村叫"月尽"。月尽这天，要吃煎馍。

关于吃煎馍的习俗，谁也不知道是从哪朝哪代传下来的，反正那时候所有的节令都和吃有关，有句骂人的俗语说的是：吃嘴婆娘盼节令。只有节令到了，才能理直气壮地吃，光明正大地吃。月尽摊煎馍对家家户户来说都是大事，吃了煎馍，年才算正经过完。

头天晚上，牛娃娘已经把面水搅好，醒上，又从麦秸垛拽了满满两筐麦秸堆在灶火跟前。

牛娃刚过十四，长得细皮嫩肉的，一点也没有牛犊健硕的样子。但牛娃学习好，喜顺爷看见牛娃就摸摸他的头：这娃将来是块材料。牛娃爹听了这话心里高兴，更舍不得让牛娃干一点活，光让他学习。

月尽清早，鸡叫头遍，牛娃娘就起来，点了灯，开始摊煎馍。蒸馒头用的大铁锅用油抹了，醒了一夜的面水加了干花椒叶，光滑如缎，舀一勺，沿着半锅沿快速倒下去，趁着面水往锅底流的时候，用铁铲从下往上刮均匀。放了锅铲，灶火里填一把麦秸，一拉风箱，"轰"的一声大火起来，锅里的煎馍熟了一面，铲子把薄脆如纸的边一铲，双手拉着，一抖，翻个个儿，再添一把麦秸，一张圆如大鼓，香软薄透的煎馍就上了大篦子。

牛娃娘煎馍摊得好是出了名的，牛娃爹害病以前，年年月尽都抓着煎馍，端着辣子蒜水碗在崖头上显摆，一害病，再走不上崖头了。但牛娃娘不马虎，攒了劲儿，日子得往前过啊。

鸡叫三遍，牛娃起来了。他抓起煎馍就吃，牛娃娘说："还早，再睡会儿。"

牛娃说："不睡了，我跟天柱叔说好了，今天跟他们进山。"

牛娃娘吓一跳："老天爷，你进山干啥？"

牛娃又抓了一个煎馍："割蒿。"

牛娃娘的煎馍煳锅底了，她咋也劝不住牛娃，又不敢让牛娃爹听见，只能一声接一声叹气。

吃了五个大煎馍，又包了几个，牛娃拿了绳子、镰刀去找天柱叔，牛娃娘在窑里摊着煎馍抹着泪。

村里人一年四季有空就上山割蒿，青蒿沤粪，干蒿烧火。山里经常有蛇之类的野物出没，进山割蒿都会喊几个人一起，互相有个照应。

牛娃跟着天柱叔进了山，牛娃娘在家提心吊胆一整天，太阳还在树梢上挂着，她就站在村口望着，一直到天麻麻黑，她才看见挑着担子的天柱他们一闪一闪进了村。

"天柱，牛娃呢?"

"在后头。"

挑着担子的男人们陆陆续续进了村，牛娃娘见人就问，都说在后头。可天都黑透了，依然没见牛娃的影子。

她又跑去天柱家，天柱在喝汤。他说一天都和牛娃在一起，牛娃割了一捆干蒿，拾了一小捆硬柴，都说他拿不动，又不会挑担子，让他只背一样，可他不干，都要拿，大伙就帮他把硬柴和干蒿捆在一起，弄扎实了，让他背着下山。刚开始，牛娃走前头，走着走着，挑担子的大人们就走他前头了，一路走一路喊着，听着他答应了，脚底下才走快些，到沟口还听见他应声呢。

牛娃娘听完，放了心，赶紧去沟口接。天柱放了碗，也慌忙跟了去。

正月的风还很硬，越往沟里走，到处都是一片黑，各种声音在风中纠缠，最后形成一种古怪的响动，似风吼似兽叫，要不是天柱跟着，牛娃娘自己说啥也不敢走，想着牛娃还在沟里，她更是揪心。两个人一路走，一路喊，沟里响着回声，但听不见牛娃应声。

又往沟里走了四五里路的样子，耳边突然响起几声像人大笑似的鸟叫，以往偶尔听到这种声音，村里人都觉得不吉利。天柱说："嫂子，不敢再往里走了，回村叫人吧。"

顶门杠

吃饭早的人家已经睡下，听见天柱喊叫，又从被窝爬起来，几十个男人、女人很快聚在场院。喜顺爷也来了，他喊天柱，拿上明火，男人进山，女人都在场院等着。

　　也许是明火的作用，也许是人多，再进山，那些声音似乎消失了。

　　进了沟口没多远，就有人发现了牛娃的蒿捆子，再找，在一个干草窝子里找到了牛娃，他居然睡着了。

　　大家七手八脚把牛娃和他的蒿捆子弄回场院，牛娃娘抱着牛娃哭得鼻涕一把泪一把。牛娃倒没事人一样，他说："路上有条蛇，我不敢走。蛇走了，蒿捆子放下，我又背不起来了，喊天柱叔，他们听不见。想着歇会儿，就睡着了。没事，没事，这不好好的吗！"

　　牛娃娘扬起手，想打他，又舍不得，最后轻轻落在儿子瘦削的背上。

　　牛娃说："辛苦喜顺爷、叔叔婶婶们了。"天柱摆摆手："没事就好，没事就好。"

　　天宝笑说："小鸡娃身子，顶不了事。"

　　喜顺爷呵斥他："你懂个屁，这是老牛家的顶门杠嘞。"

（原载《小小说选刊》2018 年第 8 期）

五姑

和喜顺爷一样，五姑在观头村也算是个头面人物。但和喜顺爷不一样，五姑这个头面人物有时候体面，有时候落人话把儿，背后让人笑话。

喜顺爷经常说五姑：为嘴伤心，跑断脚后跟。

五姑全靠她的一张嘴、一双手、一对脚。一张嘴不是在吃就是在说，几乎没停下来的时候。吃，当然是吃了东家吃西家，炕头上腿一盘，盘子里要见荤腥，或者得有烙馍、炒鸡蛋，再不济凉拌豆芽、灰条菜上也得有鸡蛋丝。说，是说媒，十里八村男娃女娃人老几辈根根梢梢，都在她脑子里装着，能坐上炕头吃，大多时候自然是有媒事要说。五姑的一双手养得细皮嫩肉的，剪顶棚花、窗花、炕围子，捏花馍、绣枕头、绣门帘，全靠这双手，地里活儿却啥都不行，手底下慢得像绣花，没干多大一会儿，不是腰疼就是头晕。一对脚，是能跑。说媒嘛，村里村外山上坡下，都要靠一对脚走着去，加上五姑人胖，一走身上的肉跟着晃，看着都替她累得慌，可五姑天热也跑，天冷更是跑得勤，手里捏方月白的手巾，走几步，擦擦汗。

喜顺爷见不得五姑不干地里的活儿，说她：他五姑，人家说好吃懒做，说的就是你，啥时候你叫你的嘴歇歇，手动动，你不看看地都荒了。

五姑翻一眼喜顺爷：你孙子说媳妇可别寻我。

五姑见天跑，见天说，一张脸养得有红似白，可苦了家里的男人和三个娃。她早起出门，天黑回来，偶尔能捎个烙馍、揣个白蒸馍，大多时候媒事不太顺利或者主家太寒酸，她只能管自己饱，男人和几个娃就只能凑合，煮一锅稀汤面，中午吃到后晌，地里活多了咸菜凉馍就凉水对付。男人开始还说她，可头天说了，第二天依然不见人影，也就懒得再说。

就为这，村里人背后笑话五姑，说她一辈子就活一张嘴。可谁也不敢当面说，谁家都有娃儿，到年龄了，还得提了礼上门央求五姑；办事了，还得请她上门帮着准备。

其实五姑心里也熬煎。咋能不熬煎，眼瞅着三个娃越来越大，住后沟的左邻右舍都去方了新院子，盖了红砖平房，她一家还住在后沟的土窑里，家底稀薄，日月愁人呢。

男人蹲在窑门口，光一袋接一袋抽烟，不说一句话。

五姑气得骂他：瞅你那样，咋办哩？这日子过成啥光景了。

男人在鞋底上磕磕烟袋锅：这会儿想起来怨我？叫你下地，你腰疼头晕，手不摸锄，肩不扛草。

五姑扔了扫炕笤帚打在男人后背上：光我下地摸个锄扛个草就能不受穷了？要你干啥！

男人又不吭声了。

五姑叹口气，还想骂男人，就看见喜顺爷进了院。

把喜顺爷让进窑里，在炕边坐下，五姑捡了扫炕笤帚，一张白胖的脸还耷拉着。

咋了这是？今儿没去串门子？

五姑白胖的脸红了。串啥啊，愁得慌，娃大了得盖房，空大两只手，拿啥盖啊。

拿啥？拿手啊。

五姑脸更红了。喜顺爷，别笑话我了，日子过得大窟窿小眼儿的，没脸唠。

喜顺爷说：我是说真的。你家这光景谁都知道，这几天跟好几个人合计，他五姑，你现在也出不了力，但手巧，有手艺啊，去阳店集上卖个窗花、枕头顶、门帘子。

五姑眼一亮：嗳，这个能中。不行啊喜顺爷，乡里乡亲，咋好意思收钱，就是个顺手的事。

喜顺爷说：咱观头村的，你帮个忙不要钱中，但是可以卖给外村人啊，搭工搭料的，收钱咋不中？听我的，错不了。

五姑和男人琢磨了好几天，也没有更好的办法，那就试试吧。

阳店街逢五逢十是集日，一街两巷摆满了各式杂摊。卖炒凉粉、石子火烧、烧醪糟、炸糖糕，卖铁锨、犁耙头，卖烟叶、丝线、老鼠药、碎布头，吃的用的啥都有。五姑铺块塑料布，摆上她剪的窗花、炕围子、顶棚花，绣的枕头顶、门帘，还有绣花鞋垫、小娃子肚兜。还别说，看的问的买的，一会儿就围了一圈人。五姑忙得一脑门子汗，那方月白手巾也顾不上拿出来了。

散集回到家，天都黑透了。五姑一屁股坐在椅子上，喘着粗气，喊男人端水。男人不敢问她，端一碗放了白糖的凉开水，瞅着她。五姑从小布袋里一把一把掏着旧的纸票，还有钢镚，男人笑了。

五姑说：瞅你，嘴都咧到脚后跟了。

有了这一集，五姑的嘴勤手勤腿勤算是派上了用场。慢慢地，她不但赶阳店集，而且还去赶科里集、西站集，能错开跑到的集，挎上包袱就去。

当然，五姑吃嘴的毛病是改不了了，到了集上，先喂嘴。吃饱了，闲了，碰见有合适茬口的赶集人，还顺带着说个媒。到后来，有求五姑说媒的，干脆就去集上找她，说成了准备定亲、办喜事，干脆把要用的东西从她手里买了，两全其美。

自然，五姑也没忘了喜顺爷，隔三岔五，从集上回来，给喜顺爷买个肉夹馍或者捎包点心。

喜顺爷说：钱差不多了吧，赶紧盖房，我给你招呼着。

五姑一张胖脸笑得像朵大丽花，层层叠叠：盖，开了春直接起个两层。

（原载《小小说选刊》2019 年第 19 期）

知白守黑

暖风刚吹到虢国老城墙根，涂弦夫就摆着细长的身子出来了。

"瘦！太瘦了！"谁见到他都这么说。可涂弦夫摆一摆枯枝般的手："负担，胖了，都是负担。"

涂弦夫刚从文联退休，退休前他是当地书法家协会的主席，除了搞一些展览，或者配合小城重点活动写点应景的对联，其他时间，他都在写字。他在办公桌上放一整块高密度板，笔墨纸砚就绪，就开始书写。从 20 多岁开始学书法，柳体、颜体都研究过，后来喜欢上了康有为，从此着了魔，直到在全国小有名气，整天琢磨的还是康有为的字。

退了休，涂弦夫有更多的时间写字了。人越写越瘦，腰越写越弯，当然，那字是越来越纵横奇宕、干脆遒劲了。这是见过他的字或者去过他的守黑斋的人说的。

涂弦夫的守黑斋一般人去不了，除非要好友人，或者接到邀请者，否则谁也别想进去。

写出一幅好字，涂弦夫会给他的几个朋友打电话。沏一壶好茶，站在门口巴巴等着他召唤的那些朋友来。

去守黑斋次数最多的是吴一品。吴一品也是虢国老城的名士，他不习书法，爱的是茶，有着茶痴的名号。和涂弦夫在一起，吴一品结巴的毛病似乎也少了，两个人赏字、品茶、论道，守黑斋里墨香和茶香氤氲缭绕，别有一番热闹的雅趣。

天越来越暖，涂弦夫出来的次数慢慢多了。每天早晚，人们都会在城墙根看到他，左右手各两枚油亮的山核桃，哗啦哗啦转着，绕着城墙散步。

那天晚上，转到南城门口，他发现有人在写字，还有不少人围观。一个50多岁的老头儿，练的是地书。一根木头棍，前面绑一块水滴型海绵，水桶里蘸点水，在水泥地上龙飞凤舞，写的是《沁园春·雪》，到了"数风流人物"，那个"风"字拐出几个奇怪的弯，却引来围观者的喝彩。

涂弦夫仔细看看，他发现这个老头还是有一些书法功底的，只可惜个别字的布局不合理。他拍拍老头浑圆的后背说："这个'风'字不是这样写的，应该这样……"他边说边比画，甚至伸手想拿过老头手里的"笔"示范一下。

老头拿"笔"的手朝后一缩，瞪了他一眼："咋写？你说咋写？你能，你是王羲之啊？"

涂弦夫被老头抢白一顿，讪讪离去。往回走的路上，他还有点愤愤不平："怎么可以那样写？简直是糟蹋字！"

涂弦夫把吴一品叫来，茶没泡，先跟他讨论那个老头：

"太恶劣了，怎么可以那样写？鄙俗！"

吴一品一言不发，看着涂弦夫在守黑斋里转圈，义愤填膺。末了，他微微一笑，把涂弦夫拉到书房门口，指着门上"守黑斋"三个字让他看，吴一品说："知白守黑，对吧？"

涂弦夫当初给书房取名的时候，叫"守墨斋"，叫了没两天，吴一品来了，看见"守墨斋"三个字，摇摇头："守墨斋，好，但不如去了土，叫守黑斋。"涂弦夫问为什么？吴一品说："看过《道德经》吧？"涂弦夫说："知其白，守其黑，为天下式。可是这个？"吴一品一拍手："对……对……对了。"于是，守墨斋便成了守黑斋。

看着"守黑斋"三个字，涂弦夫哈哈一笑："老兄，还是你高啊。知白守黑，得有容人之心啊。走，喝茶。"

春天慢慢悠悠催开了各色花朵，蝉一叫，就到了夏天。

涂弦夫突然觉得嗓子不舒服，咽东西有点疼。去医院一检查，是食管癌，还好是早期，做了手术，涂弦夫在家里养着。

吴一品去看他，带来一盒15年陈普洱，涂弦夫摇摇头："喝不了了，果然都成了身外物，不能享用了。"

吴一品用茶针和茶刀把茶饼撬下一块，用紫砂壶泡上，倒出一杯，茶汤红亮。他递给涂弦夫："这么好的茶，观其色，闻其香，不……不……不一定都要喝到肚子里啊，各……各……各是各的享受。"

涂弦夫的身体一天天恢复过来，又开始写字。在死亡的边缘走了一遭，预知了生命的期限，他变得更加通达，那字，自然又上了一个台阶。吴一品说："这就对……对……对了！"

秋凉时，再从南城门口经过，涂弦夫看到那个微胖的老头儿还在那儿锲而不舍地写，依然是《沁园春·雪》，那个"风"字依然拐出了好几个奇怪的弯。

写完，老头得意地看看围观的人群，涂弦夫喊了一声："好！"

老头看到他，似乎还记得。老头说："老仙儿，这回不挑刺了，来两笔？"

涂弦夫摆摆枯瘦手："免了，免了。"

老头儿不依不饶："怕丢丑？"

涂弦夫说："怕丢丑。"

老头哈哈大笑："我天天练，总会有进步。你要记得，不懂就不要乱说啊。"

涂弦夫点点头："是，是，大有进步。"

老头活动活动肩膀、手臂，提了桶换个地方接着写，涂弦夫看着自得其乐的他，觉得这也是一种境界。

（原载《幸福家庭》2017 年第 12 期）

棋盘

天色渐暗，四周沸腾的声音归于越来越重的宁静。

附近的工厂传来一种很低沉的嗡嗡声。

对面的人站起来：回吧。

回。古爷答应一声，并不站起来。

他慢条斯理地收拾好每一颗棋子，在盒子里摆放整齐。又取出一块布，把棋盘仔细擦干净，朝胳肢窝下一夹，晃悠悠地回去。

穿过街道，沿着一个又一个店铺门口，一路走过去，两扇黑色的大铁门，满院花草树木，瘦弱的古奶奶，这是古爷的家。

古爷把装棋子的盒子放在窗台上，棋盘却拿进卧室，小心地放在桌子下面。

古爷下棋属于好打架没力气，心思好像并不在棋上，不出十步就捉襟见肘，他也不着急，输就输了，大不了重来。好在和他下棋的都是一些上了年纪的人，一辈子输赢太多，棋盘上高下也淡了，呵呵一笑，再来。日子这么多，慢慢打发。

唯有一点，古爷爱惜他这个棋盘。下到得意处，一枚棋子拈起，啪地一拍，棋盘难免晃几下。古爷就提醒：小点劲，别把棋盘拍烂了。

这个棋盘，也没什么稀奇之处。一块方方正正的桐木板，刨光，上了白色油漆，老旧暗黄，黑墨画了楚河汉界，这就是棋盘。可古爷爱惜，仿佛宝贝似的，出来夹着出来，回去夹着回去，别人想帮忙捎上，一概不行。

以前古爷不这样。那会儿，他人高马大，走路一阵风，一杆旱烟别在腰里，旧蓝的烟荷包在屁股上一跳一跳。古爷走路脚步声重，离很远，不用看听脚步就知道是他。

古爷做了三十多年的村支书，老老少少见了他不论辈分，都喊他古爷。那时候，古爷可没工夫下棋，他忙啊。几百口人要吃饭，他不操心行吗？

这个叫上官的村，是全乡乃至全县少有的富裕村。就因为邻国道，地势平，一马平川，还都是水浇地，种什么都长，尤其是棉花。

上官村人种棉花有经验。大集体时全村一盘棋，古爷就是优秀的棋手，可不像现在。他把棉花这盘棋下得有声有色。一眼望去，到处都是绿油油的棉花苗，枝条伸出老长，密密匝匝挤在一起。妇女们分散在一块一块的绿色里打顶掐芽捉虫，手底下麻利，嘴里也麻利，笑声串成了串，连成了片。

到了秋天，上官村看起来更壮观，如一场大雪降落，半个村庄都铺盖成白色。地里，绽放着白生生的花朵，场院里，满当当晒着棉花，空气里弥漫的都是棉花暖烘烘的味道。

古爷嘴里咬着青玉的烟嘴，那个乐。上官村人都乐，一群和古爷年纪相仿的女人，猛不丁抬起古爷，一下给扔到棉花垛上，吓得古爷忙往外爬：火，火。

别说全县了，上官村的棉花在全省都有了名，乡领导、县领导、省领导，带着一拨又一拨人来参观学习，要古爷讲讲经验，古爷吭哧半天，不知道说什么好，好在乡秘书古全是从上官村出去的，他给古爷总结了几条，每次有参观团来，古爷就照着那几条念。

后来，地分了，古爷还当支书，上官村依然是上官村，依然一望无际到处是棉田。古爷老了，那些和他开玩笑的女人也老了，再也抬不动他了。古爷说：换人吧。全村人拗着，就不。

听说古爷当选全国人大代表了，村里人都跑去古爷家看稀罕，好像突然之间不认识他了，大家不知道这人大代表到底是多大的官。古爷说：中央估计也想听咱种棉花的事哩。大家哄堂大笑：古爷，那你就给中南海也种点棉花。

嗨，这些都太远了，不知道古爷还记得不？

前几年县里要征地，乡长和古爷谈，说上官村和其他三个村整体被征了，要建工业园。

　　　　　　　　　　　　　　　　　　一念之间

古爷头一拧：不行。这么好的地，可惜了。

乡长说：全县上下一盘棋，不能因为你上官村把这盘棋毁了。

古爷一个人当然毁不了一盘棋，上官村也毁不了一盘棋。就是残局，这盘棋也得磨下去。当年年底，古爷不干了，说什么也不干了，说老了，思想落后了，跟不上形势。

家家户户都拿到了补偿款，高兴地坐在家里盘算是该先盖房还是先存银行，年轻人天天跑工地看工期，迫不及待地想进厂当工人，这是征地时答应他们的。

古爷也领到了补偿款，他对古奶奶说：这是老了火化我们的钱。

从那以后，古爷就开始在街头下棋，什么也不管，什么也不过问，好像他从来没有在上官村管过那么多年的大事小事，好像观头村和他无关。

他只关心下棋，却又不关心输赢。

古爷真心喜欢的是他那个棋盘。

棋盘的一面是楚河汉界，另一面写着：国家重点优质棉花生产基地。红漆很淡了，古爷用一块旧灯箱布蒙着，谁也看不到。

（原载《广西文学》2010 年第 3 期）

和牛喜花在一起的那个下午

我有半天时间和牛喜花待在一起。

我们坐在院子里，面对面。那天下午没有太阳，天阴着，一名警察站在不远处，双手背后，双脚分开一肩宽。他看着我们，我看着牛喜花，牛喜花看着自己的脚。

"为什么？"我说。

"不为什么。"牛喜花的声音干巴巴的，有气无力。

"他是你丈夫。"

"我知道。"她终于抬起头，似乎还笑了一下，但是一瞬间，我现在还对那一瞬间有点儿怀疑，她是不是真的笑了。她的额头正中有三个整齐的疤痕，很明显是人为的。

这是一个杀死自己丈夫的女人，我作为一名记者，在她临刑前采访她。

我不知道主任为什么把这个活儿交给我，我讨厌血腥暴力的素材。

在审讯室第一眼见到牛喜花，她皮肤粗糙，头发干枯散乱，目光呆滞，身材是梨形的，髋骨和屁股都过于宽大，好像肚子里揣了什么东西。我无法相信这就是杀死自己丈夫的女人，她看起来并不残忍。

我用了很长时间来说服她接受采访，她始终一言不发，好像压根儿没有听到我的话。

"牛喜花，你女儿现在在哪儿？"

从警察那里知道她有一个十六岁的女儿，我很好奇，她被关押在这里，丈夫死了，女儿呢？谁来照顾？

我明显看到牛喜花身体在打哆嗦，嘴唇一直在颤抖。我知道，也许她可以说了。

我的判断是正确的，听到我问她女儿，牛喜花绷不住了，她哭了，开始是嘤嘤啜泣，接着号啕大哭。我没有安慰她，只递给她一包纸巾。最后，牛喜花说："我都告诉你。"

我想知道她女儿的下落，她摇摇头："我不知道，也许那就是她的命。"

她叹了口气："你不知道铃铛有多可爱。她从小就聪明，什么都一学就会，电视里唱歌跳舞，她看一遍就能记住。"

牛喜花的头越来越低，声音也越来越轻，但她的脸上明显有了表情。

我相信她说的都是真的，那个叫铃铛的女孩聪明可爱，是她的心头宝贝，因为我也是一个五岁女孩儿的母亲，我的女儿也是像花儿一样惹人疼爱。

"她上小学三年级之前，每次考试都是一百分。她一直想上大学，想学唱歌。我给她找了一个老师，但每月要四百块钱学费，我交不起。但我还是想办法给铃铛交学费，让她像百灵鸟一样唱歌。你不知道，铃铛去年过年参加了咱们县春晚，唱《红豆》。看了节目的都夸她唱得好，有天赋。"

我想起来了，那个穿着纱裙的女孩儿，用王菲空灵般的声音唱《红豆》，引起了大家的关注，我记得她叫碧儿，而不是铃铛，我向牛喜花求证。

"她不叫碧儿，她叫铃铛，大名季小雅。"

"可是……"

"该死。他非要让铃铛叫碧儿，说是歌星都这么叫。"

"谁？"

"还能有谁？吃喝嫖赌占全了，一辈子没做过一件正经事。铃铛学唱歌的钱，都是我东拼西凑砸锅卖铁交的。他倒好，天天连个鬼影子也看不到，除了喝酒就是打牌，晚上跟不要脸的女人鬼混。"

我明白了，她说的是她的丈夫，被她杀死的那个男人。

"去年，铃铛在县春晚唱完，他跟我说要带铃铛去歌厅唱歌。他说有人告诉他，铃铛唱歌一晚上能挣一百块钱。有人？谁啊，还不是那些不要脸的女人给他出的馊主意！铃铛那时候才十五岁，怎么能去那种地方？"

我点点头，作为母亲，我知道她说的是对的。

"他见我不同意，就打我，他把我的衣服脱光，专挑外人看不见的地方下手。我也不怕你笑话，他用烟头烫我的胸前和下身，还不准我喊，一喊就朝我嘴里塞垃圾。"

我打了个寒战，身上的汗毛根根竖立。

　　"我还是不同意，他就把那些不要脸的女人领回家，他们躺在我的床上，让我给他们做饭。这些我都能忍，但就是不能让他们把铃铛毁了，铃铛还要考大学，到音乐学院去学唱歌呢。"

　　"就这样你杀了他？"我插了一句。

　　"没有。因为我不同意，这件事他一直没有和铃铛说。我告诉他，如果敢去问铃铛，我就死给他看。我不是吓唬他，我已经买了一大包老鼠药，足够毒死一大群老鼠。但他又在我脸上烫了三个疤，我依然不同意。铃铛从学校回来，他给铃铛说了。我以为铃铛会断然拒绝，或者说要问妈妈，谁知她竟然同意去试试。

　　"我疯了一样，打了铃铛一巴掌。她长这么大，我第一次打她，还是打了她漂亮的脸。铃铛哭了，该死的他竟然幸灾乐祸，冲我做鬼脸，然后和不要脸的女人一起带走了铃铛。

　　"我可以容忍他所有的胡作非为，但不能容忍他带坏我的铃铛。于是，当他那天喝多了酒回到家，躺在床上大睡的时候，我绑住了他的手脚，用刀割断了他的脖子。这样，他就永远不会祸害我的铃铛了。"

　　说到这里，牛喜花的脸上露出了一丝笑容，随即又很快地消失了。

　　我问她："铃铛来看过你吗？"

她摇摇头："没有。我也不让她来。"

天渐渐暗下来，牛喜花要回去了，但我的采访本上还没有写一个字。我一直在想，我是不是应该去找找铃铛，和她谈谈。

（原载《小小说选刊》2014 年第 5 期）

一念之间

铃铛铃铛我爱你

我花了很长时间才找到铃铛。

铃铛缩在沙发的一角，低着头，紫红色的长发遮住了脸，瘦小的身体不停地发抖。我问她，是不是空调温度太低了？她摇摇头。

我告诉她，我一个月前去看过她妈妈。她抬起头："阿姨，我妈妈会被判死刑吗？"我说："不知道。应该不会。"她又低下了头。

采访过牛喜花以后，我就一直在找她。

我不知道，一个十六岁的女孩，会有怎样的心理，答应爸爸去歌厅唱歌的建议，让她妈妈牛喜花寄托在她身上的希望破灭，因而杀死她的爸爸。如果说去歌厅唱歌是因为喜欢，或者是因为每个晚上的一百块钱，还勉强可以理解，可牛喜花出事后，她一次也没有去看过，这一点绝对不可原谅。

现在，铃铛就在我面前。

无论是站在女人的角度还是母亲的角度，我都有理由说服她去看看牛喜花，去承担因为自己的错误选择带来的后果。但任凭我如何劝说、逼迫，甚至恐吓，铃铛都一言不发，她的身体瑟缩着，我看不到她的表情。

如果这是我的孩子，我会走过去给她一巴掌，或者拉起她的头发，让她看着我的眼睛，回答我的问题。很明显，她被牛喜花惯坏了，既不知道感恩，也没有责任感。

我对铃铛说："好吧，我走了，你好自为之。不管牛喜花如何判，我会去看她，但不会告诉她我见过你。"

她终于第二次抬起头，一双大眼睛里满是惊恐，看着我，还是没有说话。

我完成了关于牛喜花案子的稿子，想把精力集中到下一个报道的时候，才发现脑子里已经满是牛喜花额头上的疤痕，还有铃铛眼睛里的惊恐，挥之不去。

我选择了晚上来找铃铛。

歌厅里充斥着难闻的酒气和暧昧的气氛，人头攒动，我在一个角落里静静地等。

铃铛出来了，她被称作"碧儿"。牛喜花说过，这是她爸爸和那些不要脸的女人给她起的。她穿了一件很短的吊带裙，画着厚厚的浓妆，头上戴着蓝色的假发。但一开口，声音却清澈如水，空灵唯美。一些人吹起口哨，轻佻地冲她喊叫。铃铛似乎充耳不闻，静静地唱着。

我突然有些心疼，她才十六岁，还是个孩子。

那个晚上，铃铛唱了五首歌。当她下台的时候，我跟了过去。

在休息室，她摘掉假发，洗干净脸，换上自己的 T 恤和牛仔裤。我说："瞧，这样多好。"她看了看镜子里的自己，没有回答。我对她说太晚了，可以送她回去，她看起来有些紧张，摆着手说："不用了，不用了。"

她似乎在掩饰什么，这更让我决定必须送她回去。铃铛狠狠地咬着自己的嘴唇，最后说："好吧。"

我们在深夜的大街上穿行。有醉酒的男人抱着树推心置腹，孤独的女人边走边哭，飙车的青年骑着摩托车呼啸而过，摆夜市的小贩守着一盏昏黄的灯。铃铛还是不说话，我想拉着她的手，她躲开了。

铃铛住的地方在一条很窄的胡同里，楼房矮小破旧。我以为是她租的房子，可一打开门，我就从屋里的摆设发现，这是牛喜花之前的家，也就是牛喜花杀死铃铛爸爸的地方。我不寒而栗。

铃铛似乎看出了我的害怕，她把一间屋子的门拉上，给我倒了一杯水。

我问她："为什么又回来住了？"我知道她爸爸让她去歌厅唱歌后，牛喜花就不让她回家了。

她小声说："我等妈妈。"

我急忙问："那为什么不去看她？"

她说："我不敢。"

凭着一个记者多年的采访经验，我明白铃铛也许可以敞开心扉。

　　果然，在我的追问下，铃铛说："我没有不要妈妈。我实在不忍心看她为了我那么辛苦。我学唱歌，一个月就要四百块钱，都是我妈妈东拼西凑才交上的。妈妈说不让我操心学费，她有办法。她能有什么办法？她一个月才六百块钱的下岗补助，她偷偷去当保洁，给人家刷厕所，去干护工，伺候病人，捡废纸瓶子，我都知道。我爸不但不给家里拿钱，还要跟我妈要，不给就打她。"

　　我以为铃铛会哭，但我发现没有，她静静地说着，就好像在讲述别人的故事。

　　"你明知道你是你妈妈的命，她希望你能考音乐学院，你为什么还跟你爸走，去歌厅唱歌？"我问她。

　　铃铛说："我最后一次上课的时候，老师说要涨学费，每个月六百。说别人早涨了，看我家困难，才最后一个涨的。我求老师，说我可以每次少上半小时，但别涨学费，老师说不行。我不敢告诉妈妈，也不敢说不上课，我知道告诉她，她肯定砸锅卖铁也要给我交学费，我不能，那样会要了她的命。可我还有三年才能高考，正好爸爸又说让我去歌厅唱歌，一晚上就有一百块钱，我答应了。我不想让妈妈那么辛苦，想尽快赚钱，带她离开爸爸。我没想到……"

　　沉默了许久，我问她："你恨妈妈杀死爸爸吗？"

　　铃铛说："我不知道。爸爸做得也不对。"

　　我离开的时候，说："让阿姨抱抱。"铃铛迟疑了一下，还是伸出了双手。

我把铃铛瘦小的身体搂在怀里，轻轻地拍着她的背，试图给她一点温暖和力量。

那一刻，我多希望她能够放声大哭，说她想妈妈，说她害怕。但她没有。

（原载《小小说选刊》2015 年第 12 期）

不会说话的爱情

　　没有人找他的时候，他一遍一遍默写宋词，柳永的、周邦彦的、李清照的、李煜的，一律婉约到凄清，柔肠百转，湿漉漉地让人难过。

　　可谁会找他呢？

　　这个废弃的停车场，被假冒古玩、盆栽花草、麻将桌、棋牌桌、金鱼缸挤得满满当当，他就窝在最东边的角落，跟石头一样，很多年不曾动过。

　　倒卖电话卡的女人是他妻子。他妻子很活泛，像才换了水的金鱼，在停车场内外来回游动，见人就伸出手里一大把的卡：手机卡、201 卡、充值卡，要不？没人搭理她，她扭身朝另一边游，天天不知疲倦地问来问去，手里的卡不见少，脸上却总是兴高采烈的样子，仿佛买彩票中了奖。

　　他从事的是一种类似活化石的行业：代写书信。一张学生用的小书桌，一瓶墨水，一沓稿纸，还有她帮他做的一块红色条幅，四个白字：代写书信。原本还有一行小字：七十年代末大学生。他生气，非让她弄掉，说丢人。可字是印上去的，没办法，只好折起来，压在桌子上，充当了桌布。

现在的交流方式这么多，仅就她手里拿的那一堆卡，就能让无数人诉说衷肠，谁会难受巴巴地写信，还要找人代写？他们俩的生计互相矛盾，一个人总要抢了另一个人的生意。

可他们，相安无事十几年。

她让着他。她说：两个人过日子，分什么眉眼高低啊。

他也让着他。他不说，写，纸上一行行飘逸的行书，都是书中的句子。她看不明白他写的，她说：跟鬼画符似的。

人们很奇怪这一对组合。男的白净柔弱，一口沪上普通话，声音浅浅的糯糯的，嘴巴张得很小，上下嘴唇一碰，一串玲玲珑珑的声音就出来了。而她，长得宽厚，声音也宽厚，笑起来大张着嘴，仰着脸，畅快淋漓，末了一张大手捂着嘴，像是要把笑开的下巴给送回去。她是豫西本地人，说话之前的口头禅是：妈呀。那个"妈"字喊得又像"哞"的音，所以，她一说话，这俩字先冲出来。他摇摇头，笑。他笑的时候，露出两排细密整齐的牙齿，雪白。

无疑，她是家里的一把手，吃的穿的用的，都是她来操心。快到吃饭时间，她给他说一声：我走了啊。他抬头咧嘴一笑，她把手里的卡朝背在身上的黑包里一塞，边走边拉拉链。不大一会儿，她回来了，拎着一只米黄色的饭盒，装着他爱吃的米饭、烧青菜，或者炸小鱼、烧带鱼，他吃得认真沉默，一粒米也不舍得浪费。她总笑他吃过饭的饭盒：跟狗舔过一样。

他就没什么不好吗？有人问她。她瞪大了眼睛：有啥不好？自家的男人，想干吗干吗，赚不来钱的人多了，我就爱养着他。

旁边卖仿青铜器的问他，你爱她？他微微一笑，继续写他的。纸上的字一层摞着一层，谁也看不清楚他写了什么。

大家都相信，他的心里一定藏着一个花一样的女子，没有才怪。他的所有心思归在别处，这才能跟她过下去。

她脸红脖子粗地跟人解释：没有，真没有。妈呀，他那会儿在我们村下乡时就这样，人单纯得要死，就是爱看书，要不我才不会喜欢他。

嘿，嘿，瞧你说的。人家城里人啊，还是大学生。

妈呀，可别说城里人，城里人才笨呢，什么也不会，拉个架子车都能翻沟里，差点儿出人命。

你救了他？

妈呀，可不？我正好路过，眼看着他扭啊扭啊把一个空车子拉进了沟里，人压在下面，一声不吭地看着身边的草。你说这人，叫也不叫一声，要不是我看见，还不定压多长时间呢。

嗨，人家英雄救美，你们俩倒好，反过来了。

她居然不好意思了，低着头拧了拧脖子：这不遇上了嘛。他后来去上大学，我想完了，他肯定不理我了。谁知他还一直写信，好多我也看不懂，净是洋词儿。哈哈哈，他对写信有瘾。

后来呢？

后来就结婚了呗。跟着他，俺也进城了。妈呀，这城里人的日子真不是人过的，张开嘴就要钱，挪挪脚也要钱。

不也过来了？

可不，活人还能让尿憋死？好好的，他就下岗了，你说咋办？我不倒卖这卡，孩子上学都是个事。我没文化，他脸皮又那么薄，他……

她说得眉飞色舞。他拧着眉头看她一眼，她立马打住，小女孩一样眨眨眼，一只大手捂了嘴，转身去卖卡。

于是，他住在他悠扬婉约的梦里，靠着她厚实的背稳稳当当地生活，把下岗的日子过得风轻云淡；她住在她尘土飞扬的日子里，仰望着他和他笔下的那些文字生活，把粗糙的岁月打磨得精致细腻。

挺好。

（原载《微型小说选刊》2012 年第 13 期）

风比远方更远

黑皮的声音踏云破月而来，穿过草原的花朵，挤过热闹的人群，沿着霓虹温暖的光，与无数个耳朵相遇，是周云蓬的《九月》。

苍凉的声音如同夜晚的一场细雨，淋湿了整个广场。流动的人群突然停下来，定格在那里，不知所措。

在黑夜来临之前，城市短暂的沉寂里，突兀的歌声让这个黄昏显得格外忧伤。作为一名流浪歌手，黑皮习惯了在陌生的城市，陌生人面前唱自己喜欢的歌。

愣住的人们渐渐清醒过来，呈扇形围拢住他和他的声音。闭着眼睛，黑皮也能感觉到周围安静的人群在听他唱歌。一首接一首，他弹着吉他，不停地唱。有人走了，有人来了，有人往他的琴盒里扔钱，这些似乎都和他没关系，他只是唱，唱着欢乐和忧伤。

夜渐浓。他唱最后一首歌，《我要去泰国》。腿有点儿累，他靠着身后的广告灯箱，低垂着头，轻轻拨弄琴弦，把这首歌唱得轻松舒缓，还带点儿调皮。

这时，黑皮看到了坐在地上的二泉。

当然，二泉这个名字黑皮后来才知道。他看到的二泉，标签非常鲜明，衣衫褴褛，头发过长，面目黧黑，犀利哥一样。二泉低着头，不停地在吃东西，他的腰里似乎藏着一个巨大的食品袋，里面有掏不完的东西，他一直在掏，一直在吃。

曲终人散，黑皮把琴盒外散落的硬币捡起来，清点一下，还不错，有三十多块钱，可以喝一杯了。

二泉似乎意犹未尽，他站起来，递给黑皮一个五毛的硬币。黑皮一愣，下意识往回推了推，二泉又递过来，咧嘴一笑，龇出几颗白牙，眼神一闪，明亮而深邃。

黑皮走过无数的城市，见识过无数的人，看到二泉的笑容和眼神，像被拨动的琴弦，他的心微微一颤。黑皮把钱接过来，说："谢谢。"

此后的好几天，只要黑皮开始唱歌，二泉就来，依然坐在地上，依然不停地从腰里掏东西吃，吃得很认真，似乎在听，似乎也没在听，但最后，总要递给黑皮五毛钱。

二泉再把五毛钱递过来的时候，黑皮拉住他的胳膊："兄弟，喜欢听我唱歌？"

乱糟糟的头点一点："舒服。"

黑皮说："一起喝一杯？"

二泉的眼里冒出猫一样的光："喝一杯。酒是好东西。"

于是，夜幕笼罩的城市里出现了这样一幕，一个流浪歌手，背着一把吉他，他的旁边，走着一个趿拉着拖鞋的流浪汉。

喝酒也是夜市，露天地摊，一盘毛豆，一盘花生米，一大桶生啤，两个人自斟自饮，不用劝，都不客气。黑皮就是在第一杯酒下肚以后，才知道了二泉的名字。

黑皮说："敬你一杯，冲你每天的五毛钱。"

二泉说："敬你，为你的歌。"

黑皮放下酒杯，把吉他掏出来："兄弟，点一首，我给你一个人唱。"

二泉摆摆手："不用，有酒就挺好。"

酒越喝越暖，话越说越稠。黑皮的头都快抵到桌子上了，眼泪和酒一起顺着脖子往下淌。嘴里不停地喊："兄弟，兄弟。"

二泉沉默着，听着，一杯接一杯，喝。

黑皮说："兄弟，你不知道，她有多好，她是真好啊。这个世界上，能把人杀死的，除了爱情，还是爱情……你知道吗？兄弟，爱情！"

二泉仍沉默着，听黑皮说："没了，才知道啥叫没了。真他妈精辟啊。我到处找啊，找……可她是真没了。"

黑皮沉浸在自己的世界里出不来，倾诉的声音归于含混的呜咽时，他看不到二泉藏在眼里的泪。每一个流浪的人背后，都是一大串忧伤的故事。黑皮会用音乐说，会在喝了酒以后说，但二泉不会。那些故事，已经化在他的生命里，成

一念之间

了他身上一副坚硬的铠甲。

第二天，黑皮醒来的时候，发现自己躺在大桥下一张破席子上，身上盖着一个被单，旁边放着一杯豆浆，几个包子，还有他的吉他。头疼得厉害，他使劲想，却怎么也想不起来怎么会睡在这儿。当然，肯定是二泉把他弄到这儿又给他买了吃的。

二泉不在，黑皮等到中午，也没见到他。此后的好几天，黑皮在广场上唱起那些熟悉的歌，他希望二泉会听到，会坐在他面前，不停地从腰里掏东西吃，然后一起去喝酒。但没有，二泉始终没再出现。

他试着去找过，不唱歌的时候，他沿着一条条街道找，到城市的边缘地带找，到大桥下去等，却都没有再见到二泉。

黑皮在心里重复着那句话："没了，才知道啥叫没了。"没了的，不单单是他的爱情，还有他在这个城市唯一的朋友。

该离开了。风在远方，但比远方更远，流浪的人就像风一样，总要朝下一个远方奔。

在火车站，黑皮才又看到了二泉。就像突然消失一样，他又突然站在他面前，笑嘻嘻地咧着嘴说："兄弟，走啊？"

看到二泉和他的笑容，黑皮愣了一下，然后便豁然，也许二泉就是不想让他过多牵挂他，这样会绊住他的脚步。

他拍拍二泉的肩："走，一起？"

二泉说："不了。"

黑皮说："那保重。"

二泉脏兮兮的手挥一挥，留给黑皮的，是一个模糊的背影。

（原载《小说月刊》2012年第2期）

河上有风

从桥上走过的时候，风差点将我掀翻。那是黄河啊，风仗河势，自然肆无忌惮。

看风景？一河白冰，两行光杆杨树，有什么好看的。

我找人。桥两边徘徊的、站立的、哭泣的、沉默的、傻笑的……不用问，他们的表情说明一切。

作为一个可能的心理咨询师，我和他们谁都不认识。导师说，观察。我选择了这里，后来，竟慢慢爱上了这里。

每个人，并非天生有疾；每个人，都会无药而愈。

刘某甲

他在桥上徘徊三天了。

在这些桥上往来的人中，唯有他没有任何表情，这引起了我的注意。没有表情的人就像河道的中央，表面平静，实则暗流汹涌。

暂且叫他刘某甲吧，实际上我从不会问他们的姓名、职业。

第一天来的时候，刘某甲骑着一辆旧电动车，他把电动车停在桥头，双手揣在棉衣兜里，不紧不慢地走到桥上，像一个悠闲的观光客。

夕阳在一河白冰上拉下长长的金色光芒，细碎闪亮。他盯着河里的冰，走向桥中央。桥面上车辆呼啸而过，大货车拉着煤炭、铝粉、生猪，小汽车拉着形形色色的人，不会有人注意到他。

他在某一处站立片刻，又继续向前走。冰上的金色消失殆尽时，他已经走到了桥的另一头，那里的雪松蒙了一层灰尘，和一辆长时间停放的汽车以及路面呈一样的灰色。

刘某甲转身往回走。黄昏渐渐来临，汽车打开了车灯，他更长久地站在桥上，一动不动，直到黑暗浓重，车辆渐渐稀少。

第二天，第三天，他几乎重复着同样的路线和动作，只是在桥上停留的时间越来越长。

如果我分析得没错，他在桥与河之间做着选择。

离开之前，我拦住了他，邀他去喝一杯。

桥头的那些小酒馆是为过往休息的货车司机准备的。我和他随便走进一家，灯光昏黄，里面只有两个人在喝酒，他们的桌上一个拌黄瓜、一个卤猪蹄、五六瓶江小白，每人面前一大碗面。显然，他们已经有了醉意，满脸通红，大着嗓门在聊天。老板娘在油腻的服务台后面玩手机，一个五十多岁的服务员在门口打瞌睡。

我问刘某甲吃啥，他说，酒。

我给他点了一大碗面，要了一瓶白酒和一瓶啤酒，一个花生米，一个红油耳丝。我们相对无言，谁也不开口。

那两个司机中的一个说，我在内蒙古那两年，光车丢了两辆，挣那点儿钱除了给那娘儿们，吃喝完了还不够给雇的司机发工资。算了，回来自己跑短途，挣一个是一个，老婆孩子三天两头还能见着面。

内蒙古咋样？另一个问，还有人喊我过完年去呢。

冻死你。那地儿不是人待的，天天从头到脚都是黑的，洗都洗不净。烂娘儿们还多，想着法儿骗你。

那是你爱给。

你是没去过，那地儿，除了煤，见个母兔子都稀罕。

我发现刘某甲也在听他们聊天。你也是货车司机？我问他。

不是。

那两个司机摇摇晃晃地走了，小酒馆立马安静下来，老板娘大概在看搞笑小视频，不时发出细细的笑声。

刘某甲吃面的速度很快，吃完才开始吃菜、喝酒。他说，谢谢。说完，把玻璃杯里一两多白酒一饮而尽。我吃着面，等着他。

兄弟，做人真难啊。他又倒了一杯酒，和我的啤酒碰了一下，又是一饮而尽。慢点喝，我说。

喝死拉倒。这日子咋过？咋过都是个难。我老娘在床上躺两年了，偏瘫，我媳妇在家伺候老娘，给孩子做饭，我出去打工。年前，媳妇查出了乳腺癌，自己顾不了自己。家里乱成了一锅粥，老娘没人管，天天哼哼，还骂人，媳妇要住院，孩子眼看要考高中……

他又喝了一大口酒。兄弟，你看着是个文化人，你教教我，我咋办，俺？

我所学的那点书本知识中，根本没有这些内容。人哭着来到这个世界，就是要应对一个一个的困难。我自己都觉得这句话苍白得如同那一河白冰。

我去借钱，我叔、我表哥都不借给我。要换作我，我也不借给我，拿啥还？他说。

再想想办法。

路堵死了，连风都刮不进来。哪儿还有路？哪儿有？刘某甲说，我睡不着，头疼，脑子里满当当一点亮光都没有，来这河上吹吹风，看看，还能好点。

我以为你是想……

自杀？想。咋不想，你一个文化人体会不到。人实在没有办法的时候，连死都充满了甜蜜的诱惑，这是网上说的。说得真好，这几天在桥上转，我多少回都想一头栽下去算了。

可你，还是犹豫。

是啊。我死了简单，老娘、孩子、媳妇不是更没人管，他们咋办？

可不。我喝了一大口啤酒。我不想告诉他，我的女朋友突然爱上了别人，我们从大一开始，相爱了整整五年，我以为她会和我一辈子在一起的。她留给我一句"不合适"，就消失得无影无踪了。要不是本科毕业就不了业，考研时候分又太低，我压根不想学什么破心理学，熬呗。这些，我不能跟他说，他心里的难已经有五百斤重了，何苦再加上我这五十斤。

兄弟，这会儿好多了。喝点酒，跟你说说，痛快多了。他说。

我也痛快多了。我说。相比他的五百斤，我这五十斤实在太轻。

两个人从小酒馆出来，刘某甲推着他的旧电动车，我推着我的自行车，我们也和刚才那两个货车司机一样，摇摇晃晃，摇摇晃晃，他回他的家，我回我的宿舍。

冰的覆盖下，大河安静。明天，被我叫作刘某甲的他也许不会再来了，但我，还会来。

（原载《小小说选刊》2019 年第 14 期）

韩某乙

男人什么时候最难看？一是喝醉酒的时候，烂醉如泥，丑态百出；一是哭的时候，大哭还好，不停抹眼泪的，完全就像个女人。

第一次见他——韩某乙，这是我给他取的名字，他就在哭。

我已经从他身边走过去了，看见他耸着肩膀，不停地抽泣，我停下来，站在他旁边。

他哭得不管不顾，尽管声音不大，但似乎眼泪不少，因为他一直在拿纸巾擦眼睛。

嗨，咋了？失恋了？

从他的发型和穿着看，他应该在二十岁左右，正是为情所伤的年龄。

没事。他扭头看了我一眼，也许是发现我并没有恶意，他温和地回答了一句，又擦了擦眼睛，两手撑着栏杆，装作看河上风景。

我也经常想哭，这没什么不好意思的。我试图拉近和他的距离，我是有想哭的时候，但从不会在大庭广众之下哭，一般都去操场跟身体较劲，把眼泪憋回去。

你不懂。他说。

没什么不懂的，都是年轻人，都经历过。

不一样。说完他向旁边挪了一点，这是他发出的终止聊天的肢体语言。

汛期来临之前，大河泄洪，河水瘦得只剩下细细弯弯的一线，全无往日气势。河滩被漫无边际的葎草和大豆覆盖，

一念之间

倒是绿生生一片。这时候的黄河，是最没有观赏性的，在河上停留的人，大抵并不为看河。

几天后，我再次看到韩某乙，他好像依然在哭。

是他选择到这个地方来哭，还是他来到这里以后触景生情才哭？他的反常，自然更让我好奇。

嗨，又见面了。我主动和他打招呼。

看到是我，他有些尴尬，擦眼睛的动作明显快速而用力。

我是个心理学硕士，在做一个课题。我先做自我介绍，免得引起他的反感。

哦，这样。和我有关吗？

既有关，也无关。我说。课题只是我的研究内容而已，是我生活的一部分，在此之外，我喜欢这座桥，喜欢在这座桥上驻足的人和他们的故事。

很遗憾，我没有故事。听得出来，他不想多说。

一个在河上哭泣的人，怎么会没有故事。

是不是觉得我像个女生？

不。不是还有首歌，《男人哭吧不是罪》。这句话说得真蹩脚，说完我就后悔了。

我大学毕业两年，孩子已经半岁了，你信吗？韩某乙说。

信。在这个纷杂火热的世界里，他说什么我都会信，毕竟，生活本身比想象更充满想象力。

本来，我家里条件很好，毕业后家人要我出国，女朋友死活不让，说我出去就会不要她了，还不如当时就分手。我选择了女朋友，为此还和家人大吵了一架。我和她都在我爸的公司里上班，半年后，她怀孕了，奉子成婚，反正早晚都要结，我奶奶早等着抱重孙子。

他停顿了一下，似乎在等什么。

我没有说话，也没有看他，我知道，一个人一旦说出了故事的开头，就必然会说到结尾。

孩子生下来才三天，我爸突然被带走了，说他涉嫌非法集资。一切都变了，公司被封，我的车被扣，家门口天天有人堵门，甚至拉起白布，说要我们血债血偿。我奶奶急火攻心，病倒了，我媳妇一着急母乳也没下来，最可悲的是，我连买奶粉的钱都找不来，更别说进口奶粉了。

我大概知道他是谁了。那件非法集资事件闹得很大，几乎无人不知。看着这个白皙瘦弱的男孩，我很难想象他会是之前流传的深夜开豪车飙车、骑哈雷炸街、KTV争风吃醋打群架的那个小少爷。

媳妇抱着孩子回了娘家，我顾不上她们了。我奶奶进了ICU，我妈天天骂我，说我不争气。

他又哭了。

突然降临的变故和压力让他不知所措，除了哭泣，他好像真的做不了什么。

我去看我爸，他说他是被冤枉的，他被人骗了，有人设局弄断了公司的资金链，银行不贷款给我们，有人告诉他可以民间借贷。具体是怎么运作的，我说不清，靠我也救不出我爸，救不了公司。我妈说得对，我就是个窝囊废。

韩某乙——我依然这样叫他，将头抵在栏杆上，双手抱头，我看不到他的脸，只是拍了拍他的背，算是给他一点微弱的力量吧，尽管这点力量我自己都觉得毫无意义。

再见到韩某乙，是两个月之后了。

夏季已经来临，夜晚来桥上吹风乘凉的人越来越多。我在人群中看到了他，依然是一个人，瘦了一些，穿一件黑色背心，一条短裤，一双人字拖。

嗨，来乘凉？我说

嗨，好久不见。他说。

还好吧？

还好。他似乎笑了一下，又似乎没有。桥上灯光微弱，我看不太清。

我们俩并排在桥上站着，有风吹过，风里挟带着浓重的腥味。过了一会儿，他摆摆手，走了，没有说话，我也摆摆手，没有说话。每一天都在上演大大小小的新闻，他们家的事，官方和坊间几乎没有了任何消息。

我想起那句话，人哭着哭着就习惯了，韩某乙，应该也一样。

（原载《小小说选刊》2019 年第 14 期）

齐某丙

齐某丙笼着两只手，冲河水大喊：我一定会成功的。他的样子，让我想起小品里每天励志的三个人。

我来桥上的次数越来越少了。我的硕士生活已经进入尾声，正在紧张地准备论文和答辩，再次面临就业这个难题，要不就得读博，继续在学校待着，可以再逃避三年。

齐某丙成功地逗笑了我。谁不想成功，如果靠在这儿喊就能成功，黄河都会被喊沸腾。

兄弟，励志呢？

不是，我刚许了个愿。

冲河水许愿？那愿望岂不是哗啦啦就流走了，还能实现？

哗啦啦流走的是水，不是黄河，你看多少年了，黄河不一直在这儿！他说得好有道理，我居然无法反驳。

很显然，这是一个健谈的小伙子。受他的影响，我心情大好，决定和他聊聊。

能说来听听吗？你的愿望。我问他。

不能，说了就不灵了。他说。

那可以说说你做什么工作吗？

我在那家挖掘机公司做销售。他向桥头的方向指了指，距离桥头一公里外，有好几家挖掘机公司。不过，你看起来像老师，应该不需要挖掘机，要不我肯定给你打折。

这个齐某丙还真适合做销售，性格好，也会察言观色。

你说错了，我不是老师。你就当我是个小包工头，怎么样？你要怎样把你的挖掘机卖给我。

大哥，别逗我了。我都来三个月了，我能看出来，包工头不长你这样。他说。

你从哪儿来？听你口音，不像本地人。

陇南，你听说过没？甘肃的，我老家在那儿。

不上学？

不上了，家里等着用钱，高二没上完就不上了。

一个人？

不是，好多老乡。他警惕性很高，在这座城市，四川人、陕南人最多，哪里会有那么多陇南来的老乡。

看到他脸上的稚气，还有乱糟糟的头发、黑黢黢的脸，我想起了远在广东打工的弟弟田小。跟我视频通话的时候，他也是这样一头乱糟糟的头发，笑嘻嘻地说和老乡去吃米粉，说他做工的厂子，说他的流水线。我已经两年没见他了，他说买不到票，正好过年加班费高，回家还冷得要死。

你和我弟弟差不多大。我说。

真的？你弟弟也十七了？不对，十八了。

对，十八了。我不想计算他还有田小到底是十七还是十八，没什么意义。

那我叫你大哥。大哥，我刚才许的愿是到过年争取攒够五千块钱打回去。刚才还说许愿不能说的他，迫不及待地告诉我。

加油，你一定能实现的。我说。

大哥，我能加你的微信吗？你是我在这个城市唯一的朋友。

当然。他的微信名叫勇往直前。

勇往直前，不，还是叫他齐某丙吧，他的朋友圈里转发的几乎都是成功学和心灵鸡汤，我从没有打开看过，但我会给他点赞。

周末的时候，我偶尔会约他一起吃饭。一碗面条，一盘饺子，或者一份炒米，都能让他高兴半天，他每次都说太好吃了。他说在老家总吃洋芋、吃酸菜，能把人吃吐了。

吃完饭，我们会去桥上走走。快入冬了，风有些凉，河水上涨，有游船和快艇在桥下穿梭往来。

齐某丙很兴奋。黄河这么多水，要都流到我老家就好了。走到桥中间，他会许愿，许完愿依然是拢起手，喊一句，我一定会成功的。

现在，他会主动告诉我他的愿望。要早点给家里修房子，要给父亲买个手机，要给妹妹买学习机，要给奶奶买老花镜……

我知道，他的挖掘机卖得很不好，每个月的工资除去房租、吃饭，能攒下来的并不多。

冬季的第一场雪来得有些早了。突然一觉醒来，四处白

　　　　　　　　　　　　　　　一念之间

茫茫一片。我的论文基本完成了，也得到了导师的肯定，他推荐我去几家单位应聘，有一所培训机构对我很有兴趣，开出的待遇也比较诱人，一切似乎比我想象的要好得多。

在宿舍酣睡了两天，看到漫天飞雪，心情大好，我决定去桥上看雪，看大河上下，顿失滔滔。

很远，我就看到了那个瘦小的身影，身上一层薄雪，是齐某丙。我才想起来，忙着写论文、去应聘，我已经快一个月没和他联系，也没看他的朋友圈了。

大哥，我要走了。他说。

去哪儿？

去郑州吧，还没想好。

许个愿吧，大雪会帮你实现的。我说。

他开始许愿，许完了，笼着手，冲着漫天飞雪和大河喊，我一定会成功的。

我揽着他的肩膀，说，你一定会成功的。

大哥，想知道我许了什么愿吗？

不，先别说，愿望说出来就不灵了。

桥上的风太硬了，四面八方吹过来的都是冷风，自己哈口气起码可以暖暖手。

（原载《小小说选刊》2019 年第 14 期）

河上有风

赵某丁

遇到赵某丁，纯属意外。

汛期来临之前，黄河泄洪。每年泄洪时，被泥沙呛晕的各种野生鱼类就会浮上水面，形成流鱼现象。

捞鱼人就出现了。河南的、山西的，城里的、村里的，男男女女，摩托车、汽车，渔网、抄网、塑料桶、盆、蛇皮袋，沿河岸一溜散开，捞鱼。卷着裤腿，赤裸上身，甚至只穿一条短裤的男人们，在水里泥里把自己弄得更像一条鱼。

站在桥上，我看着远处的那些人。风里裹挟着泥土味、鱼腥味，还有各种飞絮。这真是一个暖烘烘乱糟糟让人心烦的季节。

桥头，照例成了临时的鱼市。人车喧嚣，过往的大卡车卷起灰尘，着急过桥的司机拼命按着喇叭，卖鱼的、买鱼的、和我一样看热闹的人，随意乱停的汽车、摩托车、自行车，把桥头弄成了一锅粥。

赵某丁，成了锅里冒出来最大的那个泡。她正跟人打架。

我从没有见过，一个女人跟人打架时可以那样拼命，那样毫无顾忌。

和一个男人一对一，她似乎并不落下风。男人抓她的头发，她挠他的脸，咬他的胳膊，踢他的下身，朝他脸上吐唾沫，哭，骂，身体的任何一个器官都不闲着。

很显然，败下阵来的是那个男人。他抹一把脸上的唾沫和汗，留下俩字泼妇，离开了战争现场。

而被我在心里叫作赵某丁的女人，并没有像胜利者一样，而是一屁股坐在地上，号啕大哭。衬衣的扣子掉了一个，露出内衣的带子和半拉弧形，居然是玫红色的，黑裤子上全是泥和土。

我摇摇头。这样的女人，除了"泼妇"两个字，恐怕再也没有合适的词语来形容了。

有人来拉她，起来吧，别哭了。他都走了，赶紧卖鱼。

她屁股一拧，从地上爬起来，双手拍拍屁股和腿上的土，整了一下衬衣，回到她的鱼盆前，大声吆喝，野生黄河鲤鱼了啊，新鲜的黄河鲤鱼便宜了。声音高亢脆亮，好像之前的一切都是我的幻觉，跟她没有丝毫关系。

嗯，这个女人有意思。她是怎么做到片刻间角色转换，而且毫无缝隙的？

有人去她跟前买鱼，她乐呵呵地挑鱼、称鱼、算账、取零头、扫码收款，有条不紊，完全是一个纯朴还有些精明的小商贩。

我不买鱼。因为我压根不会杀鱼，更不会做。在小山村长大，我读大学之前，没有吃过鱼，对鱼的味道，还有那些乱七八糟的刺，从来都没有好感。转了一圈，我离开了桥头那锅黏稠烂糊、味道不洁的粥。

回到宿舍，心里依然乱糟糟的。赵某丁的样子一直在我眼前晃。

对，桐花。

那个长得很好看，原本有着一张雪白暄腾的脸，扎着大辫子的桐花，后来就成了这个样子，和赵某丁坐在地上哭着骂着的神态一模一样，毫无顾忌。

我莫名其妙地喜欢新媳妇桐花，站在她家门口，看她穿着大红的高跟皮鞋，走来走去。她会塞给我一把花生，或者一把糖，然后摸一下我的头。突然有一天，她变了，瘦了，不好看了，不给我花生和糖不说，还特别爱骂人，有人说她男人死了。我觉得很难过，要从她家门前经过时，都故意绕一条巷子，跟谁赌气似的。

桐花勾起了我对赵某丁的兴趣。在此之前，我从没有认真想过或者观察过女人，除了我那个消失的女朋友。

第二天下午，我又来到桥头，没看到赵某丁。

我问旁边的光头，昨天打架那个卖鱼的女的，今天没来？那人头也不抬，捞鱼还没回来，估计快了。她自己捞？对。

站了一会儿，果然看见赵某丁骑着摩托车，后座上挂着两个脏兮兮的蛇皮袋，扣着一个塑料盆突突突地来了。

光头喊她，说我找她。她卸着鱼，往盆里倒，头也不抬，找我？买鱼？

我脸红了。不是，不买。

不买鱼找我干吗？

主要是我不会杀。我临时想的借口，也是真话。

那好办，买了我帮你杀，真正野生的黄河大鲤鱼，好吃。刚捞的，都活的。她手不停，嘴不停，脸上、脖子上的汗和泥巴点子混在一起。你自己挑还是我帮你挑？

心里居然有点紧张。你帮我挑吧，小一点。

她挑了一条一斤左右的鱼，称完直接在地上一摔，拿到光头那儿刮鳞、开膛，一气呵成。

真麻利。我说。

一家人要吃要喝，不麻利天上也不会下钱，风里也不会刮钱，只有这河里的鱼啊，这几天不要钱。

光头插话，嫂，不是我说你，你得想想办法，问李九利要啊，你这样得把自己累死。

咋要？昨儿你也见了，再打一回？人脑打成狗脑了，他就一句：没有。活人还能叫尿憋死？

把儿子给他，叫他养。

我可舍不得。跟着他，吃喝嫖赌，好娃都学坏了。哎，买鱼了，野生的黄河大鲤鱼，刚捞的，都活的……

离开赵某丁和桥头那锅粥，夕阳斜照。

桥上，风依然在吹，河水浑浊，各种味道混杂，从脸颊、鼻翼、耳边掠过。不同的是，我手里多了一条鱼。

（原载《山西文学》2020 年第 2 期）

司某戊

我是先注意到那辆车，再注意到那个人的。就叫他司某戊吧。

黑色的奥迪，经常在黄昏或夜晚驶来，停在桥头。很久，他才从车里下来，每次，都是一个人。

他一手握钥匙，一手握手机，脚步不急不缓。上桥后，迎风而立，有时会点燃一支烟，大多时候，他什么也不做，就那样站着。

看得出来，这是一个做事稳当，或者说事业有成的中年男人。和大多数来桥上的人相比，他的衣着总是齐齐整整，从不随意。

官员？商人？如果是官员，可以乘坐奥迪的，不会是一般级别的官员；如果是商人，开奥迪，要么是低调，要么是生意并不是很大。总是一个人，单身吗？没有秘书，或者没有情人？连个朋友也没有？

反正我有的是时间，不妨做一下猜测。这实际上是很有意思的一件事，就好像导演一出《楚门的世界》，所有的人都是演员，包括那些匆匆而过的大货车、小汽车里的人、桥上往来停留的人，他们的故事，在我的想象和假设里划过。我，是唯一的观众，饶有兴趣地观看着演出，猜测着下一幕的剧情。

司某戊，有一种气场，让我不敢走近，我只能远远地，看着，猜测着。

但令我没想到的是，他跟踪我。

那天离开桥的时候，已经是晚上九点多了，我骑自行车回学校，完全没有意识到他的车跟着我。就在我即将拐进校门的时候，他从车窗里喊我，你好，一起坐会儿？

对我来说，这个时间回宿舍休息还早，他看起来也不像是坏人，如果能验证一下我之前的猜测，也是有意思的一件事，何乐而不为呢？

我们面对面坐在一间茶舍的包间里。灯光昏黄，青瓦垒墙，有明亮的光线从瓦楞间穿过来，一束一束，落在他的脸上、身上，当然，也会在我的背上。

他面目温和，笑容很淡，和这里的老板、服务员似乎很熟，什么也没说，服务员就端上来一壶安吉白，一碟开心果，一碟小点心。

他不说话，我也没有。从何说起呢，是他叫我来坐坐，总归是他有话要说。

喝茶。他一直盯着我看。

你对我有兴趣？他终于开口了。

什么？

我注意你很久了，你一直在观察我。

原来在楚门的世界之外，还有更大的世界，我也是演员中的一个。我不好意思地笑笑，是观察你很久了，抱歉，希望没有打扰你。

没有。那么我们不妨开诚布公。你喜欢我？

什么？我大吃一惊。难道？我不敢仔细想，急忙解释，不，不，我不是。

这次是他惊讶。什么？

莫非，你以为？那个……我有点语无伦次。在桥上往来观察这么久，我第一次遇到这样的人、这样的问题。我有些慌。

不过很快，他就镇定下来，依然是一脸平和。是我鲁莽了，抱歉。

我急忙向他解释，我的身份，我注意观察他的原因。他一言不发，低头喝着茶。一束明亮的光正打在他的额头上，额头看起来光亮无比。

他抬起头的时候，我看到他的表情变得很严肃，手指紧紧地捏着那只空了的小玻璃杯。他挺了一下背，说，既然坐下了，聊聊也无妨吧。

当然。我快速地回答。

你既然是心理学硕士，有些故事，想必你肯定会理解。

我点点头。

你知道了，我的性取向问题，我会爱上像我一样的男人，我喜欢他们，真正地爱他们。他说。

我又点点头，表示理解。大学期间，我周围就有这样的同学。

但这不是重点。他说。他把头低下去，那束光又打在他的头顶。重点是我有妻子，有孩子。在所有人面前，我是一个成功者。我既无法对家人说出我的问题，又无法面对社会对我的异样审视，我只能像一个演员一样，尽全力演一个好丈夫。

他的声音变得越来越低沉、微弱，甚至时断时续。

可是，那种日子，我有多痛苦，多煎熬，没人知道，没有人。我试过无数种办法，想让自己爱上妻子，哪怕是妻子以外的女人，但不行，不行。每当我和她们稍微近距离接触的时候，我就反胃，难受。

他的头更深地低下去，那束光完全打不到他了。他用双拳支着额头，发出不太明确的声音，不是呜咽，也不是自言自语，更像某种动物一样急促地喘息。

茶已经很淡了，那两碟开心果和点心，谁也没有动。他仍靠双拳支撑着额头。

我实在憋得太难受了，有时来河上看看，没人了喊一喊，有时去对面山上坐坐。我不知道，什么时候是个头，不知道，不知道。

我继续沉默。他需要的不是我几句轻飘飘的安慰。

他深深地吸了口气，缓缓呼出。谢谢你，跟你说说，好多了。最后，他抬起头的时候，又挺直了背，依然一脸平和，毫无波澜，好像什么都没有发生过。

离开茶舍的时候，我们没说再见，他摆摆手，我也摆摆手，背身而行。关于他身份的一切细节，我没有问，也不想问。

这个世界上，谁不是怀揣着无数的秘密，一边笑，一边哭。

（原载《香港文学》2020 年第 3 期）

高某己

女孩的长发在黄昏的风里飘起来，和她瘦削的身体组成了一幅别致的剪影。

很少有年轻的女孩子独自来桥上，大多时候，她们的身边会有一个殷勤的男孩相伴，拍照，或者说着悄悄话。

她抱紧双臂，并不依靠栏杆，目光盯着山尖上最后一抹夕阳在河上拖出来的碎光影，没有任何表情。我不敢贸然走近她，只是远远地看着，她的发型，她抱紧双臂的样子，和我突然消失的前女友太像了。

人们说女人心海底针，尽管我总是不停地观察、揣摩人，可对女人，我就像个白痴。前女友消失前任何迹象都没有发现，我不止一次和她描绘着我们的未来，结婚、生子、偕老，甚至连孩子的名字都想好了。可她在微信上留给我一句"不合适"，就彻底退出了我的世界。删除微信，换个手机号，就这么简单。

这个女孩——暂且叫她高某己吧，她是什么样的人呢？

远望着她一动不动的剪影，我猜测着她的故事。

失恋。

对，她被一个男生抛弃，就像我的前女友一样，没有解释，不留任何余地。他们是要约会的，说好去对面的山上兜风，看蜿蜒的山路边那些野杏花开了没有。高某己从中午吃过饭就开始化妆，眼线总也画不好，影响了她的心情。睫毛膏涂得有些浓了，像苍蝇腿。卸妆，重新来。脸上、脖子上开始冒汗，这次画得更糟糕。再次卸妆，改画淡妆。好不容易把脸弄好，她又为穿什么衣服发愁。床上扔了一件又一件，不是薄了，就是厚了，要么是上次约会穿过了。终于，搞定了一切，穿上短靴，背上包，出门。早春的风，迎面而来，她的心情在和煦的风里，变得甜丝丝的。从小区出来的时候，她并没有像往常一样，看到他那辆白色的小福特。心情好，他可以迟到，她可以等。十分钟，二十分钟，无数的汽车、电动车、行人从她眼前闪过，卖烤红薯的大爷，已经成功地卖出去了三个烤红薯。这时，她收到了他分手的微信，也只有一句：不合适。她回复过去，发现他们已经不是好友了，信息发不出去。打电话，没人接，再打，依然没人接，然后，是关机。她不知所措，就像当初的我一样。这座跨越黄河的大桥，成了她最好的去处。

太完美了，我为自己构想的这个故事叫好。高某己，你们这些捉摸不定的女孩，也会被人莫名其妙地甩掉，就像扔掉一张用过的餐巾纸。

或者，还有另一个故事。

失业。

对，昨天之前，一切都很正常，今天早上一进办公室，她就收到了人事的通知，她被解聘了。这是她大学毕业后找到的第一份工作，她很珍惜，加班、出差、陪酒，她毫无怨言。她需要每月打到卡上的四千多块钱，付房租、买衣服、买饭、买化妆品、给父母。父母和弟弟在遥远的老家，种两亩苹果，剪枝、打药、施肥、疏花、套袋、除草、采摘，一年下来，苹果价格好了，能余小万把块钱，价格不好了，卖苹果的钱和投入基本持平，也许还会亏。父母不敢生病，怕上医院检查，一点风吹草动，都会把这个家打得七零八落。她的工资是一家人的希望，也是让她将来能找一个好点的结婚对象的筹码。可是，在这个早上，一张纸，轻飘飘地击碎了所有的希望，毫无理由。她依然不知所措，不敢给父母打电话，不知道下个月的房租从哪里来。

这个故事，似乎残忍了点，我不敢继续想下去。

我刚刚和一家培训机构达成了就业协议，万一我也遇到这种情况，我会比高某己更惨。

或者，还有另一个故事。

选择。

对，在亲情和爱情之间，她无法选择。与她相亲相爱的那个男孩，是单亲家庭，他从小和母亲、姥姥生活在一起，这是她父母无法接受的。他们固执地认为，单亲家庭的孩子存在人格缺陷，更何况他从小生活在没有男人的家里。她和父母解释，他很阳光，也不是妈宝男，他们不信。二十多年争吵不休的父母，在这件事上意见空前地统一。她想告诉他们，并不是家庭健全的孩子，都会有一个健全的人格，比如她，但她不敢说。她把男孩带回家，让父母亲自验证。不行，母亲用割腕威胁她，父亲用一顿怒吼把男孩撵了出去。她依然不知所措，既无法舍弃男孩，又不能让父母让步。死局。

这个故事让我心乱。

黑暗来临，远远地，她的剪影变得模糊。偶尔呼啸而过的车灯，会照亮她，然后再把她陷入黑暗。

直到我离开大桥时，高某己依然如岸边的杨树，站立在桥上，一动不动。

我不能再继续想象故事的第四种、第五种可能。

我们原本如此相像，每一天都在努力让自己百炼成钢。尽管高某己一无所知，我还是想为之前的残酷和冷血，向她说声对不起。

（原载《北方文学》2020 年第 5 期）

安某壬

她是第一个主动找到我的人，说姓安，暂且叫她安某壬吧。

安某壬给我打电话，说听说我是心理咨询师，她必须找我聊聊。

我说，纠正一下，我目前还不是心理咨询师，将来可能会是。

她说，那你胆子也太大了，是不是还没有考到证？没证你也敢做咨询，小心有人会查你。

我不收费。

收费不收费你都没证对吧，没证做咨询是不是就是骗子？

我有点晕。你找我就是为了证实我有没有证？首先，我没有做咨询，我只是观察不同的人；其次，是你找的我，不是我找你。你到底想干吗？

不是，我不是那个意思，我就想找你聊聊，他们说你是研究这方面的专家。我直说吧，我就是确认一下你是不是真的不收费，听说心理咨询师收费很贵的。

尽管我遇到过形形色色的人，但脑回路如此清奇的，还是第一个。好吧，她赢了，她成功地引起了我的兴趣，接下来，无论她找我聊什么，我都会认真倾听。

我们约在桥头的一家小饭馆见面。下午四点多，还不到吃饭时间，饭馆里除了老板和一个脸蛋红哈哈的小姑娘，别无他人。

我找了一个靠窗的位置，一个女人骑着一辆粉红色的电动车过来时，隔着窗户我就断定她是安某壬。一头干燥蓬乱的卷发，一张黄瘦干巴的脸，最关键的是她眉头紧皱，整张脸看起来焦躁不安。果然，她把电动车斜放在店门口，一推门直奔我而来。

她连问也不问，拉开凳子就坐在我对面，先喊红脸蛋的服务员，姑娘，来杯水，渴死了。

她喝了大半杯水，用手背擦擦嘴，才对我说，我是你安姐。今儿这天真热，还没入伏，要热死个人哩。这都多长时间了，一滴雨也不下。嗳，老板，你这空调也不开，电扇吱吟吱吟都是热风。

我原本没觉得热，自打她一进门，就感觉到热了。

老板在玩手机，没搭理她，小姑娘翻了她一眼，也没动。

安某壬又喝了半杯水。你说，我可咋办啊？这一天天的，日子没法过了，谁都不叫我省心。我也不知道上辈子是把人家娃扔井里了还是刨了谁家祖坟了，这辈子叫我受这些罪，一天好日子都过不了。

截至目前，我还一个字都没说。也许，她并不需要我说什么。

就说我这儿子吧，都是生儿子，人家生的一个个有出息，还孝顺，我生的就是个讨债鬼。好不容易上了大学，找了工作，想着能跟着他享几天福，他倒好，一下子跑到福建去了。要结婚了，要买房，女方家要彩礼，一张口跟我要五十万，我是会印钱还是开银行的啊！

她从桌上的纸盒里抽出几张餐巾纸，擦汗，过于用力，脸上留下一缕一缕的纸屑。

我示意她脸上有东西，她随意抹了一把，继续她的问题。

一个一个都是来讨债的。好不容易东拼西凑挤够了给儿子的五十万，他告诉我儿媳妇怀孕了，这是一口气都不让喘啊。他们的房子没交工，婚礼没办，儿媳妇坐月子谁照顾？孩子将来谁带？上幼儿园谁接送？想想头都大。

你想太多了。我终于开口说了第一句话。

你又没结婚，说得轻巧。哪件事都明摆在眼前，都需要钱、需要人啊。嗳，姑娘，加点水。她又抽出几张纸，擦汗。

看着安某壬的嘴一张一合，我想到我将要面对的生活，我还不如她儿子，我目前连对象都没有呢。手心全是汗。

不说我儿子，好歹他还有工作，我闺女才让我上火。那么大个孩子，一点也不知道上心，都初二了，就知道玩，考不上重点高中怎么办？考不上重点高中，就和好大学无缘了。考不上好大学，上个二三流学校，混个毕业证，跟没有有啥区别。

大姐，孩子才初二，你太着急了。

不着急怎么行，你是考上研究生了，站着说话不腰疼，谁家的难谁受。你瞅瞅，我这头发，白的，现在染了看不出来。我一夜一夜睡不着，咋办哪？闺女说也不听，说多了她爸还和我吵。提起她爸，更让我上火，一个大男人，好像这家里家外的事都跟他没关系，上完班看电视、散步、下棋、喝酒，儿子的事不管，闺女舍不得说，你说，要他有什么用！

这个，大姐，有些事……

你先别说，听我说。还有我那个婆婆，怎么就跟纸糊的一样，三天两头这儿疼那儿不舒服，要输液吃药，小叔子小姑子全都是甩手掌柜，谁也指靠不上。还有，你听我说……

我的汗顺着脊背往下淌，热，太热了。焦虑真的会传染，我必须马上离开安某壬，离开这个地方。

我从手机设置里找到铃声，随意点了一个，并示意她要接电话，打断了她。

离开小饭馆的时候，我一碗面都没点，红脸蛋的小姑娘狠狠地白了我几眼，管她呢。我告诉安某壬，我有点急事，必须马上走。

看，你也有着急上火的时候。她的表情这会儿倒是很放松，似乎还有点幸灾乐祸。

来到桥上，我闭上双眼，张开双臂，让热烘烘的风从我脸上、身上穿过。河水汤汤，我长呼一口气，努力想忘记安某壬，忘记这个下午。

狄某辛

经过一个冬天、一个春天长久的干旱，终于在真正进入夏季之前，降了一场雨。从星期二下午开始，这场雨断断续续一直在下。到处都是绿生生、湿漉漉的，饱满舒展。

这样的一场雨下过，雨季到来，黄河就该泄洪，进入汛期防洪了。

细雨还在下，夹杂着栾树金黄色细碎的花朵，扑簌簌落在伞面上。这个下午的桥上，应该不会有人来吧。

很意外，远远地，我就看到一顶黑色硕大的雨伞，安静地落在桥中央。

慢慢走过去，更出乎我意料的，伞下站着的是一个女人，她把伞放得很低，只能看到她半高的黑色皮鞋、藏蓝的裙子，看不到她的肩部、头部。过大的黑色雨伞，像是扣在她头上的一个罩子，把她与外界隔绝。

我装作散步，从她身后慢慢走过去，走到桥的那头，返回，再从她身后走过去。她在接电话，声音很低，但是命令式的。

很显然，这不是一个容易接近的人，我不打算把她作为我观察的对象。

在距离她几十米的地方，我停下，专心看河。相比之前的平静清澈，现在的黄河才更像黄河，宽阔，浩荡，浑浊，水汽迷蒙，远山与天空融为一体，岸边杨树勾勒出一抹暗色。

突然，我的伞被挂了一下，几乎从我手里飞出去。

扭头，我看到了她——暂且叫她狄某辛吧。她从我身后经过，过大的黑色雨伞挂了我的伞。

对不起。她说。

没事。我把伞往旁边让了一下，她也把伞让了一下，结果，两把伞又撞在一起。她尴尬地笑了一下，我也笑了一下。这是个五十岁左右的女人，短发，素颜，脸色苍白。

她试图跳下人行道的台阶，彻底让两把伞躲开，略有些高的台阶，和她手里的伞，让她跳下去后趔趄了一下，她的身旁就是呼啸而过的大货车。

我赶紧丢了伞去拉她。太危险了，我说。

我把她重新拉回到人行道上。她把伞打正，用一只手整理了一下裙子和头发。看得出，她很在意自己的形象，可我却在她抬手间，看到了她扬起的手臂上一大块条状的青紫。

谢谢你。她说。这次，她并没有马上离开。你也喜欢看河？

我说，是，经常来，看河是一方面，主要是看人，确切说是观察人。我告诉她我的身份和研究方向。

嗯，挺不错。她说。她的语气很像领导在肯定下属。

那一天，她很客气地要了我的电话，但并没有给我她的电话，也没有加我微信。她的气场，让我不敢问，不敢多言。

几天后的一个清晨，雨还在下，我意外接到她的电话。她说她在桥上，问我今天去不去。我原本是要到图书馆查资料的，她的电话让我改变了主意。

又看到了那把硕大的黑伞，和黑伞下的狄某辛。

河上有风

没打扰你吧？她说。

没有。找我有事？我问。

到这里了，突然很想找人聊聊，想来想去，想到了你。她看着河水，没有什么表情，但语气明显比那天柔和了许多。

两把伞像长在桥上的两朵蘑菇，她站在她的伞下，我站在我的伞下，距离不近不远。大概有五分钟时间吧，她并没有开口，我们都沉默地看着河水奔腾。我明白，她想要和我聊的内容，不轻松，如何开口，对她来说应该很艰难。

她突然向我扬起了胳膊，那块青紫，很醒目。看到了吧，被人打的。

不用问，该说的她总会说，该掩饰的她也会掩饰。

这是他对付我的唯一办法。她继续说。

每天，我顶着一身的光环，出现在各种场合，回到家，我就是掉到尘埃里的一块黏糕。喝酒，不喝酒，他随时都会用拳头跟我说话。而我，什么都不能说，不能做，连喊一声，都不能，怕邻居听见，怕各种闲话。

这个他，看来是她老公了。

于是，他变本加厉，向我提各种要求，要换车，我必须马上给他换，否则，他就会拳打脚踢，要随时为他准备他喜欢的酒，为他堵莫名其妙的经济窟窿，给他弟弟买房，给他外甥安排工作，还有……她停顿了一下。就是个魔鬼。可一走出家门，我事业有成，他潇洒体贴，我们恩爱有加，是所有人羡慕的对象。你能想象这是什么样的生活？

我点点头，能。

你不能。她提高了声音。感同身受，不存在，感和受，完全不一样。

拳头落在身上，疼的是心里。心里，你明白吗？你不明白。我还得求他，给我留点最起码的体面，不能打我的脸和身体露出来的部分。即便这样，他还是会故意在我的脸和脖子上、胳膊上、腿上留下痕迹。

我无数次幻想着他出车祸被撞残废，断胳膊、断腿，或者突发脑梗、心梗瘫痪在床，那该多好。我甚至还想过在他的酒里下毒，在他睡着后打开煤气，在他动手时冲进厨房拿刀砍了他。可最后我什么都不能做，我不能，不能。

应该早点离婚的，他就是抓住了你的弱点。我总得说点什么。

我知道，我知道……晚了，太晚了。

被我叫作狄某辛的女人从桥上离开的时候，雨已经停了，但她依然打着伞，把自己牢牢地扣在里面。

道别时她说：抱歉，请忘掉我的故事。

我说：我们从未见过面。

孤城

浓雾锁城。

不过才十几分钟,这座小城便成了孤城。

三米开外,除了浓重的白雾,什么也看不到。李生站在十一楼的窗口,眼前除了浓雾,依然是浓雾。他甚至想,如果推开窗户一抬脚跳下去,他也可以在浓雾里飞翔或者行走。

警察封锁了高速路、公路。雾太大了。

得到警察封锁道路的消息,李生慌了。

他觉得害怕,好像自己一个人被扔在小城里,孤独无助。尽管他知道周围都是人,但这些人不是他的亲人。他的亲人在城外,在距离小城二十五公里的乡下,那里鸡鸭成群,小桥流水,李生迫切地想要回到那里,回到亲人的身边,那样才踏实。

李生跑下楼,掏出钥匙准备开车,想到警察已经封了路,又沮丧地收回钥匙。他只有走着回家了,警察总不至于连人都拦截吧。

　　　　　　　　　　　　　　　一念之间

浓雾遮蔽了周围所有的东西，除了身旁四五米的范围，其他什么也看不到。李生停下来，可以听到有高跟鞋嗒嗒嗒敲击路面，有人在说话，隐约有人影影绰绰晃动。有人匆忙从他身边跑过，嘴里嘟嘟囔囔说着什么，一个人在身后喊着那人的名字，那人答应一声，没有回头。偶尔有一束黄的光缓慢地闪过，远远有嘟嘟的喇叭声。

李生心慌得厉害。他想看到熟悉的人，看到熙攘的汽车，想跟人说话，说什么都行。

过了一个路口，又过了一个路口，雾似乎越来越浓，像牛奶漫天倾泻，抹也抹不开。

李生掏出手机，试图找出一个人跟他聊天，很奇怪，显示有信号，手机就是打不出去。他一遍一遍地拨手机里存储的每一个号码，不管谁。110、120、119，甚至114，他都拨了，一个也拨不出去。

李生加快了步伐。总要有个尽头吧，总会走出去吧。越这样想，却似乎越陷入了迷宫，好像一直在原地打转。向西，这里有个广告牌的，现在却什么也没有，再往前，应该有个小花园，现在也没有了。一切都消失了，像被人施了魔法，所有的东西都消失在浓雾里，轻飘飘的，就没了。

突然，一条黑色的小狗从身边跑过，李生欣喜若狂，可爱的小狗，尽管它不会说话，但也是个伴。李生紧跟着脚步轻盈的小狗，生怕跟丢了。

小狗似乎明白李生的心思，它的脚步慢下来，李生可以很轻松地与它并行。李生默默地说：小狗，谢谢你。

也许是觉得没意思，和李生一起跑了一会儿，小狗叫了几声，突然往斜刺里蹿过去，李生喊站住，但无济于事。少顷，他听到了两只狗的叫声，小狗找到了它的伙伴。

真是悲哀啊。一只小狗都有另一只小狗作伴，可他却什么也没有，除了自己，还是自己。

走，赶紧走。赶紧离开这座可怕的孤城。

终于，到达出城的路口了。警察背着手站成一排，如果不是身上米黄的荧光背心，李生根本看不到他们。

他跑过去，想从警察之间穿过。可他们站得实在太密，李生又太胖了，根本穿不过去。李生说：警察同志，请让我过去。这些威严的警察居然没有一个人搭理他。李生拉拉他们其中一个的衣服：求求你，让我过去，我要看我爸、看我妈、看我妹、看姬小凡。还是没人搭理他，好像他面对的是一排水泥砌的警察。

不行，不搭理我也不行。李生用尽力气拽开两个警察的胳膊，挤出一点缝隙，他忙把头钻过去。两双手，钳住了他的两只胳膊，老鹰抓小鸡一样把李生抓了回来，放在地上。

李生哭喊起来，他的恐惧已经聚集到了顶点，一下爆发出来，孩子一样大声地哭，绝望地喊。但那些警察依然无动于衷。

喊过哭过，李生的心稍稍安定了些。既然哭喊没用，就要想别的办法，必须尽快离开这里，离开这座浓雾紧锁的孤城。时间一点一点过去，李生想破了脑袋也没想出什么好办法，他只能盯着那些米黄的背心，连成一条线的黄背心，从那里感觉到一点温暖的气息。

过去的日子，排山倒海一样来到李生眼前，和爸爸妈妈在一起，和妹妹在一起，和姬小凡在一起，快乐得到处都是和煦的阳光，多好啊。可现在，除了雾什么也没有，太阳不见了，爸爸妈妈、妹妹和姬小凡在二十五公里之外，周围的人消失了，谁也找不到了。

就在李生一屁股坐到地上，丧失一切信心的时候，天居然一下放晴了。浓雾像缕缕的丝帛一样被轻轻抽走，霎时，阳光遍地。

连成一排的警察欢呼起来，李生抬起头，刚才的浓雾消失殆尽，一点也没留下。

他恍惚地站起来，看看前方，一条宽阔的道路，通往他家乡的路，路上全是等待进城的人和车。看看身后，一座座美丽的大楼高高挺立，楼上的招牌清晰可见。

一切就像梦一样。

一个小警察过来对他说：走吧，现在可以走了。

去哪儿？

你不是要回家吗？

我回去干吗？又没事，我上个月刚回去过。

可是，你刚才哭着喊着说要回去的。

我现在又不想了。

李生转身往回走，一座大楼的十一楼上，有他打开的电脑，和没干完的工作。

　　路上，李生又碰到那只小狗，它看起来脏兮兮的，一点儿也不可爱。

　　　　　　　　　　　　　（原载《文学港》2008 年第 5 期）

盗墓者

年老的巫婆坐在黑暗的屋里，她的声音像粗糙的砂纸，她说：坐吧。

我本来挺沉着的，可听到她的声音，就紧张起来。人们都说她很神，她占的卦很灵验，我就来了。

她什么也没问，把三枚铮亮的铜钱扔到我面前的垫子上：摇吧。

我把铜钱拢在两只手里，哗啦啦地摇着，摇了很久，才扔到垫子上去，如此，反复六次。

第六次之后，她说：好了。问什么？

我不能说。这是掉脑袋的事，不要说我明知故犯，谁会放着好好的日子不过而去冒险呢，实在没办法了。当然也不是完全没办法，可是，谁让那些宝物就在我们身边？我，还有他们，都是黑夜里见不得人的人，我们干的是缺德的事，我知道，所以不能告诉她。

看到我犹豫，她说：不想说就不说。我给你解解这个卦吧。

从卦象上看，这上兑下坎，是个困啊。年轻人，能不做就别做了，看样子你也不是心狠手辣之人。巫婆的声音低而沉，听得我后背发凉。

做过那么多次，我从没有来占过卦。但这次不同，这一次的墓穴来头太大了，大得老穆都说不清楚，他来回搓着两只手，不停地吸着鼻子，像一只狗一样转着圈。

我兴奋，但也害怕。老穆劝我：干吧。干完这一把就收手，这绝对是个大家伙，每人弄出一两件，就够我们吃一辈子的了。

傍晚去老穆家的时候，我把找巫婆的事告诉了他。他吐掉嘴里的烟，骂我是个猪：那个蠢婆娘只会骗钱，你去找她算，还不如找我。困什么困，放他娘的屁。

天黑了，我们开始喝酒，喝完两瓶瓷瓶的孔府宴，老穆的老婆做了一大锅热汤面，放了很多醋和辣椒，我们两个呼噜呼噜吃出一身汗，老穆说：差不多了，走。

我扛着长长的洛阳铲，跟在老穆身后，他背着一杆猎枪，谁也不说话，从村庄里鬼一样闪出去。

老穆说他早侦察好了，我听他的，每次都这样。老穆人长得瘦小，心眼却多，别人脑子转一圈，他能转三圈，以前那几次的收获，也都是他的功劳。他说喜欢叫我一起去，是因为我嘴严实，听话，还有力气。

四周是无尽的黑，还有岭上冷硬的风。除了我们俩的脚步在冻得邦邦硬的土上发出的沙沙声，就是呜呜的风声。我突然想起巫婆所说的困，不由得打了个哆嗦。

老穆说：冷？

我说：有点。

老穆把我带到一个洞前，很明显冻土已经挖开了，我知道接下来该怎么做。老穆鬼一样飘走了，他去望风。

我握着洛阳铲，向下探去，铲子在深的洞里发出闷闷的咚咚声。

就在我听到铲子的声音有变化，刚要喊老穆来看的时候，一个陌生的声音说：站住。

完了。完了。

我丢下手里的洛阳铲，想跑，可脚下却像生了根，一步也跑不动，那个声音又说：举起手，我是公安。

后来的事，你们都知道了，可我是在审判的时候才听说的。

我无数次伸开手掌，在墙上丈量那个长度，三十厘米，一拃来长，洛阳铲只需一铲子。真是天大的笑话，我怎么那么倒霉，要是不喝老穆老婆那一碗热汤面，我们就可以早去十分钟，十分钟足够我再探三十厘米，揭开那个国君的墓穴，哪怕只看一眼呢。

什么惊天大秘密，什么天下第一剑出土，什么悲情国宝现世，这些，竟然都跟我有关。我怎么想也想不到，我的铲子下面，睡着的是个国君，那个"虢"字，我还不认识。

老穆把一切都推到我的头上，他说是我喊他去的，我让他给我放风，他的猎枪也是我借给他的。老穆你放屁。我大喊。身边的公安按住我的肩膀，让我安静，不要乱喊，有人提醒我注意审判庭秩序。老穆也许早想好了对策，而我除了喊，也不知道该做什么。

我又一次败在老奸巨猾的老穆手下。早知道这样，我会先去挖了老穆家的祖坟。

太晚了。

我后悔没有听巫婆的话。

让国君和他夫人的墓重现天下，让后世知道他们尊贵的身份，也算是我的一点贡献吧。可他们自己乐意让人挖开坟墓，无休止地展览尸骨吗？我不知道，也不想知道，我得想我自己的事，想我的老婆孩子。

（原载《小小说选刊》2010 年第 18 期）

守墓者

我恨死这个任务了。

但作为一名公务员，我没有拒绝的理由，不得不睁着眼说瞎话，一遍又一遍。告诉我承包的那十户人家，拆迁是大局需要，是县政府大开发需要，拆了能补偿新房，一两年之后，一百多平方米的楼房就住上了，那时候，上几十层楼只需要按一下电梯，站在阳台上就能看风景。

我说得口干舌燥，说到动情处，自己都被自己描绘的美丽图画感动了。我甚至恨恨地想，这些人也真是的，不就是祖上传下来的几间房、几棵树嘛，住哪儿不是住。

我被自己感动没用，美好的想象和愤恨也没用，面对十户人家派来的代表，我使出浑身解数，依然没有一个人吭一声。

他们沉默得像不远处那十几座虢国墓，几千年过去依然深埋地下，不悲不喜，不急不躁。他们抱定一个念头：不拆。

眼看着其他同事承包的小组都有人签了字，可我这里依然固若金汤，水泼不进，针插不进。我可不能因为这个年底让政府通报批评，那样全单位的文明奖就没了，多冤啊。

我准备化整为零，各个击破，找出最容易突破的一户，集中精力做他的工作，直到他同意为止，有一个，就会有两个，有两个，就不愁其他人跟风了。

这个办法实在太英明，才不过五天，就有了成效，有一户点头同意，其他人一看我拿着那张签过字的纸来回晃，不知道我跟他家达成了什么秘密协议，生怕吃了亏，也慌慌张张签了，只剩下最东头的戚爷家。

戚爷是一个人，老伴过世了，儿女都在外地工作，他自己守着老得不成样子的家，跟我死扛。

在我完成任务之前，反正也不用上班，我每天有的是时间，坐在戚爷家里，做他的工作。正说反说，反说正说，可戚爷一概不接我的话。我进门，他就给我泡一杯茶，白瓷茶杯里放着茉莉花茶，我喝着，他续着水，我说着，他一袋接一袋抽旱烟，但绝不和我搭话，我不知道该拿他怎么办。

我试图装可怜，我说：戚爷，你不签字，我的任务就完不成，完不成可是要扣工资的。

戚爷看也不看我一眼，把黄铜烟锅在椅子腿上磕磕，又伸进烟荷包挖一锅。

我忍无可忍，一把抓住戚爷的烟杆：戚爷，别抽了。您老好歹说句话啊。

戚爷想把烟杆从我手里抽回去，但我死抓着不撒手，他呵呵一笑，自己松开了，烟袋到了我手里。

我要烟袋有什么用啊，我要他签字，要他同意拆迁。可戚爷已经扔下我出了屋，去院里翻他的烟叶了。一气之下，我扬起烟袋，准备扔出去。

但我没有。我看到了烟荷包上挂着的一个小东西，碧青色，一枚小核桃那么大，扁扁的，闪着细腻柔和的光。我知道，这是玉，还是老玉，老和田玉。仔细看，雕刻的是一只鹅，红绳从鹅头的小孔穿过去，绑在烟荷包带上，红绳已经快磨成了黑色。

我正在端详玉鹅身上的花纹，戚爷进来了，他很敏捷地从我手里把烟袋拽过去。第一次开口跟我说话，他说：别动它。

我说：为什么？我看看不行？

他说：不行。

嗨，这老爷子，倔也就罢了，还小气。我知道那个东西珍贵，可我也不要，只是看看啊。

但从玉鹅这里，我似乎也找到了攻破戚爷的突破口，最起码能让他开口说话。

再来，我一直盯着戚爷的烟袋，我也不说话。两个人沉默相对几个小时，到底是戚爷先忍不住：别打它的主意。

我心里一乐，每个人都有软肋，戚爷的软肋看来就是它了。

我说：开个价，卖给我。

戚爷眼一瞪：做梦。

我嘴一撇：又不是啥好东西。

戚爷不屑地哼一声：你娃懂个啥嘛，除了一门心思让我拆房子拆家断老根。

我说：我是不懂，可再不懂这么小个玩意儿，能值几个钱。

戚爷又开始去烟荷包里挖烟，他懒得跟我说了。我可不想放弃这么好个机会，他老人家好不容易开了尊口。我说：不就是块老玉嘛，和田青玉。

戚爷把烟锅里的烟倒回烟荷包，把玉鹅攥在手里，似乎怕它飞了。好久，戚爷说：你只说对了一半。它是和田老玉，可你知道它的来历吗？我摇摇头。

娃呀，不是我不支持你工作，也不是我想跟政府多要赔偿，是我不能走啊。

戚爷扯着我的胳膊，把我拉出院子，向东，我看到了那片据说埋葬着虢国国君和贵族的墓地，墓地上长满了野草，间或开着一簇一簇金黄的小花。

他指着那片墓地，不说话，但嘴唇一直在哆嗦。最后，他说：我戚家世世代代是这块墓地的守墓人啊，这玉鹅，就是祖辈传下来的，是信物，谁拿了它，就要一辈子守着这虢国墓地，提防着盗墓贼，不能到了我手里，失了信。

我说：墓地又不会跑。

戚爷说：守着，我才踏实，心安。

可是……

戚爷摆摆手，把烟袋挂在脖子上，那枚玉鹅紧贴着他的胸口。他说：娃啊，你不懂。你们不能这样，不能。

你老了咋办？不还是没人看了吗？我知道他的儿女都在外地工作，没人会接他的玉鹅。

戚爷一时无话，看着眼前的那一片墓地，长叹一声，转身走了。

看着戚爷枯瘦的背影，摇摇晃晃走进家门，我觉得自己就像一个残忍的刽子手，硬生生地拉着戚爷的肉，拉着戚爷的心。

[原载《参花》（上）2012 年第 4 期]

知了叫声声

院子里的苦椿树、泡桐树上爬满了知了，吱哇吱哇叫得大妞心烦。大中午的，整个院子全是它们的天下了。

娘在窑里歇晌，门一关，隔开了热气和知了，倒显得格外凉爽安静。大妞躺在娘身边，左翻腾，右翻腾，睡不着。她在等一个声音。

该来了啊。今儿晌午去别村了？车链子断了？掉水渠里了？半路被狗咬了？

不停翻腾的大妞终于把娘吵醒了，她的屁股上挨了一巴掌：身上生虱了，安生睡会儿。

挨了打的大妞一动不动，使劲地闭着眼，装睡。她知道把娘吵醒的下场，那意味着即便是等来那个声音，她也不能跑出去。

窑里重新静下来，娘发出细微的呼噜声。大妞从炕上溜下来，轻手轻脚开了门，在院子里站了一会儿，除了无休止的知了叫声，别的任何声音都没有。

她打开院门，上到崖头上，路上空无一人，甚至连一只

160 　　　　　　　　　　　　　　　　　　　　　　　一念之间

鸡一条狗都没有。远远地能看到苦楝树下的碌碡上蹲了一个人，赤脊背勾着头。大妞知道，那是有望叔在吃饭。有望叔跟那个碌碡最亲，早上的酸滚水，晌午的蒜面条，后晌的红薯黄面汤，他都巴巴地从地坑院端到崖头上，还得蹲在碌碡上吃。

大妞溜达过去，从地上捡起一个苦楝籽，扔进有望叔的大海碗里：有望叔，给你加点菜疙瘩。

看见是她，有望叔从碗里挑出那个苦楝籽，笑了：吃嘴娃又等卖凉粉哩？为嘴伤心，跑断脚后跟。老吃嘴将来都寻不下婆家。

听见他说寻婆家，大妞脸憋得通红，额头上立马沁出一层细汗。她扭身爬上老柿子树，找一个枝杈靠着，两条细瘦的长腿晃来晃去。她揪下一片油光肥厚的柿树叶，卷成喇叭筒，小头捏扁，嘟嘟嘟吹起来，比知了叫还难听。

她终于听到了那个等了一中午的声音：凉——粉——挠凉粉——

人应该还在后沟。

她麻利地爬下柿子树，回到自家院里，悄悄打开上窑门，娘还在打着呼噜。拉紧上窑门，从做饭窑里拿一个瓷碗，再到西窑里装一碗玉米，她的计划基本大功告成。接下来要做的，是一路跑上崖头，等待那个推着自行车的卖凉粉人出现。

这凉粉和别处的不同，叫"一生凉粉"。绿豆做原料，磨浆发酵，闻起来一股酸浆味。凉粉切薄片，放在大铁鏊上烙干水分，再和葱花、蒜汁、辣椒一起炒热，耳朵里满是斜了半拉角的大铁铲子在鏊子里叮叮当当。一碗炒凉粉，配上石子火烧，再来一碗醪糟汤，哎呀呀，美气哩。观头村有句俗语：不吃凉粉腾板凳。这卖凉粉的摊子都挤不下了，撵着人走。

吃炒凉粉要到集上去，娘不领着大妞，就意味着她只能不停地想，不停地流口水，肚子里不停地抓挠。好在一到夏天，卖凉粉的人会推着自行车转村叫卖。车后一个大掌盘，盘里一整块凉粉，一只大搪瓷茶缸里半缸清水，挂一个黄铜的挠子，卖凉调的挠凉粉。可以用钱买，可以拿麦子、玉米、绿豆换。挠好的一碗凉粉，回家用蒜汁、醋、香油一调，哎呀呀，照样美气哩。

拿钱买，是不可能的，实在想吃，大妞只能偷偷地拿粮食换。换回去，娘再生气，顶多骂几句，或者打一顿，横竖不能倒了喂狗，总是要让她吃的。

大妞等的就是这个声音。大多时候，娘在干活，或者醒着，她只能硬生生听着那个声音一点一点走远。

有望叔端着空碗还在碌碡上蹲着，看见大妞，喊她：吃嘴娃又偷换凉粉。

大妞白她一眼：你管。

有望叔说：卖凉粉的拐北沟那边了，今儿吃不上了。

大妞说：你骗人。

有望叔说：你听他在哪儿吆喝，走远了。

大妞好不容易把一碗玉米偷出来，卖凉粉的又走了。她快急哭了，站在大太阳底下，不知所措，顺脖子汗流。

看着她的样子，有望叔笑了：不哭，不哭。我给你喊喊。

哎，卖凉粉的——

哎，有人换凉粉。

哎——来哩。

听到那个熟悉的声音应答，大妞红嘟嘟的小脸立马换了笑模样。

有望叔让大妞在苦楝树下等，她不，非要站在路上，生怕卖凉粉的看不她。

一杆小秤称了玉米，换算成凉粉。揭开搭在凉粉上的湿布，凉粉坨上撩点水，黄铜挠子左弯一下，右弯一下，一缕一缕筋道的凉粉放进大妞的碗里。称完，有望叔说：给娃再搭点，等你一晌午了。

卖凉粉的都是乡里乡亲，好说话，拿起挠子又挠两下：端好了。大妞赶紧抓起一缕放进嘴里，生怕吃晚了那点凉粉跑了。

一碗玉米换了大半碗凉粉，大妞的心快飞起来了。柿子树、榆树、楸树上的知了依然在吱哇吱哇地叫，大妞啥都听不见，两条细瘦的长腿已经奔进了门洞。

有望叔在后面喊：编好瞎话啊，看咋给你娘说。

大妞哪里管得了那么多，在挨打和凉粉之间，当然凉粉更重要。

（原载《小说选刊》2019 年第 9 期）

黄花满地

时间是最无情的。它漫不经心地把小满从美丽的少女变成忧郁的小妇人，又把她从忧郁的小妇人变成患得患失的中年妇女。

大学同窗给小满打电话，说，一个同学，就那谁，从海南回来了，在市里的同学要聚聚。

那谁，可不是一般人物。大学四年，他总在风口浪尖上晃荡，校报上、广播里、女生宿舍的话聊里，经常出现他的名字：李胜利。小满就是当年一头栽进李胜利炫目的光环里，把"李胜利"三个平凡普通的字当成宝的 N 分之一。

挂了电话，小满开始不平静起来：李胜利啊李胜利，当年你挥挥手不带走一片云彩地走了，如今你又带着什么回来呢？

小满的脑子不停转动，手底下当然也没闲着。她从柜子里掏出所有这个季节的衣服，一件一件穿上，镜子里前后左右照着。不是颜色不对，就是款式不好，不是没鞋相配，就是和手提包不搭调。平日里穿惯了的衣服，好像眨眼之间被施了魔法，全都变得鄙俗不堪。小满越穿越闹心，越试越沮丧，一气之下，她把所有的衣服全扔在床上，把自己也扔在了床上。

郭耒一进门就喊：小满，小满。本来这是很平常的，小满进家门的第一件事也是先喊郭耒和儿子。可今天，小满在生气，她一声也不吭。如果说小满最开始生气是跟自己，到这会儿那股气已经凝结成了强大的愤怒，直指郭耒：如果不是他，自己怎么会找不到一件合适的衣服穿？嫁给他这么多年，整天在家里做牛做马，伺候完老的伺候小的，现在，老也老了，除了脸上的斑多了、皱纹深了，就是肚子上的肉厚了一层。搜检过往，居然两手空空。

郭耒喊着小满，人已经进了卧室，看到小满黑着脸坐在翻滚的波浪一般的衣服堆里，他说：小满，你在家，怎么叫你也不答应？

小满说：叫什么叫，又不是孩子，着急吃奶啊！

郭耒把小满白天说的这句话理解成晚上"行动"的意思了，他把头凑过去哼哼唧唧地说：就是吃奶。

小满看到郭耒凑过来的脸，凝结的气终于找到了出口，她一把推开郭耒的头：滚，烦死了。

郭耒这才明白，小满又生气了。他嘴一撇，长叹一声：小满啊，你是不是更年期提前了？怎么动不动就发怒啊？

郭耒如果像以前那样转身走了别搭理小满，也许小满自己怄一会儿也就过去了，可偏偏郭耒今天脑袋发热，一冲动说了一句非常不应该说的话。他忘了他的座右铭：正跟衣服较劲的女人不能惹，正跟衣服较劲的中年女人更不能惹。

小满抓住机会，开始她凶狠的打击。她从衣服说到自己的委屈，从委屈说到养孩子的艰难，又从孩子转到郭耒的种种劣迹，从劣迹的定量上升到定性，小满毫不留情地给郭耒扣上一顶顶大大小小的帽子。

郭耒站在卧室门口，看着小满两片嘴唇翻飞。他闹不明白，小满生气的缘由到底是因为衣服呢还是对他不满。他当然不会明白，女人生气的时候从来没道理可讲，从批判他到去见李胜利到凭吊青春年华，这个跨度实在太大。

郭耒只好投降，无条件投降，他闪身进了厨房。

小满看郭耒走了，失去了打击的目标，只好停下来，再把床上的一堆衣服翻腾一遍，还是找不出一件可以勉强穿着去见李胜利的。她一跺脚：不去了。

第二天，小满给同学打电话，软着声音说：哎呀，真不凑巧，我本来要去的，可偏偏家里有事，你看看……你一定替我问李胜利好，一定啊。

这件事似乎就这样过去了，小满跟郭耒生了几天气，慢慢也过去了，毕竟是同一个屋檐下的一家人嘛。青春可以回忆，但回忆不能当饭吃，日子该过还得过。

几天后，郭耒给小满打电话，让她晚上跟他一起去吃饭。小满说：不去，无聊的饭局等于上刑。郭耒说：我们部门从外地调回来一个副经理，你这个经理夫人怎么能不去呢?

听到这句话，小满笑出了声：行，行，去就去。

和见李胜利不一样，这个饭局小满是不用发愁穿什么的。衣柜里那些衣服，随便穿什么都会获得一片赞美声，郭耒部门的那些小丫头嘴巴都抹了蜜。

当小满和郭耒出现在饭店门口的时候，一个干瘦的人早等在那里了。小满还没看清楚，他已经快速冲过来握住了郭耒的手：郭经理，你好，你好。这位就是嫂子吧?

他把紧盯着郭耒的眼睛移到小满脸上的时候，小满早已经从那个热情的声音里听出了他的身份，变化的外貌，不变的声音，对，就是那个李胜利。

李胜利愣了一下，显然他也认出了小满。他满脸笑容：小满! 啊不不，现在应该叫嫂子了，你好你好。

小满握住李胜利的手，不知道该说什么。就在这时，树上的装饰灯突然打开了，一树金黄的小星星闪闪烁烁。小满却看见满地飘零的黄花，一层撂着一层，叫人心疼。

（原载《小说月刊》2010 年第 3 期）

绿肥红瘦

李胜利给小满打电话说：嫂子，出来，咱们聚聚。上次几个同学聚会，你没参加，这次一定要来。

小满说：行，你说时间和地点吧。

下了班，小满给郭耒说了一声，说李胜利约几个同学吃饭，她不回去了。郭耒说：好，早点儿回来。

也许是因为李胜利叫她"嫂子"，也许是因为郭耒是李胜利的上司，藏在小满心里近二十年的一个结突然被打开了，整个人变得轻松自由。她就那样裸着脸，很随意的行头，去赴李胜利的晚宴。

同学见面，嘻嘻哈哈先开玩笑，把一些陈芝麻旧谷子翻出来，有影儿的没影儿的，逮谁照谁头上安，公然造谣生事。小满进门的时候，李胜利正在眉飞色舞地说着什么，看见小满进来，他立即停住，很夸张地站起来高喊：小满来了，大家欢迎。掌声里有男同学嗷嗷地起哄，有人把小满朝李胜利跟前的一个空位子上推。

李胜利说：停，怎么还都跟当年的土匪似的？

有人高喊：李胜利，这会儿想起怜香惜玉了，太晚了。

说吃饭，吃并不是重点，喝才是。男的喝白的，女的喝红的，喝着喝着就分不清了，大杯子小杯子叮叮当当碰在一起，真的是觥筹交错。

下酒的不是菜，而是话。你说我说他说，都争着说，没人认真听别人在说什么，个个心里藏着一堆心事，借着酒这个由头，都想倒出来。

李胜利端着杯子，在小满胳膊上拍一下：小满，小满。郭末，不，郭经理不在，我不叫你嫂子，就叫小满。

小满说：你本来就该叫我小满，嫂子啥嫂子，别扭死了。

李胜利说：小满，你比上学那会儿好看多了。

小满说：净瞎说。谁见过越老越好看的女人？

李胜利手里的酒杯晃来晃去，一杯酒晃成了半杯，他说：我见过，你就是。

有人喊：你们俩不许开小会说悄悄话。李胜利，你今天到底是请我们还是请小满啊，要不我们先撤，你们慢慢说？

李胜利手一挥：拉倒，喝你们的酒吧。

小满觉得好像有点儿不对，可究竟是哪儿不对，她又说不清楚。两杯红酒碰过去，她已经有点儿晕了，人轻飘飘的，光想笑。

李胜利又在拍小满的胳膊：小满，来，咱们得碰一个。

小满呵呵一笑：来。

当菜冷酒残的时候，有人提议玩一个游戏，大家齐喊：好，好。游戏很简单，类似于击鼓传花，不过是击碗传勺，拿到小汤勺的说一件和大学生活有关的人或者事。

先拿到的是一个当年腼腆，而今混得很"横"的胖子，不知道是激动还是酒精的作用，他居然眼含泪花，只说了一句话：帮她买火车票的时候，真想抱抱她啊。有人起哄：她是谁啊？他摇摇头，一头栽在桌子上，再不说话。

转到李胜利手里，李胜利说：唉，现在才发现好多人好多事都错过了。有人说：是不是指错过小满了啊？李胜利说：是又怎么样？小满拍一下桌子：别瞎说啊。那时候李大才子眼睛长在脑门上。

转来转去，白色的小汤勺转到小满这儿。小满本来想放开一回，说当年怎么暗恋李胜利来着，可临张口，她嘿嘿笑笑，说：大学的第一个冬至，我们在男生宿舍包饺子，还记得吧？

记得，记得。我们吃完饺子打雪仗了。男生那天下午跟外语系有足球对抗赛。酒瓶子擀皮，谁的发明？好像是高枫。高枫死哪儿去了，这几年都没消息……

小满的冬至饺子，像一只蚕茧终于找到了丝头，大家围绕着那顿饺子开始了往事的回忆。一点儿一点儿扯，越扯越长，越扯越多。比如每天下午的广播，比如骑自行车去看黄河，比如水库边的野炊，比如躺在草地上赏月……每个人心里都湿漉漉的，仿佛一步跨过二十年，把那些美好的日子重新来过一遍。

悠长的回忆之后，乱糟糟的宴席结束了。

曲终人散，各自变回原形。小满笑着和李胜利握手：李胜利，再见。

李胜利说：小满，再见。

小满到路边去拦出租车，李胜利突然又在后面喊她：小满，等一下，我有点儿事跟你说。

小满放下手，缓缓地扭回头，看着朝她疾走过来的李胜利，酒醒了一大半，她心说：李胜利啊李胜利，憋了一晚上，你还真是有事。

小满说：李大才子，什么事？

李胜利舌头有点儿硬，说：那个，啊，也没啥大事。替我——给郭经理问个好，一定，记得。

小满说：记得。

李胜利说：以后，就靠你和郭经理了……李胜利突然弯下腰，嘴里发出难听的干呕声。

小满暗自冷笑几声，装作醉酒般，冲着自顾不暇的李胜利咧嘴一笑，晃着身子，又举起手去招呼出租车。

坐在出租上，小满喃喃自语道：时间啊，真是摧枯拉朽。海棠哪里会依旧，只能是绿肥红瘦……

（原载《小说月刊》2010 年第 3 期）

　　　　　　　　　　　　　　　　　　　　　一念之间

金碧辉煌

"这都是什么日子啊?"上官熙鼻涕一把泪一把控诉完,王小倩大骂一声,扔了手里的茶杯,茶叶、茶汤、碎瓷片在地上四散开来,白色的地板顿时盛开了残花。

王小倩是上官熙的死党。王小倩马不停蹄地恋爱、结婚、离婚,一壶水开了凉,凉了开,现在还差着一把火,灌不了暖壶,可上官熙早早就把她那壶把水烧开了,灌了暖壶,保上温,还捎带手生了个儿子。王小倩一直对她的选择很不齿:一辈子长着哪,你知道这把破壶能保多久的温?好水总得找个好壶装。

上官熙哪里还有找壶的时间,她儿子小壶的水都快开了。小壶叫楚奇,刚上初三,上官熙和她家的破壶老楚已经去了三趟学校。校信通一会儿发一个,楚奇家长来学校一趟,楚奇作业没完成,楚奇和女同学关系过于亲密……老楚开始还伸大巴掌吓唬吓唬儿子,后来看不怎么管用,干脆撒手不管了,天天戴着耳机在网上下棋打牌,任凭上官熙母老虎一样扯着嗓子吼。

楚奇久经沙场，在战斗中不断成长，早跟他爹一样，学会了左耳朵进，右耳朵出，上官熙的苦口婆心、梨花带雨、风卷残云、暴风骤雨，所有招数他都一清二楚，兵来将挡水来土掩，上官熙徒劳地增加战斗频率，到最后，依然是伤心地败下阵来，独自生闷气。

上官熙气急了，踢开书房门，一把扯掉电脑电源，电脑啪一声死了，老楚的鼠标没地儿点，愣怔怔地看着她：你疯了？上官熙说：玩，玩，你还管不管你儿子了？老楚慢条斯理地摘下耳机：那不是你儿子？上官熙说：他爹死了？老楚拉开屁股下凳子，瞪一眼五官变形的上官熙，轻飘飘地扔给她三个字：神经病。

楚奇的学习成绩一直在中下游稳定地徘徊，上辅导班、请家教、学校老师一对一辅导，上官熙想方设法，但似乎都起不了什么作用。

"高中不是义务教育了，楚奇，你这成绩哪个学校愿要你？上不了高中，大学想都别想。"楚奇应对上官熙的最好策略是沉默，没有任何表情地沉默。看他这副摸样，上官熙死的心都有：这啥儿子啊，小时候人见人爱的小可爱，啥时候变成了这个德行？

熬。上官熙给王小倩哭诉半天，纸巾用了一张又一张，王小倩把台湾建窑的茶杯都扔了，就想送给她一个字：离。她最后却得出了一个字：熬。

白扔了。王小倩心疼死她的茶杯了，这上官熙鬼迷心窍了，破日子有啥值得留恋的，老楚那样的男人白给她她都不要。

哭完了，骂完了，上官熙的心情似乎好了不少，她才想起来找王小倩还有正事，她知道王小倩认识的人多，看认不认识教育局的领导或者哪个好点儿的高中的校长，楚奇的成绩她要早做打算。

王小倩想再扔一个茶杯，但忍住了：上官熙啊上官熙，你猪脑子啊？刚还哭得一塌糊涂，转头忘了？

上官熙吸着鼻子，一双泪眼可怜巴巴地看着王小倩：楚奇的成绩你知道的，要不咋办？

咋办？让老楚想办法。

老楚哪里有什么办法，他一个科级干部，谁认识他是谁，再说，他脸皮那么薄。

合着就我脸皮厚？

上官熙拉过王小倩的手，孩子一样摇晃：倩儿，你不是跟市领导谈过一段儿嘛，给奇奇想想办法，求你了。

王小倩说：别跟我提市领导，总共就见了那老头儿三次，更何况他还是一过气的。

上官熙说：你总比我们办法多。

上官熙卸了包袱，满面笑容地走了，她的包袱却扔在了王小倩身上，让她坐立不安。她想骂人，又不知道骂谁。

上官熙不停给王小倩打电话问进度，气得王小倩大喊：索命小鬼啊，我正找庙门呢，你准备好猪头。上官熙说：没问题，没问题。

离楚奇中招的日子越来越近，上官熙真正陷入了水深火热，买菜做饭，看楚奇脸色调整她的情绪，得空还要跟老楚吵架。

王小倩终于七拐八拐找了个庙门，上官熙一听兴奋地直蹦：倩儿，我就说你有能耐嘛。等着，我马上到。

马上到王小倩家的还有老楚，俩人拿了一堆水果，笑嘻嘻的，跟中了大奖一样。老楚说：小倩，你家跟宫殿一样，金碧辉煌的。他扭头对上官熙说：一比咱家就是狗窝啊，乱七八糟。

上官熙幸福地看着老楚：倩儿是谁，咱不能比。

老楚说：那是，那是。

王小倩看着他们俩当面秀恩爱，踢了踢上官熙的脚：肉麻不？

上官熙嘿嘿傻笑：穷人也要过个年嘛。

王小倩说：过年回家过去，别刺激人。

上官熙说：走，马上就走，锅里还炖着排骨玉米，奇奇最爱吃了。

上官熙走了，挽着老楚的胳膊走的。

刚才还恩爱的两人出门就吵，上官熙不停地埋怨老楚：瞧人家过的啥日子，瞧瞧我，整个一老妈子，除了一脸褶子，要啥没啥。

老楚嬉皮笑脸地说：你不是有我和奇奇吗？

上官熙和老楚走后，王小倩环视着自己空旷冷清的家，心想：这哪里就金碧辉煌了？连个人气都没有，啥破眼神。

（原载《小说月刊》2012 年第 8 期）

一罐棉籽油

　　地坑院的日子让大妞憋屈，加上是女娃不受全家人待见，于是，童年时期的她就在外奶家长成了没王的蜂。

　　观头村把姥姥叫外奶，姥爷叫外爷。顾名思义，区别于自家的爷和奶。但对大妞来说，自家的爷没见过，自家的奶是哥的，跟她没关系，只有外爷外奶才是她的。

　　从观头村到外奶家，四五里的路，走着玩着就到了。外奶住在前嘴子，朝阳的山坡上下几眼窑，窑前有院，院里种菜，种蓖麻，种血参、天麻，种石榴、花椒。院下面就是沟，沟里有一条河，河两边长满了桃树、梨树、苹果树、核桃树、桑树、石榴树，外爷在沟里给生产队放羊和牛，大妞就在院里、河里、树上幸福地自由生长，长得壮壮实实的，天天风一样在山坡上、山沟里刮过来刮过去。

　　那时候，外爷每天回来兜里总会装满各种瓜果李桃，吃不完，就晒成果干，藏在一只瓦瓮里，时不时给大妞抓一把。当然，外爷也偏心，他晒的肉干就藏在另一只瓦罐里，是表弟的，但大妞可以偷着吃，她有的是办法。

　　　　　　　　　　　　　　　　　　　　　　　　一念之间

大妞在前嘴子的日子一天天过去，转眼到了她六岁（也许是七岁）那年的年底，生产队要分油。外奶似乎病了，在炕上躺着，大妞听见村里吆喝，就跟外奶说：我去。

油是生产队每年收了棉花以后，用棉籽榨的油，按人头，一口人几两到一斤不等，那一年，棉花丰收了，一口人要分二斤油。这些油，除了过年用，还要计划着把下一年过完，平时基本不炒菜，偶尔炒一次菜，也只是筷子头上包块布，叫油布，油罐里蘸一下，锅底快速地擦一下，看得见一层光亮就行。

油罐在案板靠墙的地方放着，黑瓷的，两边耳上系着麻绳，年月久了，绳子变得乌黑油亮，一年到了头，罐里只剩下一层陈油底。

外奶说：小心着点，别跑，别绊倒，别摔了，别洒了。

大妞拎着油罐出了窑：知道啦。

油在油坊分，油坊在场院里，场院离前嘴子还有两道沟。大妞记得外奶的话，拎着油罐从山坡上下去，下到沟底，再上到坡上，再翻一道小沟，就到了。分油的人很多，看见大妞，逗她玩：大妞，分了油你奶给你吃烙馍还是炒鸡蛋？大妞说：都不是，我奶说给我烙馍加鸡蛋。她瞪大眼睛的样子，惹得村里人大笑起来。

油打在油罐里，顿时变得重起来。大妞小心地拎着油罐，两只手轮换着提，在山坡上走得小心翼翼，身边跑过的野兔她顾不上看，端起身子的小松鼠她也不敢逮，油汪汪的烙馍，黄灿灿的炒鸡蛋，比它们更重要。

翻过了那道小沟，慢慢地下了山坡，穿过小河，爬上前嘴子的那道坡就到家了，大妞的两只小手因为冷风吹，因为油绳勒，变得通红通红，她感觉不到疼，就是有点木。她把小嘴紧紧地闭着，慢慢地爬着坡。

快到了，她已经能看见窑门顶上小窑里的鸽子了。那个小窑，外爷说是躲日本用的，她不懂，她只知道现在是鸽子窝，那些鸽子中的一只，过一段儿就会被外爷杀了煮煮吃。

已经能看见窑门上的风眼了，风眼黑黢黢的，这会儿没有烟冒出来，大妞知道，外奶开始烙馍、炒鸡蛋才能有烟呢。

手实在太麻了，两只手都麻。大妞喊爷来接她，没人应，估计外爷还没回来，外奶在炕上躺着，喊也听不见。她想把油罐放下，可找不到一块平展地方。看看四周，只有路边那棵石榴树底下平，能放下油罐。

大妞把油罐慢慢地放下来，往石榴树底下搁，好像不平，有石子，她又把油罐拎起来，把石子踢走，还是不平。这个小小的女孩，萌发了一个极聪明的念头：靠在树上就不会倒了。

油罐被大妞斜着靠在落光了叶子的石榴树上。油，清亮亮的棉籽油，顺着树枝流了出来，等大妞发现的时候，她慌了，急忙用手去堵罐口，去抹树干上的油。

油罐被她的棉袄袖子挂倒了。黑瓷的油罐顺溜地沿着山坡自己跑了，那些清亮亮的棉籽油，也沿着山坡跑了，没跑多远就全渗进了土里。

大妞跟着油罐跑，等到她撵上油罐的时候，就只剩下那截被浸湿的麻绳，上面连着一只小巧的黑色耳朵，油罐已经碎成了片。

她不知所措，没哭，也没叫，愣了半天，拎着那截麻绳和那只耳朵，回家了。外爷和外奶没有骂大妞，因为她把麻绳扔在窑门口就跑回观头村自己家了。

娘和父亲看见她袄袖上、前襟上的油，揍了她一顿，问清楚情况，娘又用擀面杖打了她一顿，娘认为是她贪玩把油罐扔地上摔碎的。她还是没哭。

后来，大妞听说，父亲第二天从自家油罐里给外奶倒了一半油送去了，外爷说：没油就不活了？不兴打娃。

一直到过年，大妞没敢再去外奶家，老老实实待在自己家，娘说：把你的油省下，你别吃了。

大妞小声地犟嘴：你都没炒菜，没烙馍。

她的头上，又挨了一巴掌。

过罢了年，大妞又去了前嘴子。

外爷没提油罐的事，外奶也没提，就好像他们家油罐一直好好地安放在大案板角上，装了满满一罐的棉籽油。

吃后晌饭时，外奶说："今儿烙馍炒鸡蛋，去年都许了咱大妞的。"

窑门风眼上的烟还没有散去，桌子上的烙馍炒鸡蛋正泛着微微的油光。

大妞想哭，但口水比泪珠更早地流了下来。

（原载《小小说选刊》2018 年第 21 期）

黄莺儿

从崖头上走过的时候，李宝军看见黄莺儿坐在院子里，一手扶着头，一手捂着肚子。

他把一只脚踏在骑马墙上，喊她，雀，等铁憨哩，还不跑？

村里人一直不喜欢她"黄莺儿"这个名字，叫起来嘴里跟缠了线头一样。他们问她，黄莺儿是啥意思，她说就是黄鹂儿，一种鸟，声音很好听。后沟的爱华妈狠狠地捏一把鼻涕，蹭在鞋底上，一张扁嘴撇得跟瓢似的：那不就是雀，还黄莺儿、王莺儿。

豫西方言里，经常会有一些奇怪的名称，大概是混合了陕西话和河南话的缘故，麻雀叫喜虫，喜鹊叫麻亚雀，乌鸦叫老哇。一听到黄莺儿，当地没有，他们不会叫了，爱华妈说是雀，简单省事，大家也叫她雀。

黄莺儿是哪里人，李铁憨一家人一直讳莫如深，一会儿说东边，一会儿说西边。村里人的概念里，东边总是在发大水，村里三天两头走过拉着小儿小女的要饭婆，一问都是从东边来，家里遭了灾。西边，一般和骡马有关，但凡牵回一头叫驴或者骡子、大马，都是打西边买来的。

黄莺儿一到铁憨家就开始哭，哭声刚开始还不大，嘤嘤咛咛的，跟小猫叫似的。

铁憨妈说：不急，哭几天就好了。

铁憨妈坐在院子里纺花，黄莺儿坐在窑里哭。纺花车吱吱咛咛，盖住了哭声，她就放大了声哭。崖头上站一圈婆娘媳妇，看热闹。还是爱华妈嘴快：打，羊皮要展得熟，人皮要顺得打。

有人说：你是叫爱华爹打服帖的？

爱华妈呸一口，两片扁嘴唇一撇：他敢！

铁憨妈纺完了一把捻子，把一个白胖的线穗子从锭子上卸下来，拍拍手，在下院的灶膛里生火。

灶膛里烤一个黄面馒头，锅里烧半锅开水，碗里搁上韭菜花、油秦椒、盐和醋，开水一冲，香气立马飘到崖头上。爱华妈说：哎哟，酸滚水也不卧个鸡蛋，新媳妇嘞。

铁憨妈一手端着油汪汪红绿相间的酸滚水，一手拿着焦黄的烤馒头，胳肢窝下夹着筷子，给黄莺儿送去。崖头上看热闹的人看饿了，想起来自家半早上的酸滚水还没喝，赶紧回家。

据说黄莺儿后来就是让这酸滚水给说服的。她哭得昏天黑地，没人理她，一闻见酸滚水和烤馒头的味儿，肚子就饿得不行，想着吃饱了再哭，结果一天天吃下去，哭不出来了。

但铁憨妈还是不放心让她出地坑院，她从窑里到院里，看看树，看看天，崖头上人问她话，她也答应一声。

铁憨爹交代铁憨要沉得住气，万不敢硬来，女人的性子要磨，等磨软了心，啥都有了。

铁憨记着爹的话，天天晚上睡在炕上抓墙挠席，就是不动黄莺儿，他也不跟她说话，吃饱了下地干活，天黑了上炕睡觉。黄莺儿看他那样，也不绷着劲儿了，人软和下来。

一家人跟伺候客一样，除了不让她出院子，啥都由着她。铁憨从地里回来，还会给她捎把酸枣，或者用手巾包儿个柿子，炕墙上一溜行摆着，黄莺儿看着看着就吃了。窑里的时光那么慢，她总得干点啥。

那天，铁憨妈喊她，说手腾不开，让她给铁憨送个馍。铁憨蹲在光秃秃的苹果树底下喝汤，已经吃完了一个馍，头埋在碗上，黄面汤呼噜噜喝得起劲，眼前伸过来一个馍，他抬头一看，是黄莺儿，去接，碰到了她的手，一哆嗦，馍掉了，去抓馍，碗扣地上了。黄莺儿扭身回窑，坐在炕边大口大口喘气，又从窗户里看见铁憨挓挲着两只手不知所措，捂嘴笑了起来。

铁憨妈看着鸡叨地上的馍也不撵，在另一眼窑里笑。

铁憨和他爹一起走的。县里修水库，管吃，一天还有十二个工分。铁憨妈不想让铁憨去，说趁热打铁。他爹说，得多挣工分，等年底分红了给雀扯身衣裳。这会儿，一家人也跟着爱华妈叫黄莺儿"雀"了，他们也嫌她的名字麻烦。

黄莺儿在窑里听见他们说话，心一热，又轻轻叹了口气，雀就雀吧。

铁憨和铁憨爹一走就是两个月，雪下了一场又一场。没人管她了，雀走出院子，站在崖头上，除了有地坑院的地方，留下一块块方形的黑色，到处是白色。麦秸垛上、碌碡上、玉米秆上、枣树上、柿子树上、远处的老君塬上，满眼是雪画的圆鼓鼓的线条。她突然放声大哭。

大哭过一回的雀好像突然变了一个人，她开始叫铁憨娘"姨"。铁憨娘说，该叫妈。

铁憨被砸伤的信儿是李宝军送回来的，他说送医院了，具体砸啥样他也没看见。铁憨娘急得满院子转，起了一嘴燎泡，再问李宝军，是哪家医院，他又说不知道。

铁憨娘说不行，她得去看看，先去水库上找。她看着一直跟在她身后乱转的雀，不知道该跟她说啥，只是从裤腰带上解下院门的钥匙，放在她手里。

雀握着钥匙，看了又看，然后把钥匙装在兜里。

她搬了一个小凳子，坐在院里，仰望着头顶那一片四四方方的天，看着看着眼睛就疼起来，光想流泪。

李宝军又在喊她，雀，你家到底是哪儿的？

（原载《微型小说选刊》2017 年第 18 期）

苇子黄了

桃枝离开观头村的时候，谁也没发现。

杏枝去后沟的牲口窑喊她爹：我姐没影了，没人给我做饭了。

桃枝爹跛着一条腿，摇摇晃晃回到家，家里除了鸡叫狗跑，还有杏枝叽叽喳喳喊饿，四处都没有那个一声不吭只低头干活儿的桃枝。打发人舅家姑家问，都没有。半个月过去，依然不见人影。

有人说，这女子怕是跟打席的跑了吧？

观头村的东边，是山，名为老君塬。一股泉水从山石间淙淙而下，在山口形成一个水库后，又沿着沟底哗啦啦一路向西。于是，沿着这条清澈的小河两岸，长满了野生的和种植的苹果树、桃树、榆树、槐树，村西宽阔处，生长着蓬勃茂盛的苇子。苇子摇曳，水底有小鱼、小蟹，还有肥嫩的水芹菜，水草。

冬闲时，水冷了，苇子黄了，一场节日的盛宴开始了。大院里支起大锅，枣木大案板放在两个长凳上，提前和好的面在大瓷盆里醒着，男人们穿着雨靴，拿着镰刀，女人们在屋里屋外穿梭，小孩子风一样，东刮一下，西刮一下，卷起一阵尘土。引起整个村庄兴奋的，是要割苇子了。割苇子的时候，就是各家各户分麻花的时候。那一天，观头村一直飘荡着热乎乎的香味，连太阳都香起来了。

热乎乎香脆的大麻花炸好，下河割苇子的男人们运回来苇子，靠着大院的墙垛，端一碗热汤，开始吃麻花。吃饱了，身上的寒气散了，赶紧拿着分给自家的麻花回家，一家人等的就是那个时刻，跟过年一样。

接下来，苇子分到各家，打席的就来了。他们一般都是外地人，河北的居多。

晒干的苇子铺在场院，打席人踩在碌碡上，脚蹬碌碡转，噼里啪啦碾过去碾过来，苇子变成了苇篾，篾刀破开，一根根细细刮干净，喷上水，白细柔软，三折两折，就变成光亮亮的席子，铺在炕上，铺在顶棚上，围在炕墙上，或者做成装麦子、玉米的粮食囤。

桃枝爹原不想打席，可桃枝说家里的席都烂成片片了，刮腿呢，杏枝也说，刺都钻进肉里了。于是，打席的小刘被桃枝叫回家，给她家打几领大席和炕席。

小刘瘦瘦的，不爱说话，但爱笑，杏枝一叽喳说话，他就笑。杏枝问她笑啥，他说笑她说话好听。杏枝说他说话难听，嘴里老像有块石头。杏枝问他，你家那儿好不好，小刘说，好，到处开满了荷花，还能划着船去采莲蓬。杏枝说，莲蓬是个啥？小刘说，你跟我去看看啊。

桃枝给小刘做饭，一天三顿，但不和小刘搭腔，饭好了，总是让杏枝去喊他。听见他们俩说话，她也偷偷笑。她喜欢听小刘说话，她觉得自己的话艮得很，一镢头一斧头，实腾腾的，小刘说的话飘，还拐弯。

小刘在院子里编席的时候，桃枝就坐在窑门口纳鞋底，看杏枝在小刘跟前捣乱，有一搭没一搭地聊天。他们谁也不看谁，但每句话都听得真真的。

桃枝妈跟人跑了以后，桃枝是这个家的掌柜，她爹只知道喂牲口，白天晚上都待在牲口窑里，有话跟牛和马说，跟俩闺女一句多余的话没有。馍吃完了，回家拿几个馍又走了，除非有事叫他，才回。

这回桃枝又突然不见了，桃枝爹似乎也不多着急，就是嫌杏枝天天吆喝饿烦，打发她去她姑家住，他又回了牲口窑。村里人说桃枝八成是跟打席的小刘跑了，他说，跑就跑吧，她娘不也跑了。村里人说，得找啊。他哼一声，天下那么大，去哪儿找。村里人叹口气，这日子过的，油盐不进了。

春种秋收，日子压着庄稼茬，很快又到了一年割苇子分麻花打席的时候，小刘居然又来了，没有没有跟着桃枝。

一看见小刘，村里人抓住就是一顿打，打完了问，桃枝呢？小刘蒙了，他呜里哇啦解释半天，说桃枝没跟他走，他家里有媳妇呢。

可是，桃枝呢，她去哪儿了？

苇子黄了

小刘说，桃枝问过她，从河北咋来的观头村，他说坐火车。桃枝问坐火车能到哪儿，他说哪儿都能到，天南地北，想去哪儿都行。

这回是彻底闹不清了，外头那么大，桃枝去了哪个方向，去干吗，不好猜。慢慢地，桃枝，一个长得好看但不爱说话的姑娘，就彻底从观头村消失了，除了杏枝偶尔回家会问她爹，姐哩，咋还不回？

再进观头村，桃枝穿着裙子踩着高跟鞋，走路一晃一晃的，笑脸盈盈，跟城里人一个样。

杏枝抱着她哭，问她这几年跑哪儿去了。桃枝说，她去了内蒙古、山东，后来又去了武汉，外面太大了，家里太憋屈，就不想回了。她爹听了，破天荒说了一句，我不信。

桃枝说，我去找我娘了。

她爹说，你娘早死外头了。

桃枝说，真死了倒好了，就怕死不了，又不敢回来。

他爹看看她，张张嘴，又咽下去，长叹了口气，说，回来就好，回来就好。

看热闹的人走了，桃枝趴在她屋里的光席子上，放声大哭。

杏枝问她，好好的哭啥？桃枝说，席上的刺扎肉里了。

（原载《微型小说选刊》2019 年第 15 期）

我们的关系

她看见我的第一句话是：你说清楚，你和她什么关系？

什么关系？我要说没有关系你信吗？信吗？

她捏起几张纸巾团一团向我扔过来：鬼才信。天下人都知道你们关系不一般，你还遮掩。遮瑕霜都遮盖不了你那满脸的雀斑，你还想告诉我你们没关系。你们男人就是这样，撒谎比吃饭还简单，你……

她坐在我对面，喋喋不休，身体随着嘴的频率不停晃动。我的目光越过她的肩膀，停留在不远处一个男人的身上。

首先声明，我对男人没兴趣。但那个男人比我面前的这个女人好看，从我进门到现在，他一直在沉默，沉默地看着面前那杯绿茶。

嗨，嗨，我跟你说话呢，你看谁呢？她提高了声音，并伸出胳膊在我脸前晃着。

没看谁。你说你的。

瞧瞧，只要我一说话你就这副爱理不理的德行，你能不能好好听我说话？

能。我不由自主地又瞥了那个男人一眼，他还保持原来的姿势，像座雕塑。

能个屁。别看了，那边只有男人，没有女人。她说这话的语气有点恶毒。

我本来就没看女人，是你多疑。我说。

喊……我多疑？自己长个包子脸就别怪狗跟着。也不照照……不对，什么狗跟着，把我带沟里了。

你自己往沟里跳的。

行了，行了，别绕了，说吧，你到底和她啥关系？

我知道她说的她是谁，但我不想告诉她。刘秀丽只是我无数火热生活中的一个火星，连巴掌大的一块地方都照亮不了。但她确实闪耀过，甚至温暖过，在那个特殊的时期，特殊的地方。

刘秀丽是一名狱警，我就在她管辖的监区内。进去的原因很简单，替人背黑锅。谁知刚进去，替的人出车祸骨折了，我只好扎扎实实在里面待着。

刚见我，刘秀丽拿一根警棍在我头上乱戳：进来前还是干部啊？我心说，屁，如果科员也能算干部，你刘秀丽肩膀上顶的就是处级领导了。我有点献媚地对刘秀丽说：混呗。刘秀丽说：别扯了，我和你妹妹是同学，还去过你家，你是我师哥，咱们一个学校的。我说：不可能！这么漂亮的女警察，我怎么会一点印象没有？刘秀丽把警棍在桌子上捶得啪啪响：你跟以前可不一样了，现在就剩嘴了，瞎话张嘴就来。以前多好一帅哥啊，让我们宿舍的女生们集体向往。我说：我还有这样的魅力？刘秀丽说：别美了，那是以前。现在，哈哈，哈，要是她们知道你在我的监区里，非得把肠子都悔青了。

我和刘秀丽最开始的关系就是这样，但在那个特殊的地方，我们的关系又充满了无数的可能性。也许是看我妹妹的面子，刘秀丽让我帮她整档案。她说：干这活折寿，看一天头昏眼花。这活我爱干，比劳动强，离开农村很多年了，一干体力活浑身疼。

很多时候，档案室就我和刘秀丽两个人，整档案是个慢活，一时半会儿不了，既然完不了，那就不用着急，整一点是一点，大部分的时间都用来说话，准确说是用说话来打发那么多的时间。

我们从在一个学校时候开始，沿着各自的那条线，讲着自己的故事，一直讲到我进来这个点汇合。在这个地方，没有什么可以遮掩的，都坦白得像被剥得赤红溜光的兔子。

刘秀丽很文艺范地叹口气：唉，造化真他妈弄人啊。这样，哥，我请你吃饭。

不敢。你饶了我，你这鬼地方我可不想多待。

刘秀丽踢了我一脚：怕我占你便宜？

我有啥便宜可占？兜里的钱都交给你们了，除了我这个人。

要是我就想要你这个人呢？刘秀丽摘了帽子，把头向我伸过来。我弥补一下青春时期的损失不行吗？多好的机会啊。

我分不清刘秀丽说的是真还是假，也就没法决定自己的行动是顺水推舟还是婉言拒绝。刘秀丽的手伸过来，轻轻地放在我的脸上，然后，向上，五指张开插进我的头发。

呸，都是油。你几年没洗澡了？刘秀丽把手在我身上使劲蹭了蹭。

哈哈，哈哈……我大笑，这个桥段太他妈经典了，如果放进电影里，那绝对倒胃口，可在这里，太正常，也太喜感了。

刘秀丽又踢了我一脚，这回踢得明显比上次重：别笑了。

哈哈……我止不住，还想笑。

刘秀丽没有再踢我，她说：特批你洗回澡吧。

后来，我和刘秀丽还有比这更露骨的谈话，但绝对没有比这更亲密的举动。

我不知道这一切是怎么传出去的，也不知道大家是怎么议论的。当我出来的时候，在我的接风宴上，狐朋狗友们举杯向我道贺，好像我这趟替人受过受得多么成绩斐然。

事实的真相永远只有一个，彼时彼地彼此，之外的，无非揣测，无非以讹传讹。

当然，我不是怕，是闹心。比如坐在我对面质问我的她。

依然是步步进逼：想什么呢？怎么不说啊？你和她到底什么关系？

我说了，我和她没关系。就像咱们俩一样。我说。

咱们怎么能一样？她瞪大了眼睛。

咱们怎么不一样？咱们什么关系，啊？我问她。

［原载《山东文学》（下半月）2013 年第 8 期］

真的很疼

　　那个女人坐在十三楼的窗口，摄像机镜头拉近再拉近，她穿一件粉红色的睡衣，头发松松地扎着，她的表情——哦，她没有表情。倒是楼下的女主持人情绪很激动，好像要跳楼的是她。她来回走动，手里的话筒一会儿拿起来，一会儿放下，另一只手不停地扯话筒线。围观的人越来越多，他们保持着同一个姿势，像一群嗷嗷待哺的小鸟，张着嘴巴。一个又高又胖的警察在喊话，尽管拿着扩音器，他的声音还是刚爬到九楼就被风吹散了。

　　小青紧紧地拉着你的胳膊，能感觉到她的身体在颤抖，你不知道她是兴奋还是恐惧。你揽着她的肩膀，她把身体又向你这边靠了靠。你们在看电视，电视里那个女人要跳楼。这跟你们有什么关系呢？

　　门是反锁的，他们推不开。我能听见他们在门外喊我的名字：林虹，林虹——我猜猜，门外会有谁，警察？对，肯定会有几个警察，救人是他们的职业。还会有我的家人——对不起，对不起，我实在没有能力照顾你们了。心力交痒——你们不能理解那种感觉。别敲别喊了，我想安静地坐一会儿，把一些美好的事再回想一遍。瞧，楼下的那些人都等不及了。

"各位观众，现在是十七点二十六分，时间已经过去两个小时，警察正在想尽一切办法营救跳楼的女子，消防官兵也赶到了……"主持人的声音有些颤抖。她穿得太薄了，初冬的风很硬。太折磨人了，她要尽快做完直播，晚上还有重要饭局，说了她不到不开席的。

小青问你下午吃什么，你摇摇头。你很想弄明白那个女人为什么要跳楼，十三楼，跳下去多疼啊。小青说她饿了，她去翻冰箱找吃的，然后去厨房转了一圈，回来手里拿了一块蛋糕，她放下蛋糕，又去冲了一杯咖啡。她问你喝不喝，你说不喝。

再唱一首歌吧，唱什么呢？一时半会儿不起来了，那些熟悉的调子都去哪儿了？那首歌，怎么唱来着，"我要飞得更高，飞得更高……"。

"各位观众，现在是十八点一刻，消防官兵和警察还在做着努力，让我们一起为跳楼的女子祈祷。"主持人心急如焚，手机在兜里不停振动，短信催好几遍了，这该死的直播还不能完。大姐啊，你到底跳还是不跳。

气垫铺好了，被围观群众堵塞的马路也疏通了。那些嗷嗷待哺的小鸟换了一拨又一拨，先来的给后到的义务讲解，他们团结一心，目标一致，仰望着楼上的林虹。

小青拽着你的胳膊，要你起来出去吃饭，你说：等会儿，等会儿。小青说：你怎么那么关心她啊，她是你什么人？你说：不认识。小青说：不认识你瞎起什么劲？走，先去吃饭，说不定回来她还坐在那儿呢。你真不认识她？你说：真不认识。小青生气了，她拿着钱包走了。你盯着电视屏幕，盯着坐在窗边面无表情的林虹。

　　好了，好了，你们都累了，我马上就跳下去了。没什么可说的，头有点晕。没有鸟儿一样的翅膀，可我总有飞翔的权利和勇气吧。生和死，没什么区别，最终，我们都要相会在天蓝色的彼岸，我在那里等着你们。

　　"各位观众，现在是十九点整，我相信你们的心情和我一样，一直在关注……"主持人突然看到一只粉色的大鸟从天空飞过，她打了个哆嗦。谢天谢地，终于要结束了。

　　好了，我这就跳。飞啊……像鸟儿一样飞啊……像风一样飘啊……我闭上眼睛，眩晕的感觉来得如此迅猛，我没有掉在气垫上，在碰到八楼的阳台后弹到了水泥地上。疼，真的很疼啊。

　　你听到小青用钥匙开门的声音，接着看到那个女人像一只粉色的大鸟从眼前一闪而过。一声闷响之后，人群"哄"地散开，又"哄"地围上。主持人被挤在人群中间，看不到她了，屏幕上乱成一团。

　　你关了电视，再次摇摇头。那个女人死了，跟你有什么关系呢？你又不认识她。小青和你，继续在沙发上看电视、接吻、吵架、和好……

几天后，走过那条街，你抬头看了看那个空荡荡的窗口。地上的血迹被这个冬天的第一场雪覆盖，什么也看不到了。

（原载《百花园》2011 年第 3 期）

回到你的过去

高飞对妻子的死是有思想准备的。

早在两年前，相映雪查出来乳腺癌淋巴转移的时候，他就准备好随时与她告别。

不，他爱她，是那种习惯成自然的爱，说不出口的爱。吃她做的饭，穿她买的衣，在她旁边打呼噜，和她无休止地因为琐事吵架，无数次想揍她一顿，甚至一走了之。她突然得了病，多年的习惯被打破，他们学会了安静下来，谈心。

相映雪变成了话痨，不停地给他讲她的过去。高飞第一次知道，她在他老家的一个乡中学上过两年初中，他一直以为她上大学前从没有离开过甘肃。她说，真想回去看看，看那棵大杨树还在不在，老师们肯定都老了。门口有个小卖铺，里面卖一毛钱一包的瓜子、两毛钱一包的方便面。

妻子死后，高飞办完所有的事回老家散心，想起相映雪的话，就开车去了那所乡中，现在改名叫镇一中。

大门口自然是没有小卖铺的，高大的门柱上贴着暗红的瓷砖，电动门紧闭，只有一扇小门开着。

门口的保安警惕性很高，问他，找谁，他一时答不上来。找谁？能说找三十年前一个叫相映雪的女生吗？

上课时间，校园里很安静。偶尔有老师急匆匆地走过，操场上有两个班在上体育课。办公室一个年轻的办事员接待了他，很热情地找出教师花名册，让他根据年龄，找一下当年可能教过相映雪的老师。

花名册上的老师比高飞想象得要多，他记得相映雪说过，那时候一个年级才两个班，只有各村的尖子生才能考上乡中，现在，一个年级八个班。

下课了。校园里突然沸腾起来，穿着天蓝色校服的孩子们在校园里打闹、奔跑，女孩子们三三两两凑在一起聊天。高飞站在走廊上，试图找出一个和相映雪模样相像的孩子。那时候的她，是短发，还是长发？是胖，还是瘦？

教语文的刘老师回到办公室，1990 年前后，她一直在这所学校。但她不记得有一个叫相映雪的女生，一点印象也没有。她说，你可以问问杭老师，他那时候教两个班的数学。

杭老师已经是副校长了，找他是通过电话。杭老师很热情，是的，是的，我一直教数学，两个班都教。相映雪？从甘肃转学过来的？不记得，等会儿，我再想想，地质队的孩子，姓相，那两个班里没有姓相的，肯定没有。

在校园里走着，高飞有点沮丧。大杨树，压根不用去找了，校园里能看到的，除了雪松，就是月季、木槿、女贞，哪里会有什么大杨树。

通过杭老师，他又找到了相映雪当年的班主任，已经退休的高老师。高老师在县城带双胞胎孙子，忙得鸡飞狗跳。她有些心不在焉，高飞问她记不记得当年班里的相映雪，她很直接地说，不记得。高飞说，你再回想一下，从甘肃转学过来的，她很果断地摇摇头，不记得，应该没有这个人，要不你去问问丛林，他那会儿是班长。

从高老师家出来，已近黄昏，市声喧嚣，人们着急忙慌地奔着各自的生活。高飞站在路边，看着人来车往，巨大的无助感和孤独感袭来。相映雪，你明明在那所学校里上了两年学，可为什么他们都不记得你？

他不死心，或者说替相映雪感到委屈。

高飞还是找到了丛林。丛林也不记得了，他说好像有这么一个人，也好像没有，不敢确定，时间太长了，他可以问问。

第二天，丛林给高飞发来一个人的电话，说这个人在微信群里回答说他知道。

最终，他找到了这个秃顶驼背的男人。他说，我记得映雪。

高飞有点莫名地喜悦，因为这个男人说我记得映雪，而不是相映雪。

他们坐在一个小酒馆的角落里，就着一碟红油耳丝，一碟小豆芽拌粉条，两盘饺子，一瓶白酒。谈起映雪。

男人叫马建民，他说，我们同桌，我曾经偷偷地喜欢过她，她不知道。那是我第一次喜欢一个女孩，就是觉得她好看，说话声音很小，跟蚊子叫一样，脸很白，编两个辫子。

看着坐在对面的这个男人，尽管他现在成了这副模样，高飞依然替相映雪高兴，最起码，她的过去有人记得，而且，还有人偷偷地喜欢过她。

他假设这个马建民曾经还比较帅，假设他还很有趣。要不，怎么能配上映雪呢？

他说，你那时候一定学习很好。

不好。

那你肯定长得帅。

也不帅。我那会儿就少白头。

个子高？

也不高。上中专那会儿才开始长。

那你一定调皮捣蛋。

也不。我那会儿特别老实，不怎么说话。

你，总要有个优点吧？

我会吹口琴。

这就对了，这就对了。要不怎么敢喜欢映雪呢，你说是不是？

高飞趴在桌子上嘟嘟囔囔。他喝醉了，鼻涕眼泪糊了一脸。

（原载《山西文学》2019 年第 8 期）

木头，木头

随着身体的成长，大妞在地坑院的日子越来越憋屈。

地坑院里放不下她了。放学扔了书包，人就没影儿了。她的去处很多，田野里、麦秸垛上、老柿树上、墙头上……她像个女王，呼啸而来，身后是一群高高低低的喽啰。一直到天黑透，大人们喊着各自家狗娃、石头、二丫、三多子的名字，一个个叫走，大妞才不情不愿地回家吃饭，回到地坑院昏暗的窑洞里。

大妞的憋屈来自晚上，来自下雨天。

地坑院里没有电，照明的是一盏油灯，昏黄如豆，放在炕墙上，窑洞的后半部灯影隐约，大妞从人们吓唬她的语言里想象出了各种鬼怪，加上曲折狭窄拐窑里轻微的响动，把她吓得不轻。

下雨天让大妞憋屈的除了不能出去撒野，还有恐惧。地坑院一侧的崖头上是生产队的棉花地，也是老鼠的乐园。老鼠们不停地挖掘着自己的洞穴，往往就把自家和大妞家连一起了。暴雨或者连阴雨一来，某个老鼠的家灌了水，就从大妞家的窑洞侧面，突然冲出一个或几个碗大的窟窿，泥水奔突而出，顷刻间窑洞里的水没了脚脖，水声轰隆。大妞、二妞和娘拿着各种工具盆、桶把水往院子里舀，父亲喊人去地里堵老鼠洞。风雨交加的夜晚，大妞、二妞一边哭，一边舀水，浑身上下糊满了稀泥。雨停了，大妞还是不敢进窑，她觉得那眼窑随时还会灌水，会塌，她和二妞会被捂死在里面。

到这里，就要说到盖房了。

大妞一旦有了盖房的念头，就像个碎嘴子的老太婆，哇啦哇啦念叨不停。最初，回答她的是父亲和娘的沉默。后来，就是劈头盖脸一顿骂：盖房，盖房，拿嘴盖，还是拿你盖？

大妞这时已经是个十岁的大丫头了，她清楚地知道父亲和娘愁的是啥。木头。

那些直溜溜的柱子、椽子、檩条，才能盖成敞亮的大瓦房，但要拿钱买。钱是个大问题。

大妞开始偷偷地把娘的箱子、匣子、抽屉一一打开，数一数那些毛票、分钱，也不再顺手牵羊拿走五分或者二分钢镚去换江米蛋、麦芽糖。

突然有几天，父亲不见了。

大妞问娘，娘说，上后山了。

大妞追问，上后山干啥？

娘说，看木头。

大妞一下子觉得地坑院里光辉灿烂，她兴奋地从院里跑上崖头，崖头上空无一人，她爬上柿子树，一个人在柿子树上晃啊晃，晃得她满脸是汗。

父亲终于回来了，身后没有跟着木头。

大妞看着父亲阴沉沉的脸，不敢问。她非常难过，那天晚饭都没有吃。

第二年，父亲再一次上了后山，这次拉回了一大堆木头。那些木头被整整齐齐地放在没有门窗的西窑里。

大妞说，她最喜欢闻西窑的松木香味儿。吃饭的时候，她要端着饭碗坐在那一堆木头上吃，不吃饭的时候，她挑一根长的，把自己细高的身体挂在上面荡来荡去，或者坐在木头堆的最高处，什么也不做。

有了木头，大妞又变成了碎嘴子的老太婆，不停问父亲什么时候开始盖房。父亲说要等生产队批地，批了地才能盖。于是，大妞每次见到生产队长，就用大眼睛狠狠地瞪他一眼。

地坑院的夜晚依然在油灯里昏暗地摇晃着，那一窑木头依然是一窑木头，没有变成大瓦房，但守着木头，大妞就还是高兴的。

提心吊胆地过了那年夏天和漫长的秋天，大妞不再担心窑洞灌水了。雪花一落，她知道在这一年盖房是没有指望了。

这时，姥姥突然去世了。大妞和姥姥的感情很深，姥姥去世，她哭了好久。但听到舅舅和父亲的谈话，大妞没法再哭下去了，她飞跑回家。她听到舅舅说棺材盖板没木头了，

　　　　　　　　　　　　　　　　一念之间

父亲说带木匠去窑里看看。

舅舅带着木匠到大妞家时，大妞已经把大门从里面闩上了。任凭他怎么喊，怎么叫，大妞就是不开。最后，木匠用一把刀把门闩划开了。

舅舅穿着一身孝衣，满脸悲伤，他顾不上管大妞，直接把木匠领到西窑，让木匠挑。很快，木匠挑了一根最粗的木头，拿尺子量量，指甲掐着，准备锯开。

大妞不干了。她拉着木匠的锯子，不让动。哇哇大叫，不准动我家木头。

舅舅像拎一只小鸡，把大妞拎到院子里，小娃家别捣乱，你姥等着哩。

大妞哭着还要往窑里跑，舅舅胳膊一推，大妞仰脸摔地上了。她爬起来就往舅舅身上撞，你埋你妈，干吗要用我家木头？

啪的一声，舅舅的大巴掌落在了大妞的脸上，她的耳朵嗡嗡嗡地响。舅舅说，再胡吆喝，我撕烂你的嘴。

锯木头的声音和大妞绝望的哭声同时响起。木头拉走了，大妞还在哭，边哭边骂那个木匠，骂舅舅，姥姥下葬她也没去。

没有人懂得大妞的悲伤，也没有人给大妞解释，一窑木头与新瓦房之间，差的绝不是那一根木头。

（原载《香港文学》2018 年第 12 期）

大妞的烦恼

　　对于不到八岁的大妞来说，她的烦恼降临得过早了些。

　　这个烦恼在暮春时节降临，伴随着一个孩子的哭声，那是她的妹妹，三丫头。

　　原本对大妞来说，三丫头出生她是高兴的，可她一看到那个瘦弱的孩子就没有好感：跟个小老鼠一样，太难看啦。这是妹妹给她的第一印象，妹妹的长相，令她非常失望，只在炕角瞅一眼，就再不想看她了。

　　这时候的大妞，已经背着小书包上了快一年的学了，天天自由自在，在通往小学校的沟里、坡上疯跑，在作业本上把一个个字写得跟狗爬似的。

　　三丫头在炕角长到二十多天时，娘原本稀薄的奶水一点都没有了。那天，家里没人，娘要到院子里拿尿布，刚走出窑门，就闻到浓重的农药味，生产队在拌棉花籽，要种棉花了，娘赶紧捂住鼻子，反身回窑。但为时已晚，回奶了，干瘪的乳房里再也咂不出一滴奶。听见三丫头日夜不停的哭声，大妞快烦死了：这娃会不会饿死？扔了吧。

一家人看着气息奄奄的三丫头在炕角吱咛吱咛地哭，一筹莫展。娘说：送人吧，在家怕是真要饿死。大妞原本就不喜欢这个妹妹，再天天听着她哭，放学还要抱着晃她，听说送人，她第一个同意，娘说：那你去问问上坡头你外奶。

大妞一路小跑跑到上坡头外奶家，兴冲冲地说：小妹妹要饿死了，我娘说送人，那人是市民，可有钱了。

外奶劈头盖脸骂了大妞一顿：有钱就饿不死了？回去给你娘说，要饿死也饿死在自己家里，哪有把娃送别人的理。

大妞哭着回到家，跟娘学了外奶的话，娘大概也是舍不得，叹口气：算了，好歹是条命，养着吧。大妞的烦恼由此开始了。

三丫头天天小猫一样地哭，可就是命大，那么小，居然学会了喝面汤，居然学会了吃鸡蛋，还一天天长大了，长到大妞一年级上完，准备上二年级的时候，娘对大妞说：别上了，回来看娃吧，娘要下地干活挣工分了。

大妞哭、蹦、闹，都不管用，这个讨厌的三丫头粘她身上了。她的小书包换成了瘦弱爱哭的妹妹，走哪儿都要抱着她、挎着她、背着她。没人的时候，大妞拿指头戳三丫头的额头：那会儿咋不把你送人哩？那会儿你咋没饿死哩？

不上学的大妞看着别人上学放学，她只能抱着妹妹坐在崖头上，或者把她放在地上，任她自己爬来爬去，和蚂蚁玩，和虫子玩。

那天下午，大人们都下地干活了，大妞又抱着三丫头在村里闲逛，走到场院边，老远就听见叫喊声，大大小小一群孩子在竹园里撵狗逮鸡，大妞想去，可抱着妹妹她跑不动。这时，她看见一只土黄的大狗一晃一晃地走过来，她把三丫头放在地上，自己退开几步，小手勾一勾：狗嗳，过来，把这个娃吃了。那只狗也许没有理解大妞的意图，它并没有走向三丫头，而是摇了摇尾巴，往一边儿去了。

竹园里的声音似乎越来越大，大妞心里更是着急忙慌。远远地又看见一只黑色的小狗，她嘴里喊着：吃……吃……吃。那只小狗很听话，来了。她指指三丫头：把那个小娃吃了。小黑狗对三丫头似乎有点兴趣，它凑过鼻子在三丫头身上闻了闻，伸出舌头在她的小手上舔了一下，三丫头嘀儿嘀儿地笑了。看到小黑狗并没有要吃了三丫头的打算，大妞一脚把它踢开了，使性儿地抱起三丫头，回家。

回到家，她把妹妹往炕上一扔：看你，狗都不吃你。

偏巧，这句话让进门的娘听见了：狗不吃谁？

大妞顺手一指炕上乱哭的妹妹：她，饿也饿不死，狗也不吃，她命真大。

娘又问她：你喊狗吃娃了？

大妞这才意识到不对，赶紧说：没有，没有。但晚了，娘捡起扫炕的笤帚疙瘩，照着她的屁股就是一顿打：那是你妹，你个胆大的贼娃子，敢叫狗把她吃了。不好好看娃，以后再不准上学，不准出去耍。

从此后，大妞老实了，不敢喊狗吃她妹了，踏实抱着孩子，饿了，拢火用一把长柄的铁勺给她熬面汤，渴了，用一把小勺给她灌水，尿了，给她换裤子换尿褯子。

直到又一年开学，大妞终于卸下了整天挂在身上的三丫头，重又换上小书包，走进学校，成了他们班个子最高的学生，坐在最后一排。

后来，大妞是当笑话讲给三丫头听的，说她曾想让狗把她吃了，三丫头说：你真傻，狗不吃小孩，你应该喊狼。

大妞说：还说呢，狼差点把我吃了。那时候晚上村里经常有狼，娘去磨面，让我回家取装麸子的布袋，从喜顺爷家崖头上过，老远看见两只眼睛，绿莹莹的，我以为是狗，还冲它喊，它也不叫，走了。天明了，有人在那儿看见一堆白色的屎，才知道，那是狼。

三丫头突然有点心疼大妞。

她试图想象，当年还不到十岁的大妞，都经历了什么，但她想象不出来。

（原载《天池小小说》2018 年第 12 期）

荒

　　岛，的确是荒岛。

　　偶尔的闯入者看见过碗口粗的蛇吊在树上吐着长长的芯子，还有猛兽。

　　民厌恶那个城市的遮遮掩掩和诡谲莫测，心怀鬼胎的人们时刻算计着别人和被算计，他怀着去死的决心登上了荒岛。让蛇吞了，让兽食了，总比让人折磨得不死不活要好。

　　民来到岛上，郁郁葱葱的森林，清浅的小溪，歌唱的小鸟，奔跑的野兽，让他欣喜若狂。

　　三个月过后，民觉得有点儿寂寞了。尽管他和鸟兽相处和谐，可彼此语言不通，他太需要把内心的感受告诉一个能听明白的人了。于是，他下岛，说服一个女人跟他来到荒岛，两个人的日子有了诉说和倾听。

　　没持续多久，诉说和倾听变得重复、无聊，而且，两个人过日子怎么可以没有孩子呢？于是，他们生了一个孩子，健壮得像一头小豹子一样的儿子。

　　儿子一天天长大，在森林里跑来跑去，赤身裸体，奔跑的速度像风，爬树的敏捷度像猴子。民的妻很担心，孩子要变成野人了，这可怎么是好？他必须得到教化。

负责教化孩子的老师被请到岛上，他耐心地教给民的儿子礼仪、知识。民的儿子渐渐失去了奔跑的能力，变得温文尔雅。到了 18 岁，民的儿子提出，他该结婚了，他要享受爱情。

第五个出现在岛上的，是一位善良美丽的姑娘，她和民的儿子结了婚。她带来了她的父母和弟弟，民和他的妻与两位亲家一起吃饭，聊天，谈论他们的儿子和女儿。

矛盾是偶尔产生的，来自那位教师。他因为那位弟弟骂了他，便恶毒地制造了一起谎言。民和亲家大吵一架，谁也不理会谁，除了那位教师，又没有第二个中立的人来劝诫，他们整日不说话，彼此像仇人。

民觉得必须树立自己在岛上的威信。于是，岛上的第九个公民来了，是一位公正的律师，他帮助民调解了和亲家的矛盾，并为民制定了岛上的公约。民作为岛主，拥有岛上的最高权力。监督公约执行的两名检察官来了，保证公约执行的三名士兵来了，这都是缺一不可的。

随着公约的执行，其中的漏洞越来越多，完善漏洞的同时，新的职业诞生了。民的儿子成了从城市向荒岛选拔输送人员的最佳人选，他的妻则做了他的秘书，帮助登记每天都有哪些新的职业诞生，需要多少人员来补充。

厨师、保姆、巫师、侦探、心理医生、经纪人、司机、

荒

工人、制造商、乞丐、银行家……几乎每隔两小时，就有一个新的职业诞生。民看着他手下的子民越来越多，大家天天早上向他朝拜，温顺地听他训导，实在是太高兴、太满足了。

民的儿子垄断了整个岛域经济，成了岛上的经济巨头，他的钱多得无法计算，不知道怎么去花，只知道如何去挣到更多的钱。他的父亲是岛主，那么他理所当然要拥有岛上的全部资产，他不能容忍还有那么多人从他的手里挣走工资，他开设了娱乐场所、美容院、服装店，他必须让那些人把挣走的钱再乖乖地送回来。

民每天站在岛的最高处——官邸的楼顶，看着岛上的变化，得意扬扬。这都是他的功劳啊，他是这座小岛的开拓者，是至高无上的王。

森林已经砍伐得差不多了，要造纸，要造各种各样的房子，到处需要木头，森林没了，民就命令大家种草。驱逐和猎杀，让鸟兽变得非常稀罕，民命令大家紧急建造动物园，把剩余的动物保护起来。

政变似乎在一夜之间突起，有人说民老了，要他让位，说他的儿子骄奢淫逸，横行霸道，让岛上的经济处于极度混乱的状态。

尽管政变被镇压下去了，可民变得焦虑不安，他不知道那些觊觎他的权力和他儿子金钱的人藏在哪里，不知道他们什么时候会突然再次发起政变，甚至突然枪杀他们，或者绑

一念之间

架他的孙子。

民的焦虑越来越重，整日忧心忡忡，疑神疑鬼。岛上最权威的医生说，民患了抑郁症，他必须到一个清静的地方休养三个月，否则，他不会活过一年。

民听取了医生的劝告，他给儿子留了一封全权委托书，要他处理岛上的一切事务。

民乘坐一叶小舟，在一个清晨离开了岛，他的手下已经为他寻找到了另一座荒岛，他将一个人在那里静静地调养。

小舟渐行渐远的时候，民回头看了看曾经的荒岛，现在，那是一座多么美丽的现代化城市啊！

（原载《青年博览》2011 年 2 月上半月刊）

逃

　　你见过我吧？我敢说你肯定见过我，我已经是个完全透明的人了，包括我身上有几颗痣他们都知道。

　　那样的事谁没干过？

　　现在，我的肠子都悔出血了。心情不好？心情再不好我踢自己也不能去踢那个破垃圾桶啊。

　　一阵风，这不是最根本的起因，但它扬起了很多的灰尘，毫无商量地朝我涌来，扑打在我的脸上、身上。我"呸"一下嘴里的灰尘，又骂了一声，这破天，这破地，这破城市。然后，我的右前方就出现了那只让我倒霉的垃圾桶——这是为配合创建卫生城市更换的垃圾桶，据说是环保材料制作的，红红绿绿代替了以前的白色不锈钢，一对一对，跟点冒号似的，点在街道两旁。

　　一个红色的冒号正好在我脚边出现，我其实什么都没想，就是顺势抬起一只脚，朝冒号中的一个踢了一下。要在平时，让我踢它，我都嫌脏，可那一刹那，我真是让鬼拍了脑袋了，居然主动踢了垃圾桶一下。也没怎么用力，我跟垃圾桶又没仇。

但就是那一脚，让我从此不得安生。

我不知道那个无所事事的家伙藏在哪儿，还居心叵测地端着照相机（我恨死这东西了），而且他的照相机还正好打开着，还对着那只肮脏的垃圾桶。我实在佩服他的摄影技巧，他怎么就没成摄影家呢，我很纳闷。我随意地一抬脚，就短暂的一两秒的工夫，他居然就抓拍到了，就立此存照了。我有点扭曲的面部，我好像很恶毒的一脚，都清晰地被拍了下来，我浑身是嘴都说不清楚了。

最可恶的是，那个没有成为大师的家伙居然把这张照片发到了互联网上。只在一夜之间，估计大半个中国要有几亿人都知道这件事了，反正，等我知道的时候，只要输入"踢"或者我的名字，就有几十万条搜索结果，随便点开哪一条，都可以看到我"丑恶"的嘴脸，还有我那"罪恶"的一脚（这是他们说的）。

跟帖发表评论的就更多了，多得我看都看不过来。大家异口同声地谴责我，说我破坏城市建设，说我道德败坏，说我行为不端，说我缺乏教养，好像我打小就是个不良少年，一贯仇视社会，脑后长了反骨，搁封建社会早就揭竿而起了。

你说无聊不无聊。他们居然……居然还查到了我的家庭住址、工作单位、联系电话以及我的身高、体重、爱好、血型，还有我大学的老师、中学的同学，甚至幼儿园给我喂过饭的保育员。他们把我从小到大做过的坏事全揭露出来了，我四岁时候抢过一个叫圆圆的小朋友一块大白兔奶糖他们都知道。

他们说，我上小学迟到过十三次，有八次被老师罚站，有五次是罚我抄课文。上中学，我喜欢揪前面女同学的辫子，拿粉笔砸过一个叫李佳亮的同学，还把吴明的鼻子打出血了。上大学，我干的坏事就更多了，简直就是罄竹难书。

我没办法再看那些言论，我不知道我从什么时候起变得那么坏了。我翻出家里的奖状、三好学生奖章、荣誉证书，那是发给我的吗？我的心突然快速跳动起来，自己能感觉到脸红到了脖子根儿，这些荣誉，也许都是我用卑劣的手段骗来的，肯定是。

首先在单位，我待不下去了。领导和同事轮番来给我做思想工作，因为要采访他们的人快把他们的手机打爆了，他们快要崩溃了。而且，他们也似乎在一夜之间发现了我狰狞的真实面目，开始疏远我，好像我就是艾滋病毒。最后领导几乎是哀求我：你走吧，工资照发，你喜欢去哪儿就去哪儿，工资会按月打到你的卡上。

无处可逃。

我只能回家。可我家楼下满是那些想挖掘我丑行的人，甚至楼对面的房屋也被他们租用，他们在一扇扇窗户里伸出黑洞洞的照相机镜头，时刻瞄准我。太恐怖了，我害怕看到那一个个黑色的洞。小时候，我奶奶说照相机"咔嚓"一下，人的魂魄就被吸走一点。她老人家真是伟大的预言家，我的魂魄就是被"咔嚓"一下吸走的。

最后，老妈动用了她最严厉的武器——眼泪，在一个深夜把我推出了家门，老妈说：不是我们不爱你，我们实在不敢爱你、不能爱你啊。

我已经无处藏身。无论我走到哪儿，大家都认识我，比过街老鼠更能引起大家的不安情绪。我只好远离人群，逃到深山，找到这个废弃的小窑洞，在这里安心生活。

你说，没事我踢那个垃圾桶干吗？

哎，你说，我真的就像他们说的那样，那么坏？坏得那么彻底？

哎，你说，你看我像个坏人吗？

哦，你不会说，你只是只蜗牛。

爬半天，累了吧，你也歇歇。

（原载《小小说选刊》2007 年第 6 期）

桃梦

夏天到来时，我买了好多好多的桃子，转眼就变成一堆干干净净的桃核，乖乖地躺在阳台的一张报纸上，拨拉一下，发出清脆的响声。

这堆桃核，乖乖地躺到来年的春天，生成了我的一个桃梦，梦里有嫩绿的小芽、遒劲的枝干、灿烂的桃花、硕大的桃子……这个梦整日冲撞着我的心，不能安生。

播种的时候到了，我必须把这些梦的种子埋进肥沃的土壤。我是懂得种桃的过程的，应该就像在一些网络游戏里种花一样吧？播种、浇水、施肥、除草、打药，然后再浇水、施肥……每个过程都不偷懒的话，便会收获一枝美丽的花，接着才可能跑到聊天室里穷显摆，送给自己喜欢的美眉。

我带着我那一堆很乖的桃核，开始寻找适宜他们生存的地方。沿着街道指示的方向，我一直走，走，走到双脚发酸，除了马路边的绿化带，我没有看到泥土的样子，更别说肥沃不肥沃了。而那些绿化带里，已经密密匝匝种满了各种俗艳的观赏桃。

我继续朝前走，黄昏快来临时，我终于找到一个好地方：生态园林区。我掏五十块钱买了门票，看门的小丫头递给我一个塑料筐，草莓随便摘，不能采花。我解释说我不是来摘草莓的，我只是想给我很乖的一堆桃核找个安家的地方。小丫头态度很好，生态园林就是让人随便进来采摘的，你交了钱，就可以摘，但怎么可以随便种呢？我说，我要求不高，只要有土就行，将来的桃树我负责照看，不要你们管，我还可以交钱。

小丫头一听可以交钱，急忙说，你先等等。然后我看到她进了售票的小房子，开始打电话。一会儿，一个肚子挺起很高的男人来了，小丫头说这是我们经理。

经理伸出一双肥厚的手和我握了，然后说，有什么要求尽管提。我就说了，可等我说完，他说这里是生态园林，什么是生态你懂不？就是一切和农村的农家一样，保持原本质朴的风格，都是规划好的，一寸闲土都没有了，要不你自己找找看。

我在经理的带领下，很认真地找了一遍，生态园林里每一寸土地都种上东西，连个田边地头都不剩，都种上了向日葵。

我失望至极，拎了一筐小丫头替我采摘的草莓出来了。我转身把草莓递给了门口玩弹珠的孩子，继续朝远处走去。

城市的尽头是农村。农村就应该有土地，应该有我种桃树的地方。

桃梦

最后一抹夕阳还依依不舍地拉扯着山尖的时候，我来到了一个叫黄庄的地方（路牌是这么写的）。

我对一个正在地里锄地的老伯说，我想找块地方种桃树，可以掏钱。老伯看看我，又上下打量了几个来回，他说，城里人可真会想点子，我们种的桃儿还卖不出去，你跑这儿种桃？别扯了，赶紧回去歇着吧。

我说我真想种桃树，我把桃核都带来了。我摇摇手里拎的兜子，让我很乖的桃核发出哗啦啦的声音。

老伯不耐烦地摆摆手，我这儿是没地儿，你看别人家有没。

沿着麦苗绿生生的田埂，我不死心地找，可一块挨一块的地里，不是种着麦子，就是长着果树，或者就是塑料大棚养着反季节蔬菜，然后就是一个又一个砖瓦厂。

终于在天彻底黑下来前，我看到了一大块的闲地，地里长满野草，两只倦归的牛还在悠闲漫步。我立马兴奋起来：这就是我要找的地方，这就是我的桃园，我的桃梦开始的地方。

可还没等我高兴完，一个彪形大汉过来问我干吗呢，我说我想找地儿种桃树，他像轰赶苍蝇似的晃了晃手，走，走，去别处吧，这块地我们公司征了，准备建农家乐呢。我问啥叫农家乐，他白我一眼，理都不理我，戳在那里就等我走。我走了，但我的桃梦不会轻易破灭。

我最终还是找到了适宜我的桃核生长的土壤，百二秦关终属楚啊!

土，很肥，捏一把似乎可以出油。我小心翼翼地把我很乖的桃核一颗一颗埋进去，并用手轻轻压一压，然后慢慢浇上水。

以后的日子，我就经常面对着那块土壤，做着我丰富美丽的桃梦。然后一遍遍浇水，施肥，施肥，浇水……

但一直等到第二年秋天，我那很乖的桃核始终没有冒出一丝鹅黄嫩绿。

因为，我只是把她们种进了花盆。

（原载《小小说选刊》2006 年第 24 期）

在北纬 34.7 度

从黄河上吹来的风一点一点柔和起来。

该走了。已经有兄弟姐妹们呼唤着，要向北去，回到我们遥远的北方老家。

我不知道在他们全部离开之前，我的翅膀能不能好彻底。这该死的伤。

湖畔的游人慢慢少了，每天离开的兄弟姐妹越来越多，我听着他们嘎——嘎——嘎地呼朋唤友，商量着返回的日期。我试了试，不行，我的翅膀根本无法扇动，更别说长时间跋涉了。

终于，他们都走了。我独自躲在一边，觅食，在水面上画着一个又一个圈，不知所措。

风更柔了。岸边的柳树似乎在一夜之间变了颜色，慢慢地，草也绿了，芦苇长出了绿生生的小芽头，我的身边也热闹起来，麻雀、黑鸭子、飞虫，他们太聒噪了。我只有自己，连叫也懒得叫一声。他们飞到哪里了？已经回到西伯利亚了吧。

　　　　　　　　　　　　　　　　　　一念之间

他的出现，很突然。就在不远处，我发现了他，同样是形单影只。

嘎——他叫了一声，怯生生地和我打招呼，我马上仰起头回应他。我游向他，他也快速游向我。

在这片安静的水域里，在芦苇遮挡之中，我和他开始了不一样的生活。

他走到哪里，我跟到哪里，生怕一不小心把他弄丢了。我无法克制对他的依赖，也不想克制，看得出，他也一样。

我们每天在青草中觅食，自由地游来游去，他喊着我，我跟着他，除了不能回到遥远的家，还有什么比和他在一起的日子更让我开心的呢？

有，当然有，这是我未曾预料到的。

我们的小宝宝出生了。

天啊，怎么能想象得到，在五月天，在北纬 34.7 度的地方，在这个叫三门峡的越冬地，在这片被叫作苍龙湖的水面，我们居然可以孕育出自己的宝宝，实在是太开心了。

之前，从未有过在越冬地出生的宝宝，他们都来自我们遥远的家。可是，这几个小家伙就这样出生了，泛着灰褐色，毛茸茸，哪里都是软软的，走起路来一摇一晃，对，就像丑小鸭，丑萌丑萌的。

我做妈妈了，他做爸爸了。

除了高兴，除了开心，除了思念北方遥远的家，我们在这个温暖的季节，在这个安静的城市，在这片荷叶田田，芦苇青青，草木葱茏的地方，无忧无虑地生活，没有人、没有任何外来的声音打扰我们。

六个小宝宝跟着我，我看着他们游泳、觅食、叽叽喳喳地争吵、嬉戏。我告诉他：你不知道这一切有多好。他说：我知道。我大声叫着：不，你不知道。

我很后悔那么大声吵他。我以为只有我才能感受到离群之后子女围绕的幸福，而他不过是在不远处站个岗，驱逐个不速之客。

我们原本就是无法离开，才不得不留在这里，度过漫长的春天、夏天、秋天。突然降临的爱情和孕育的孩子，让我们忘记了彼此的伤痛，直到有一天他忽然无法高高地昂起头，我才发现，他的身体出了大问题。

他把头埋在硕大的翅膀里，不让我看到他的忧伤。可是，我要如何才能不忧伤？

我需要他，孩子们更需要他。

他终于再也没有昂起高贵的头颅，像以前那样与我交颈而歌，唱和应答，或者把头深深地钻入水中，吓唬我。

他漂浮在湖面，沉沉睡去。我和孩子们声声呼唤，却再也无法叫醒他。

六个小可爱一天天长大，丑萌丑萌的身体变得修长，脖颈挺直，一身银灰色的羽毛。我独自带着他们，在芦苇丛中穿梭，在荷叶间觅食。再也不会有人为我们张开大大的翅膀驱赶外来者了，我得靠自己，去保护他们，尽量不让他们受一点点伤害。

好在，冬天来临了。我已经听到了北风传来的消息，我的兄弟姐妹们，他们在路上了。

那半夜时分传来的第一声鸣叫，我听到了。他们还在很远的地方，经过城市的上空，发出嘎嘎嘎的喊声，告诉这片熟悉的湖水，这个熟悉的城市，那些熟悉的老朋友，他们又来了。我的欣喜无法形容，就好像第一眼看到他时，从头到脚都充满了兴奋的力量，我大叫着呼应他们，孩子们也很开心，他们七嘴八舌地喊着。

三五只，十来只，几百上千，不过几天时间，嘿，原本安静宽阔的湖面，已经全被我的伙伴们占领了，那几只企图欺负我们，被他赶跑的黑天鹅，还有那些整天聒噪的野鸭子，都老实了，离我们远远的。

我多想他还在，能够看到孩子们长大，他们和我们一模一样了，他们个个体强力壮，身白如雪，翅膀硕大，能在高空长时间翱翔了。

从黄河上吹来的风再次变柔了，又到了一年该离开的时候。孩子们跃跃欲试，他们想回到我再也无法回去的故乡。

走吧，走吧。他们注定是属于天空的，要飞翔，要回到故乡。

一个一个，送他们离开，如同眼看着他一点一点离我远去时一样，心如刀割，但依然要装作若无其事，告诉孩子们，一路小心，勇敢地去飞。

我又成了独自一人，但这次，却一点儿也不孤单。我只是经常会想起他，想起我们的孩子。

　　对了，这座城市的人们叫他肖城，叫我美峡。我们是两只受伤的白天鹅，在北纬 34.7 度的地方，有过美好的爱情，有过完美的家庭，受过整座城市的关爱，有过无数流传在远方的传说。

　　此生——足矣。

（原载《芒种》2020 年第 1 期）

喊我的名字

这是一个听来的故事。

暂且叫我的朋友 C 吧，他说：给你说件好玩的事。

故事的主人公是柴金宝和柳眉秀，他们都是六十多岁的老人了。当然，从他们的外表和精神状态上看，完全不能归到老人的行列。对了，他们都是单身，原因各不相同，无非是丧偶和离异。C 没有说得很明确，这不重要。

有一天，有人对柴金宝说：给你介绍个老伴儿吧。

他的第一反应竟然是：叫什么？

小城太小了，在他这个年龄段里，符合他机关退休干部身份的，几乎都是熟人，或者说拐一个两个弯，就是熟人。

对方说：柳眉秀。

柴金宝六十多岁的心脏猛地跳了几下。他说，我认识。

可他真的认识吗？不。他没有她的电话、微信，甚至，连她如今的模样都不知道。

在中间人的安排下，柴金宝和柳眉秀终于坐到了一张桌子上，面对面，喝茶。

柴金宝似乎有点儿紧张，端茶杯的手有点儿哆嗦。她问他：不舒服吗？他说：没有，没有。除了血压有点儿高，我身体很健康，年前刚体检过。他这话说得很像年轻人急赤白脸的告白：我有车有房。他一直盯着她看，柳眉秀，你就是这个样子，就应该是这个样子。

她有点儿不好意思：要不，我先说一下我的情况吧。

他说：我知道。

我有个儿子，结婚了，孙女上幼儿园了。

我知道。

我退休七年了，平时在老年大学学绘画。

我知道，你还练书法。

柳眉秀愣了。当他在前面说我知道的时候，她理解为他的口头禅，或者只是客气的应答，当他第三次说我知道，并说她还练书法的时候，她才明白，关于她的情况，他是真的知道，并且如此具体。他在来之前打听得这么详细吗？

柳眉秀的脸上稍显不悦，觉得他这样做很不礼貌，两个还没有见面的人，有必要做这么多准备工作吗？此人心思太过缜密了。

她起身想走，柴金宝才发现自己太过鲁莽、太过心急了。他忙喊她：先坐一下，听我给你解释。

于是，柴金宝又讲了一个略显离奇的故事。当然，故事的主人公还是他们两个，只是那时候他们都还年轻，二十多岁。

一念之间

那时候，他们刚大学毕业不久，同事说要给柴金宝介绍对象，他欣然答应，骑着一辆破旧的自行车，去那个大柿子树下等介绍人和姑娘。同事临时有事，委托她妹妹代替她领着姑娘来了，三个人碰了头，同事的妹妹就先走了，马大哈的她甚至都忘了告诉他们俩，对方叫什么。小城在那个时候更小，几乎没有可以轧马路的地方，没走几步就是麦田、深沟、树林，他们以柿子树为圆心，来来回回走了好几圈。他喜欢上了这个姑娘，一见钟情，他能感觉出，她对他也抱有好感。

第二天，当他去问同事姑娘叫什么名字的时候，才发现，同事已经出差走了，时间还挺长。年轻的柴金宝坐立不安，焦急地等待着同事回来。那时候都没有电话，他们俩分别时彼此什么都没留。等到第五天，同事依然没回来，他按捺不住，直接去她单位找她。站在她单位门口一棵树的后面，眼看着那栋小楼里走出一个又一个人，但都不是她。他想问，却又不知道她叫什么名字。

柴金宝又去等过一次，依然没有看到她。直到同事回来，他着急忙慌地问同事，她叫什么，如何联系。同事才想起来，还有这么一档姻缘事。同事说，她叫柳眉秀。他忙托同事帮忙联系，说明他的态度。

晚了。柳眉秀等不到柴金宝这头的回信，以为他不同意，当另外有人给她介绍了一个男孩时，她赌气似的答应了，而且已经见了两面。

就这样，他们错过了四十年。但柳眉秀这个名字，这个人，却住进了柴金宝的心里，他总是在有意无意间搜索她的消息。她结婚了，生孩子了，提拔当科长了，当副局长了，提前退休了，儿子结婚了，上老年大学了，爱人生病去世了……他始终没有去找过她，尽管这很简单。

实在是太离奇了，柳眉秀一直微微摇着头，她对此一无所知。只记得有一个跟她见过一面不了了之的男孩，他们俩明明很聊得来，却没有了下文，她甚至连他的名字都不知道。

柴金宝，我叫金宝。这回记住了？

她竟然微微红了脸：记住了。

还有什么可说的呢？一切都顺理成章。他们向亲戚朋友隐瞒了四十年前的故事，开始四十年后的恋爱、结婚。

在新的家里，柴金宝不停地唤着：眉秀，帮我拿一下毛巾。眉秀，帮我递一下茶杯。眉秀……

而柳眉秀则还有点儿不习惯，只是喊他老柴。柴金宝很不高兴：你能不能喊我的名字？我叫柴金宝，金宝。

她喊不出口，他居然在她再喊老柴的时候，没反应了，闹起了小孩儿脾气。

柳眉秀说：你这个人，都这把年纪了，叫啥不一样？

柴金宝说：不行，就得叫金宝。把这么多年你没叫的，都给补上。

（原载《小小说选刊》2019 年第 2 期）

穆亚夫和他的女人

　　小城太小了，从东城门洞喊一嗓子，西城门洞都会有人答应。

　　小城里闲人多，聚集在几个城门洞里，夏天乘凉，冬天避风。他们一早来了，端一壶茶，或者拎个鸟笼子，最不济也领条生疮的土狗，在几块石头上坐下，城里的大事小情陆续开始发布。

　　当然，穆亚夫的故事被发布得最多。

　　穆亚夫是个文人，瘦得跟根棍儿一样，穿啥衣服都像挂在晾衣竿上一样乱晃，干瘦的脸上搁副圆眼镜，头发蓬乱，脸上总是苦哈哈的。

　　穆亚夫也算小城里的大学问人，在省城上过两年大学，不知道为什么没上到底，抱着铺盖卷又回来了。后来，就在小城中学当老师，教物理。

　　他课当然讲得好，写得一手漂亮的板书，偶尔还会说几句俄语，学生们都喜欢听他的课。可一出校门，口若悬河的穆亚夫就哑巴了，成了三脚踢不出个响屁的闷葫芦。

小城人都知道，主要原因在于穆亚夫的女人，谁让他娶了韩兰花。

韩兰花在小城那可是大名鼎鼎。解放前，十几岁的大姑娘给地主做了四房，给她爹换了一头大黑骡子。刚娶回去，地主被枪毙了。韩兰花哭天喊地，说她连地主的面都没见着，解放了，她不能算地主婆。看一个小姑娘哭得可怜，就没人提怎么处理了，她回了娘家，她爹的大黑骡子也早在赌场输得连根毛都不剩了。后来，韩兰花嫁给了城外五十里的一个光棍，生了闺女没几年，光棍上山挖药材摔死了，她又拖着个孩子哭哭啼啼回了娘家。

本来是闲人跟穆亚夫开玩笑，说他反正也快四十了，没碰过女人，不如娶了韩兰花。穆亚夫脸皱得能拧出水来，搓着手说"唉，这……这……"话传给韩兰花，她一拍大腿："非他不嫁。"

起哄架秧子，穆亚夫态度暧昧，没说行也没说不行，这事就让韩兰花定了。第二天，她拉着闺女，娘俩两手空空进了穆亚夫的门。

穆亚夫只知道有韩兰花这么个人，压根连她长啥样都没看清过，等坐到炕上了，他一抬头：老天爷，咋跟个夜叉似的，还是个瓦刀脸。韩兰花看穆亚夫伸着脖子盯着她看，扁扁的嘴一撇："看啥看？没见过这么好看的媳妇吧，算你有福，还不做饭去？快去。"

穆亚夫答应一声，赶紧添水做饭。饭好了，端给炕上的韩兰花，她挑一筷子碗里的面条，撇着嘴说："这也叫面？短得都不如鼻涕。"

跟着地主没过上地主婆的日子，跟着穆亚夫算是过上了。韩兰花最忙的是一张嘴，除了数落男人，就是给他指派活儿，洗衣服做饭扫地都是小活，还有几分菜地让穆亚夫紧忙活。

她一张脸吊着，更像一片窄巴条的瓦刀，叉着腰站在菜地边上，两片薄嘴唇一碰："茄子水浇多了。"再一碰："韭菜割得跟狗啃了似的。"下雨了，她打把硕大的桐油伞跟在淋得湿透的他后面，嘴里不停："早让你来浇水，你不听，知道要下雨了来浇，笨得跟猪一样。"

这些，穆亚夫还都能忍，唯独不能忍的是韩兰花不让他上炕。

他站在炕跟前，挨挨蹭蹭想把屁股放在炕上，刚碰着炕，脸朝墙睡觉的韩兰花脑后长了眼一样，喊一声："离远点。"他小声说："多远算远？都已经是太阳到月亮的距离了。"她哼一声："二两墨水少显摆。"

"罢了，罢了。"他长叹一声，回到办公室，几张凳子拼在一起，对付过去一晚。

后来，穆亚夫摸出了一个规律，那就是女人睡着了就跟死了一样，打也打不醒，他就趁她睡着再上炕，等她醒来前就起来。

撮合的闲人听了，在门洞里笑得直不起腰："这娘儿们，这老穆。"有人说："还不是你缺德,给穆老师介绍个夜叉。"

再见到穆亚夫晃着细瘦的身子过来,一个闲人就拉住他的袖子:"这女人还要她干吗?离了算了。"他摇摇头:"挺好,挺好。"

韩兰花除了嘴,还有一样本事:记性好。发工资的日子,她记得比穆亚夫都清,每月多少,少一分她都一清二楚。到日子了,她早早站在财务室门口,敢不让她领,能堵着门骂一天。

一年年过去,穆亚夫退休了。头发白了大半,还是乱糟糟的,头往前伸着,细脖子跟脱了毛的老公鸡一样。

女人带来的小闺女要出嫁了,他像发落自己亲闺女一样,忙前忙后,准备得妥妥当当,嫁妆比别家只多不少。闺女抱着他哭,韩兰花却撇着嘴斜着眼说:"敢不给?"

闺女一出嫁,家里就剩俩人,也许是上了年纪,韩兰花没那么刻薄恶毒了,偶尔给穆亚夫做顿饭,能让他高兴好几天。

原本向着幸福美满发展的生活,因为韩兰花得了病戛然而止。肺癌,还是晚期。穆亚夫捂着脸呜呜地哭,她却像没事人一样:"行了,别哭了,没个男人样。"

穆亚夫说:"我难受。"

韩兰花说:"都欺负你一辈子了,难受个屁。我还是瓦刀脸,我知道,一点儿也不好看。"

穆亚夫用手抹抹眼镜片上的泪,大着胆子说:"我就喜欢瓦刀脸。"

（原载《百花园》2015 年 7 期）

甘草

"妮儿啊，爷走咧。"

"爷，慢着些，带着我。"

薄雾还没有完全散去，草尖上的露珠颤抖着，绵软的阳光丝丝清新，穿过麦秸垛，穿过玉米的叶子，穿过南瓜蔓上的花朵，叫醒了沉睡的村庄。学勤爷已经喝过一碗开水泡馍，准备上山。

妮儿刚从炕上爬起来，两只小辫儿东扭一个西歪一个，慌里慌张地跑出屋，拉着爷的衣角。

学勤爷摸摸妮儿的头："不急啊，瞧这头发，快成鸡窝了，去梳梳，爷等着你哩。"

妮儿去找娘梳头，学勤爷蹲在屋檐下抽烟，老黄狗卧在脚边等着他们。

上山的路很长。妮儿跑在前面，揪一把花，扯几根草，学勤爷走得很慢，他走着看着，时不时还要坐下来歇会儿。背后的大提兜里，装着他的小镢头，短短的枣木把磨得绛红发亮。

一念之间

"妮儿，来看看，这是个什么。"

妮儿从草窝里站起来，跑到爷跟前："黄芪。"

"那棵呢？"

"党参。爷，你不用考我，我都认得。"

学勤爷是村里的大夫。村子不大，但也有两个大夫，学勤爷是中医，另外一个是西医。不同的是，学勤爷用的药材，都是自己上山采的，叫春来的西医用的药，是从县城进的。

两眼窑洞，是村子的药铺，学勤爷和他的药柜、药碾、铁臼、大簸箩占了左边的一眼窑洞，春来占了右边的。学勤爷的窑洞上，挂着蓝色棉布门帘，掀开是浓浓的草药香味；春来的，挂着雪白的白布门帘，上面印一个大大的红十字，很远就能闻到酒精的味道。

春来脖子上挂着闪亮的听诊器，穿着白大褂，戴着厚厚的口罩，他从护校进修过三个月，回来后就像城里的大夫一样，腰板挺直，把消毒、打针挂在嘴上，小孩子老远看见他，就哇哇大哭。

学勤爷从不穿白大褂，无论冬夏，他都是一身黑，对襟的布褂子、盘扣的棉衣裤，脖子上挂的，是那杆黄铜烟袋，瓦蓝的烟布袋上绣着一对水红的鸳鸯。有人来瞧病，学勤爷不慌不忙地抽完那袋烟，在鞋底上磕干净烟灰，握握烟锅凉了，把烟布袋一扔，烟袋就挂在脖子上了，这才搭脉瞧病。

春来说："王大夫，你手都不消毒，会得传染病的。"他

甘草

239

从来不叫"学勤爷"。

学勤爷侧着头眯着眼睛，并不搭理春来，许久，手从病人腕上下来，再问几句，就在身后的药柜里取药，黄铜白玉杆的小秤称了分开倒在黄草纸上，用细麻绳扎紧，交给病人，然后细细交代了所使的药引子，才让走。

找春来看病的人并不多，他经常站在门口看学勤爷瞧病抓药。春来说："王大夫，你就会使甘草，啥病都用。"

学勤爷说："甘草，甘草，和事佬，君臣佐使团结好，你不懂。"

春来是高中毕业生，又是支书的儿子，穿着干净的白大褂，经常背着小药箱神气活现地在村里穿梭，给村民发打虫药，发土霉素，听学勤爷说他不懂，他就不服气。"我不懂？你懂？你知道啥是青霉素？一针见效。老古董。"

学勤爷挥挥手："走，走，小毛孩子。"

慢慢地，妮儿跟着学勤爷，已经能认几十种草药了。这天，爷孙俩去捡毛栗子，一个个毛茸茸的果子掉到地上，裂开了，露出里面红色的栗子。妮儿捡着捡着，就上了树，抱着一根树枝晃，边晃边喊："爷，看我摇下来的多不？"

学勤爷呵呵一笑："慢着些，别跌下来。"

话刚说完，咔嚓一声，接着就听见妮儿在地上哭。树枝断了，妮儿掉下来了。

学勤爷把妮儿抱回家，擦去脸上、身上的泥土，捏捏胳膊腿，没伤，放心了，让妮儿去院里玩去。谁知到了晚上，妮儿突然发起烧来，小脸通红，浑身滚烫。学勤爷让妮儿娘用温水擦了又擦，熬了汤药服了，烧还是不退。

第二天早上，妮儿娘急哭了："爹，这还烧着，水米不进，咋办啊。"

学勤爷蹲在地上，烟布袋紧紧攥在手里。最后，他说："要不，送去让春来看看，打一针吧。"

妮儿娘迟疑了一下，她知道一辈子行医的爹心里的疙瘩。但妮儿丝毫没有退烧的迹象，她也顾不了那么多，抱起孩子就走。

春来给妮儿打了青霉素，到下午烧就慢慢退了。其实，春来自己也不清楚妮儿到底得了什么病，他的方法就那么多，青霉素、链霉素、土霉素、头疼粉、止痛片……不管怎么说，妮儿的烧是退了，又能到处跑了。

学勤爷从笸箩里给妮儿抓了一把毛栗子，也递给春来几颗。

春来剥着毛栗子，嘴不饶人："王大夫，青霉素就是比甘草管用吧？"

学勤爷鼻子里"哼"一声，不理他，只对妮儿说："要好好学，这瞧病的学问大着呢。"

妮儿正在研究窑洞门上的对联，她说："爷，这上面几个字是不是药——生——尘？"

（原载《小说月刊》2016 年第 3 期）

高速列车

真的，没有任何预兆。等到我发现的时候，列车已经停在一座大桥上了。

是吗？

瞧你，不要用这种语气，我没撒谎。

好吧，继续说下去。

我没有改签另一趟车。老实说，我是这样想过来着，但最后还是没有。坐的就是我们之前说好的那趟车。谁知道会临时停车呢。

你知道我等了你多长时间？整整两个小时！你不来没关系，不愿意和我见面也没关系，可你给我说一声啊，这么冷的天儿。

我以为只是临时停车，马上就会走。后来，手机就没电了。

嘀，这理由多充分啊，高铁上好像是可以充电的。

她似乎无法向他解释清楚昨天发生的一切，时速三百公里的高铁居然半路停车，停在一座大桥上，还停了一个多小

　　　　　　　　　　　　　　　一念之间

时，卡桑德拉大桥啊，怎么没有掉下去？这些诡异的情节连想象也无法自圆其说，她有些疑惑，难道是自己做梦？

原本，她靠在舒适的座位上，反复听着那首《漂洋过海来看你》，想象着即将到来的与他的见面，嘴角上扬，心情如花般绽放。

"停车了？"坐在中间位置的年轻妈妈碰了她一下，她睁开眼，年轻妈妈示意她看窗外。

阳光有些刺眼。她看到远处寂寥的杨树静止不动，田野里混沌一片，车真的停了。"也许是临时让车吧。"她冲年轻妈妈笑了笑，又戴上耳机。这一切都和她无关，她的心中早已经繁花如海，芬芳四溢。

车厢里走动的人慢慢多起来，有去接开水的，有上洗手间的，还有坐累了起来活动活动的，骤停的高速列车并没有让大家感觉紧张。

过了一会儿，列车依然没有开动。她摘了耳机，想询问停车的原因，没有列车员经过，她不知道该问谁。

前排的中年女人在过道里来回走动，她兴奋地告诉同伴："这车一边高一边低，你走一走，感觉可明显了。"另一个中年女人走了一个来回，给靠窗的男人说："主任，你去试试，真不平。"被叫作主任的男人嘴里说着不信，但还是去走了几步。三个人在前排展开了热烈的讨论，他们的声音尖厉嘹亮，像一把大铲，搅动了车厢平静凝滞的空气，更多的人开始交谈，猜测临时停车的原因。

高速列车

有人去另一个车厢打探消息，回来说："线路故障，别着急。"他刚说完，车厢里原本亮着的灯突然全灭了。虽然是白天，那些灯作为照明可有可无，但灭掉，就意味着列车绝对不会马上走。

她站起来，装作去洗手间，也试了试过道的地板，还真的是左右不平。她暗自发笑，幼稚啊。

回到座位上，她想应该给他说一声，打开手机屏锁，才发现电量只剩了百分之一，刚按了几个字就彻底没电了。她掏出充电器，站在过道上的一个人提醒她："灯都灭了，车上肯定没电。"她不死心，依然把充电器插上，结果真的是毫无反应。

如果说列车暂停她还可以忍受，手机没电就让她有些崩溃了。离开熟悉的城市，到一个陌生的城市，然后再到另一个陌生的城市，唯一熟悉的是他，手机没电，到哪里去找他呢？她慌乱起来，浑身燥热，手里、后背都是汗。

车厢里的空气有些浑浊了，弥漫着焦躁不安。一个五十多岁的男人在喊："谁管啊，这车他妈的啥时候才走，我还赶飞机呢。"

去打探消息的另一个人回来了，告诉他："停电了。着急也没用，估计一时半会儿走不了。"

他更着急了："他妈的高铁停什么电，还停在这几十米高的大桥上。"

他们的对话彻底点燃了整个车厢的空气，大家纷纷站起来开始毫无对象地指责。有人喊："车窗打开透透气啊。"有人喊："应该把车门打开，让大家走到下面的高速公路上。"有人喊："这么长时间了，也没有人报告？应该再来辆车把我们接走。"另一个人提醒他："老弟，这是在大桥上。"

她看着那些吵吵嚷嚷的人群，心急如焚，想喊，但又不知道喊什么。

列车长来了。赶飞机的男人一把拉住列车长："车啥时候能走，你给个准信。"

列车长说："线路故障停电了，正在抢修。"

男人吼道："我飞机票两千多块，误了谁负责？你给我说谁负责。"

列车长说："抱歉。"

男人的脸憋得通红："抱歉有个屁用。"

一个女人大喊："我怀孕八个月了，我孩子要是缺氧出问题了找你们算账。"

人群哄然大笑。有人劝她："小心，赶紧坐下，坐下。"

无法与他联系，无法预知列车何时开动，甚至连当下准确的时间都不知道，像是突然被风从泥土中拔起的一根草，飘摇在混沌的空中，她不停地站起来，坐下，坐下又站起来。

她头疼欲裂，耳朵里充满锐器撞击的鸣响，车厢里人群的嘈杂暴怒听不到也看不到了。

灯突然亮了。

列车开动，似乎有风微微吹过。她长出一口气，飘在空中的五脏六腑重又回到了身体里。

我说了，电话里说不清楚。

你说得很清楚了。

你信吗？

你说我会信吗？高铁停电，这样的借口你也编得出来，写小说呢？

（原载《微型小说月报》2015 年 5 期）

幸福生活

他喝多了，真的是喝多了。因为他话多了，话多了就把不住关了，什么都往外秃噜，像一长串葡萄一样，那些过去的事一个挨一个，密密匝匝，把满桌子人的胃都给占满了。

不记得为什么吃饭，反正是坐在一起吃饭了，然后就喝酒，然后他就很豪爽地喝多了。

他左手食指尖很快速地转动玻璃转盘，右手拿筷子指点着左左右右的人：吃，吃，吃。大家都看到了从他嘴里喷出的飞沫，清晰地落到一个个盘子里。没人吃，他自己掂起筷子夹一筷子菜，然后又开始快速地转，一边嚼一边对大家说：吃，吃，吃。还是没人吃，大家在等最后的那碗酸汤面条。

那谁，你知道吧，那是我老乡。那谁，是政协副主席。大家忙点头：是，那是你老乡。他用筷子在桌子边敲得当当响：别看他是副主席，我到他跟前说话，绝对不含糊。只是我轻易不找他。找他干吗？咱一不求升官，二不求发财，找他没必要。

还有那谁，你知道吧，那也是我老乡，一块儿偷吃红薯长大的，当然人家现在不吃红薯了，可咱还是农民本色，别说红薯，就是红薯叶子红薯秆，照样吃得很香。哎，服务员，你这儿有红薯秆没？没有？啥饭店啊！这样，回头我找个地方，那红薯秆，拌得绝对好吃，大伙都去尝尝。谁不去都不行，谁不去就是不给我面子，不够哥们儿，啊。

　　别看我现在混得不咋的，可曾经我也是出过名的。我写的《天使的微笑》，那是上过报纸的，七律，都是严格按韵的。七律平仄要求多严格，但就是严格才难写，难写我才写。我把心爱的人比作天使，比作洁白的雪花，雪花轻柔地落到地上，仿佛她的温柔。我送报社，总编还问谁写的，我说我写的，咋了？那是政协我老乡给我看过的，一听我说政协副主席的名字，主编马上说：发，保证给你发。他们这些当官的啊，都怕领导。咱小老百姓，谁都不怕！嗝儿——他除了喷唾沫星子，又添了一样毛病，开始打酒嗝儿。

　　你们咋都不吃啊，多好的菜啊，赶紧吃，吃鱼，是鳜鱼吧，趁热，凉了就不好吃了。他又用筷子敲鱼盘子，盘子里的汤汁溅到旁边一个人的衣服上，那人忙掏出纸巾狠劲地擦。

　　一个人去催酸汤面条了，一个人去洗手间了。剩下的几个人已经去过一次洗手间了，不能总去，就硬着头皮听着。

　　跟你说吧，很多事大人物办不了，可咱能办。那年，我们单位档案室达标。你们知道吧，档案室达标那可是来真的，不花钱不行，花了钱也未必就行，软件、硬件缺一不可，就那还得看人家省里来的评审组高兴不高兴。全市多少单位审了多少回了，批下来才几家？嗝儿——可我们单位申报一次就批下来了。知道为什么？你们知道为什么？

为什么？

告诉你们，那是咱一手去办的。一分钱没花！一分钱没花啊——嗝儿——他的眼睛都快睁不开了，眼看着头都快抵到桌子边上了。可很突然，他又抬起头，哈哈，那是看咱面子啊，一分钱没花，咱愣是把事儿办成了。嗝儿——不管领导现在感谢不感谢，可那是咱办的。

你可真厉害，不花钱能办成事可不简单。有人敷衍了事地附和他。

三瓶酒一滴都不剩了，桌子上的菜也已经乱七八糟，酸汤面上来了。每人守着自己面前的碗，抓紧时间朝嘴里送，唯独他，依然扬着筷子指指点点，沉浸在一些事里出不来。

赶紧吃啊，你的面凉了。

吃，吃，嗝儿——吃面，吃面。他看大家都吃好了在看他，这才匆忙往嘴里扒拉两口，放了筷子，吃好了，嗝儿——吃饱了。

摇摇晃晃走出饭店的时候，他依然拉着一个人的袖子，解释档案室达标为什么没花钱。几个人连劝带推给他塞进车里，他的手从车窗伸出来，还在摇晃。

车开走了，大家相视而笑，这个家伙，喝点酒嘴里就淌黄河，刹不住车了。

可是，世事多艰辛，喝了酒，他才能生活在幸福里啊。

说得也是，小人物的日子，能有多少精彩？不容易了。

谁说不是呢！

（原载《青年博览》2007 年 11 月上半月刊）

相见

无疑，这是一场重要的——

约会？好像不是。

他只是热情地邀请，说一坡的连翘开得像烧起来似的，黄得一塌糊涂，浓烈灼目，非常希望她去看看。他没有更明确地表示让他们的关系到达约会的阶段。

相见？好，就是一次重要的——相见。

距离约定的时间还有三天，也就是说，她只有三天的时间来做准备。

原本并不需要这么长的时间，看不看连翘也不重要，但一想到与他相见，就让她有些慌乱，不知所措，甚至犹疑纠结。

刚在网上订好高铁票，她立刻就后悔了。因为那趟车到达的时间是晚上八点半。这个时间，会不会让他觉得有些暧昧或者有一些别的暗示？关掉的电脑被重新打开，登录，改签，到站时间改到了下午两点五十。

她长舒一口气，马上又发现了一个更严重的问题：穿什么？

拉开衣柜，满满当当两大柜子的衣服，一件一件地试。很快，床上堆如小山，毫无疑问，没有一件合适的。她光着身子，沮丧地坐在那一堆花花绿绿中间，很是疑惑：这些破烂是怎么买回来的？怎么都如此难看。

不行，得重新买。

经过一个下午的比较挑选，她终于买了两条满意的裙子。其实，如果她还保存有一点点理智的话，她会发现这两条裙子和她衣柜里的那些"破烂"也没什么太大的区别，包括款式、颜色。

当然，此刻的她已经进入了一种不管不顾的境地，哪里还有什么理智可言。她还有很多事要做，比如整头发。

试衣服的时候，她就发现自己的头发干枯如草，没有弹性，漂染过的颜色褪得就像使用过久的抹布，浑浊可憎，实在是忍无可忍。

她走进了发廊，精瘦白皙的造型师给她推荐了烫、染、倒膜护理一整套的方案，她统统答应。为什么不呢？是如此重要的一次——相见。

造型师的手穿过她的头发，轻轻触摸到头皮，她能明显感觉到胳膊上的汗毛根根倒立。闭上眼睛，她试着把这双手换成另一双手，如微风般的战栗掠过全身，薄醉一般。

经过将近十个小时的折腾，她终于顶着一头散发着浓重烫发精味道的波浪卷走出了发廊。走过一面玻璃墙的时候，她侧目打量玻璃映出的自己，嘴角轻轻上扬：完美。

虽然确定了衣服，新做了头发，但一些细节还是让她有些伤神。妆容、配饰、手提包、鞋子，天啊，以前的自己活得多么潦草应付，多么不讲究，怎么从没有发现这些问题？一天一天居然都浑浑噩噩地过去了。她有些抓狂。

三天时间，倏忽而过。她终于在走向车站前的最后两个小时，准备好了一切。

好吧，没有问题。去他的城市，与他——相见。

火车离开了站台，她感觉心脏顷刻间与身体剥离，在飞，如同一只断了线的风筝，向着遥远未知的地方，飞。

她端坐在座位上，一动不动。

一个又一个陌生的站名报过，每一次她都很仔细地听。漂亮的列车员经过，她问，这趟车是不是开往那座城市的？列车员回答，是，经过。她又问，几点到站？列车员答，两点五十。她知道到站时间，她只不过不太确定，会不会晚点，或者有别的意外发生。没有，列车员肯定地告诉她，准点到达。

当列车离开又一个站台的时候，广播终于提到了她要去的那个地方。

她突然感到很紧张。

她掏出一张湿纸巾，把短靴上的灰尘仔仔细细擦掉，又用一张湿纸巾擦了手，涂上护手霜。这时，她发现了一个重大的问题：左手无名指指甲上镶的钻掉了一颗。那么大的一块缺口，就像被狗啃了一样，怎么办？怎么办？她从包里翻出指甲油，试图把那个缺口填满，但欲盖弥彰，她只好慢慢地把那只指甲上新镶的钻全部揭掉。

列车到站了。

她收拾好所有的东西，深呼吸，再深呼吸，下车。

出站的距离太长了，怎么也走不完。四周全是人，脚步匆匆，他们都有要去的地方。当然，她也有。

无疑，这是一次重要的——相见。

她理所当然地认为，他正站在出站口，焦急地等待，等待每一个地方都妥帖的她。她希望第一时间看到他，即使这并不是——约会。

走，再走，下电梯，上电梯，出站口。

没有一眼看到。她在接站的人群里寻找，没有。再找，还是没有。她环顾四周，全是陌生的面孔。她不知所措。

很快，聚集的人群四散离去，除了工作人员，出站口空空荡荡，就剩下她和她无助的箱子。

她看见一只鼓胀漂亮的气球，突然被锐利的东西扎了一下，砰——变成了干瘪难看的一坨。她笑了，笑得轻松愉悦，灿烂如花。

去他妈的连翘。她骂出了声，自己也吓了一跳。

扶着拉杆，她手腕一抖，红色的箱子在光滑的地板上转了一百八十度。

打道回府。

（原载《小小说选刊》2014 年第 24 期）

某一天

耿子辰过二十八岁生日的时候，依然很不高兴。当然，他从来就没有高兴过，有什么值得高兴呢？

一大早起来，刘喜鹊端着盆去水管接洗脸水，冲着他屋里喊，儿子，生日快乐。

他正在穿衣服，没有搭理这个没心没肺的妈，嘟囔了一句，快乐个屁。

从家里出来，在路边喝一碗胡辣汤，吃一个油饼，耿子辰就要去上班了。

高中毕业后，没有考上大学，耿子辰在街上混了半年，还是送煤的老耿给他找了份工作——在一家烧鸡店当伙计，一干就是十年。

耿子辰说自己浑身上下都是鸡屎味，不喜欢开玩笑的老耿说，自己屁眼里还都是黑煤灰呢。听见这爷儿俩发牢骚，刘喜鹊光笑，她想到一句话：我眉毛里都是白面粉。但她没说，她想到了头顶冒出来的白头发，又该去染了。

在城市光鲜亮丽的背后，一些寒酸的角落往往被人忽视，比如耿子辰他们住的老城区，一片由城中村演变过来的地方。家家户户有自己的小院，原本还是整齐的两层三层小楼房，随着租住户越来越多，随意搭建的板房、石棉瓦房占领了院子里的空地，使这片地方看起来像百衲衣一样，补丁摞着补丁。

耿子辰他们家早就不种地了，那些土地变成了新城区的楼房和公园，老耿成了一家煤场的工人。老耿的工作，是拉着加长的架子车，在城市里走街串巷，给需要煤球的送煤。后来，架子车换成了电动三轮车，跑得快了，煤球却越来越卖不动了。液化气、天然气、电把脏兮兮的煤火炉子挤出了厨房，把老耿挤到路边，每天除了一些饭店需要的大煤球外，他还干搬家、拉货的活儿。

刘喜鹊从不想那么多，她除了每月十号准时收那几家租户的房租，就是帮人在夜市上擀面条。他们家房子少，每月的租金也没多少，她全都攒着，想等耿子辰娶媳妇的时候，看能不能给他在新城区买套房子。

想到儿子娶媳妇，刘喜鹊就悲伤不已。儿子已经二十八了，怎么就找不到对象呢？房子和对象，一样都还没有着落。

晚上耿子辰刚回到家，她又提起这事，耿子辰说，就我这条件，哪个姑娘跟了我也得饿死。

老耿最不愿意听这话，上学时候不好好上，这会儿找不来媳妇，怨谁？

　　　　　　　　　　　　　　　　　　一念之间

耿子辰扔了手里的遥控器，冲他爸说，怨我，怨我行了吧？

老耿已经三天没有等到活儿了，煤球也没有卖出去一块，心里正烦着，看见耿子辰出去了，他也扭身出了门。

耿子辰骑着电动车从门口逼仄的巷子里穿过去，过了涧河桥，一直骑到新城区的广场。音乐喷泉在灯光中起起伏伏，滑旱冰的孩子尖叫着来回穿梭，跳广场舞的大妈们穿着整齐的蓝色套装，手舞足蹈，喜气洋洋。这才是属于城市的夜晚，跟他却没有一丝一毫的关系。跟他有关系的，是烧鸡店细瘦沉默的老板和懒洋洋的老板娘，以及那些臭烘烘的公鸡母鸡，甚至连一个年轻点儿的女服务员都没有。

老耿出了门没有地方可去，见路灯下一群人在下棋，他凑过去，没瞅到棋盘，只看见几个油乎乎的光脊梁。

此刻，刘喜鹊正在夜市上跟人吵架。原因是有人在绿豆面条里吃出了一根细细的钢丝，老板问她，她说是下面时候锅没洗净，下面的师傅不愿意，说是她擀面的时候弄进去的。一群人谁也听不进去谁说的，直到摔了酒瓶子，掀了桌子，招来了警察。

耿子辰回来的时候，老耿已经在安慰刘喜鹊了。刘喜鹊痛哭流涕，鼻涕一把泪一把，说他们欺负人，死也不去了。老耿说，都是邻居，一点儿小事犯不着。

耿子辰一听老耿的话就火了，人家都欺负到你头上了，你还和稀泥，妈的，我去找他们算账。说着，就去屋里翻他杀鸡的尖刀。

刘喜鹊顾不上哭了，赶紧跑过去抱住儿子的腰，可不敢，你这要出人命的。

老耿想起来今天还是儿子二十八岁的生日，忙招呼刘喜鹊，给儿子准备啥礼物了？

刘喜鹊说，有，有，我去拿。

刘喜鹊端出一个小小的蛋糕，还有一套等秋天才能穿的打折睡衣，让儿子吹蜡烛许愿。耿子辰放下手里的刀，看着蛋糕上密密匝匝挤在一起的二十八根蜡烛，鼓起嘴，赌气似的一口气吹下去，说，许个屁愿，又实现不了。

一家人总算安静下来，电视也没开，各自吃着蛋糕。

老耿突然说，刚我听人说，咱这片儿要拆迁了。

耿子辰说，真的假的？

刘喜鹊一时没反应过来，愣愣地看着老耿。

老耿说，我也不知道真的假的，我听他们说的，说这片儿要开发成高层住宅区。

屋里的气氛骤然间变得很怪异，耿子辰兴奋地端着蛋糕来回走动，老耿陷入了沉思，刘喜鹊开始吧啦吧啦地絮叨，家里有多少个平方，是不是再盖几间铁皮房，拆迁了能补多少房子、多少钱。

这注定是一个不眠之夜了。就好像院子里开着的日落红，一天的阳光过后，才开始灿烂地绽放，从黄昏到天明，但总归是有着开放的希望和可能。

一念之间

耿子辰突然把手里的蛋糕朝桌子上一拍，豪迈地说，我不去烧鸡店了，再也不闻鸡屎味了。

老耿看了看儿子，没说话，刘喜鹊说，你得先抓紧找个对象。

（原载《小小说选刊》2014 年第 23 期）

万山红遍

那时，我是个出租车司机。一个从政法大学毕业的大学生，没有考上研究生，差两分没有考上公务员，父亲给人送了十万块钱后，我还是没有找到一个合适的岗位。

开撸串吧，赔了；卖土豆粉，刚赚了点钱，店拆迁了。除了吃饭，我通宵达旦地玩游戏，窗帘拉得严严实实，透不进一丝阳光。父亲把他的出租车钥匙扔给我，说这是他最后的一滴血，再榨，只有敲骨吸髓了。

我接过父亲的钥匙，在小县城这巴掌大的地方钻来钻去。

遇到那个女孩的时候，我迎着斜阳，有点儿晃眼，快过去了才看见一个米黄色的身影在路边招手。我拉到过形形色色的人，在后视镜里观察过无数张脸。这个女孩，还算漂亮，却毫无表情，既不看手机，又不看窗外，直愣愣地看着前方。

我问她去哪儿，她说博物馆。

到博物馆还有段距离，估计跑到也快下班了。我说。

一念之间

你去不去？语气有点儿生硬。

去去去。有钱不挣，我傻啊。

一路上，她始终保持着上车时的那个姿势，直愣愣看着前方，我有点不安。我打开窗户，让风吹进来。风里有甜丝丝的槐花香，还有一点儿热烘烘的青草香。

除了风和汽车行驶的声音，我和她都沉默着，一直到博物馆门口。

我看着她买票，走进博物馆。我知道那里藏着什么，作为一个本地土著，我来过无数次，也拉着无数个客人来过，除了安特生的故事和那些彩陶，这里实在是乏善可陈。

不到半小时，那个女孩出来了。她买这张票还真不划算，溜一圈的时间都不够，别说认真看了。

看到我还在门口，她似乎有点儿意外。你等我？

要不然呢？你是不准备回县城还是要我空车跑回去呢？我说。

她似乎并没有理解我的幽默，没有回答。

黄昏渐渐来临，这是属于安静祥和的时刻，我尽量把车开得慢一点。她好像在哭。

经过一大片麦田的时候，我把车停下来，有鸟在叫，远远地村庄里有狗在吠。我下车站在麦田边抽烟，过了好大一会儿，她也下车了，站在我旁边，说谢谢，我笑了笑。她说，耽误的时间算钱。

如果有人看到这时的我们，肯定会以为是一对亲密的恋人。这里是我妈妈的老家，她说博物馆里有一种陶器，用来瓮葬。就是人去世后，放进那个圆锥形的瓮里，大的那头用陶盆盖上，尖的那头留着小孔，供灵魂出入。可是，那个瓮那么小，妈妈根本进不去，太小了。她又哭了。我说，你说的是那个图片吧，那是小孩子用的，还有大的。

真的？

真的。

离开麦田的时候，她告诉我，她叫万晓洁，从兰州来。她从小就没有见过爸爸，妈妈说了好多次，说要带她回老家，可她还没有等到，妈妈就出了车祸，原本还有男朋友，可出国后也消失在大洋彼岸了。我现在一无所有，一无所有，她说。

怦然心动，对，就是那种感觉。我知道不应该这样，可我就是忍不住，这不是乘人之危，我真的疼惜这个女孩。

回到县城，华灯初上，我第一次发现这个巴掌大的小县城如此美，这里的楼这里的人这里的小商小贩都美。我请你吃饭吧，既然回到老家了。我说。她没有回答。

吃完饭要送她去宾馆，我才发现她除了随身的小包，没有任何行李。我又不安起来。

安排好房间，我厚着脸皮加了她的微信，说，在县城要用车，可以随时找我。她没有拒绝。她上楼后，我告诉服务员，这是我女朋友，心情不好，要她们勤上去照看着点。

我在停车场待了很久，给万晓洁发了无数微信，告诉她老家还有很多好玩的地方，我可以带她去大峡谷，去韶山峡看红叶，喝老家酒，"天地人"系列，我最喜欢"天时"那款。我从网上搜了各种图片，和这个小县城有关的无关的，都发给她。她一个字也没有回。

第二天一早，我去宾馆找她，服务员说她退房了。我发微信问她去哪儿了，说我在等她，带她去喝胡辣汤，带她去看红叶。她回了一句，春天哪会有红叶？是啊，春天哪会有红叶，天时的酒我还没喝过呢，那又怎样？

就像我遇到她时一样，没有一点点防备，万晓洁就这样消失了，如同我拉过的无数客人，下车走人，再无挂碍。但她不是，真的不是。

偶尔，我会看到她发的朋友圈，简短的一句话，或者一张风景图，我依然经常给她发微信，她依然不回。

炎热而漫长的夏天过去了，秋天终于来临。我站在韶山峡的最高处，望着层峦叠嶂的山峰，如火盛开的红叶，拍了无数张图片和视频，我告诉万晓洁，你看，韶山峡已经万山红遍了，你来吗？我等你。

（原载《椰城》2019 年第 3 期）

轰隆隆，打雷了

开着窗户，夜晚的各种味道飘进来。新鲜的，腐烂的，焦躁的，慵懒的，灼热的，魅惑的，土腥的。深深吸一口这样的气体，沉重地压在心上，呼出去，却迟滞地停留在嗓子眼里，黏稠得让人无奈。

继木在床上翻了一个身，看着墙上树的黑影变幻摇晃，等待着睡眠的光临。

突然，一道明亮的闪电在窗外倏忽而过，紧接着，如同在铁桶里点燃的爆竹，一道雷声炸开，脆而响亮。雨在雷声之后，和风一起，噼里啪啦地抽打着树叶。原本混合黏稠的味道，瞬间变成湿重的土腥。

继木无比喜欢这种土腥的味道，她深深地吸一口，从床上翻身而下，光着脚站在阳台上。

雷声越来越大，越来越近，隔着阳台的窗户，就好像在耳边滚过。继木没有一点恐惧，反而像孩子一样，兴奋地盼望着下一道闪电，下一声炸雷。

马路上很快就积了很深的水，小河一样向另一条街道奔

一念之间

涌。开着远光灯的汽车呼啸而过，卷起两道水浪，摩托车在路边试探地行走，一不小心，熄火了，浑身湿透的骑车人只好下车，推着车一点一点往前挪。道牙上落满了被风和雨拍打掉的国槐和梧桐树叶，一个披着衣服跑过的男人，踩在树叶上滑了一下，狠狠地摔在地上，爬起来接着跑，一个女人凄厉地喊着：李川，李川。

继木在阳台上哈哈大笑，她跺着脚，拍着手，不时地给那些推摩托车的人喊加油，反正他们也听不见。

继木喜欢这种畅快淋漓的感觉。她披头散发地站在阳台上看打雷下雨，看雨中的风景，呼喊大笑，无所顾忌，自由得像风像闪电。

当初和她在这所屋子里生活的男人被她发现手机里暧昧的短信时，她也是这样畅快淋漓。她说，我讨厌拖泥带水，讨厌优柔寡断。

继木连一句解释的机会也不给他，从物质到精神，从时间到空间，极为利索地和男人做了了结，那风度，潇洒极了。

男人说，房子归你，但儿子得归我。

继木犹豫了一下，但还是说，好。

男人领着孩子走了，继木给她母亲打电话，母亲一听就骂她，让她别那么一根筋。继木在电话里哈哈大笑，妈啊，我没事，没有男人的日子更精彩，您老人家放心吧。

妈妈忧伤地说，放心，我怎么放心。好好的日子你非要作，从小就作，几十岁人了都当妈了还作。

继木说，那你来看着我啊。

妈妈说，我才不去。

父亲去世后，继木想方设法让母亲和她一起生活，但母亲比她还固执，说要守着那个家，说什么也不来，宁可自己一个人待在小镇里。

继木对母亲无可奈何，母亲对她也无可奈何，两个女人谁也说服不了谁，每周打电话更像是例行公事，问问彼此的身体，母亲问问她有没有人给她介绍对象或者她是否考虑和前夫复婚。

每次一提到复婚，继木就烦，她说，世上的男人死光了？我干吗要在一棵歪脖树上吊死？

母亲说：儿子能有个亲妈，再说，你们俩……

继木似乎从没有后悔她做过的选择，现在自由的生活状态也是她想要的。但一提到儿子，她的心不免还是痛，左右撕扯地痛。她总是避免去想，母亲却一次次提起。

风小了，雨丝在路灯的照射下根根毕现，从无边的黑暗中斜射入地。雷声似乎更大更响了，轰隆隆隆像沉重的巨型汽车从头顶碾过。

终于看累了的继木从阳台回到床上，在风声雨声雷声的伴奏下，沉沉入睡。

第二天，看着楼下满目的树枝、泥浆、雨水冲刷后留下的瓜果垃圾，继木发现她过小地估计了这场突如其来的暴雨。

她给母亲打电话，问她怎么样，院子里有没有灌水，老房子有没有漏雨？

母亲的声音听起来疲惫不堪。她说，院子里的向日葵、栀子花都倒了。下冰雹了，豆大的冰雹，落了满地，跟晒麦场的豆子一样。还打雷，就像在脑门顶上敲钟啊，那么响，还闪电，吓死人了。打雷打到四点多才停，我在床上坐了一夜。

继木说，你怎么不睡啊？把窗户关上，坐一夜你累不累啊？

母亲说，没你爸了，我害怕。

继木嗯一声，再也说不出话，眼泪突然流出来，昨夜的雨一样止不住。

她从没有像此刻这样，羡慕她柔弱的母亲，可以在打雷闪电的暴风雨夜晚期待父亲的陪伴和安慰。

她以为的潇洒和自由，又岂知那不过是个借口？或者是让自己外强中干的一层腐朽的铁衣？

（原载《小小说选刊》2013年第23期）

不老

日子过到让人绝望的地步，又丝毫看不出绝处逢生的曙光，这才是姜一棣的伤，内伤。

谁的狗屁主意？让一群女人露出白花花的肉。姜一棣把手里的文件天女散花一样扔了一桌子，恶狠狠地瞥一眼这份文件的始作俑者——韩瑁。

韩瑁正在喝水，一枚茶叶含在嘴里，咽也不是，吐也不是，他暗暗叫苦，完了，小姑奶奶又发飙了。

按说这次比基尼小姐大赛，姜一棣的任务并不重，她只负责拍一些新闻照片，如此简单的工作，她却莫名其妙地发狂。

没有人知道，姜一棣痛恨的不是拍照，她痛恨的是拍那些年轻的身体。

作为摄影部唯一的女记者，姜一棣拍出来的片子，总有别致的角度和惊艳的色彩，她举重若轻地扛起摄影部的大旗，让韩瑁这个处长有更多的时间喝茶，搞一些无厘头的策划。

以前姜一棣偶尔发飙，韩瑁认为是老姑娘的心理出了问题。他曾发动亲戚朋友给姜一棣介绍对象，一个接一个，结果都无疾而终。韩瑁痛心疾首地说，咱不小了，没多少资本了。姜一棣扔给他一个白眼，不搭理他。

又不是嫁不出去，不至于到没人要的地步。姜一棣的自信来自唐度，一个藏在暗夜里的男人，会给她隐秘的幸福，短暂的快乐。

怎么说呢，唐度确实是个出色的男人，出色到可以让姜一棣收起所有的骄傲，把自己低到尘埃里，听从他一切的安排。她不会奢望嫁给他，她只求能把这种偷来的快乐维持得久一些，再久一些。

一双手惊醒了她的梦。慈祥的女医生按压着她的乳房、小腹，不停地问她疼不疼，她很紧张，牙齿紧闭，不想说疼，但事实是，她真的疼，尖锐的刺痛。医生在她的乳房里发现了增生，在她的肝部发现了囊肿。

尽管医生一再说，没事，都不是大问题。姜一棣却在柔和的语调里听到了惶恐。她还是个未嫁的姑娘，还要为人妻，还要生儿育女，还有无数幸福日子要过，身体怎么可以这么早就背叛了呢？

所以，当她的镜头里全是年轻、完美的身体时，她嫉妒、气愤，甚至崩溃。太讽刺了，一个个扭腰摆胯贱不兮兮地献媚，示威啊！

也许，只有唐度，才是她的药，才是她苦海里的一块

不老

糖。

她第一次主动约了唐度。面对面坐着，唐度有点焦躁不安，不停地摆弄着手机。他问她，什么事？她摇摇头，没事。

她很想告诉唐度，她的身体出了问题，她害怕，她想嫁人，想过琐碎平凡的生活。可最后，她什么也没说。

唐度关心的不是这些，她的身体是否有增生有囊肿，跟他说不着。他是她的什么？答案早就清楚明了：什么都不是。

唐度匆匆走了，身影渐渐模糊在窗外的树影里。姜一棣发现唐度的面容在脑子里竟然也含混不清，好像只是一面之缘的一个朋友，叫不上名字，说不清来历。

药，失效了，糖，还是苦涩的咖啡糖。姜一棣想哭，却哭不出来。

比基尼小姐大赛结束了，韩瑁对姜一棣说，瞧你失魂落魄的样儿，休息一下，给你十天假，回来的时候记得把魂也带回来。

背着相机，姜一棣回到了故乡。像一个孩子待在温暖的子宫里，只有回到故乡，她才安心、踏实。

游走在曾经熟悉的村庄、田野，姜一棣渐渐忘却了自己的伤，她欣喜地拍下蓬勃的生长、岁月的沉淀，当然，最重要的是要拍二娘。

二娘是村里最老的老人，快一百岁了吧，辈分太大，大人孩子都叫她二娘。姜一棣喜欢二娘脸上的皱纹，在照片里，每一条皱纹都让光线转折起伏，蕴含了无尽的岁月风尘。

走进院子的时候，二娘在阳光里坐着，依旧是黑衣黑裤，扎着雪白的袜带，似睡非睡地眯着眼睛。

听见脚步声，二娘睁开眼睛，手遮着阳光，瞅半天才认出是姜一棣，她说，丑女回来了。丑女是姜一棣的小名，除了二娘，已经很少有人叫了，听到这个称呼，姜一棣觉得既陌生又亲切，她握住二娘枯枝样的手说，二娘，我来看看你。

二娘嘴一扁说，都要入土的人了，阎王还不来叫。

姜一棣说，可别这么说，你身体多硬朗。

二娘说，活够了，活到啥时候是头哩！

二娘真的老了。她的手在姜一棣的手里不停地哆嗦，眼睛一直在流泪，眼角被手帕擦得通红。

姜一棣调好相机，从不同角度给二娘拍了几十张照片，快门咔嚓咔嚓响着，二娘的笑容始终挂在脸上。她发现二娘去年还有的两颗牙，已经掉了，张开的嘴，婴儿一样光秃秃的。

照完了，姜一棣把相机收起来，她想和二娘说说话。

二娘说，丑女啊，人一辈子不容易。姜一棣一惊，忘却的旧伤复发，痛啊。看她不吭声，二娘接着说，可不容易也得活，好好活，我都快一百了，还没活够呢。姜一棣看着二娘苍老的脸，她知道，这句才是真的。

姜一棣说，二娘，好好活吧。

二娘的脸上突然露出了一丝羞怯的笑，丑女，刚才给我照的好看不？

姜一棣笑了，好看，二娘是大美女。

二娘抚摸着姜一棣的头，她感觉二娘的手就像充满了魔力，让她的新伤旧伤慢慢愈合。没有了唐度，没有了增生、囊肿，没有了年华老去的恐惧，那些千疮百孔变得光滑平整，如一池宁静的湖水，会长出水草，长出鱼。

（原载《小说月刊》2012 年第 12 期）

叶儿和枝儿

出了正月，过了二月二，眨眼就到了清明节。

在观头村，清明是一个村子的狂欢，尤其是男人们，砍竹子、栽椽子，提前三四天就在大场院立起各种秋千，磨轮秋、竹竿秋、绳秋，吱吱嘎嘎吸引了全村老少。

叶儿被一个本家哥带着在打竹竿秋，秋千越荡越高，吓得叶儿不停尖叫，她的尖叫又引来围观人群的笑声，清明的气氛在大早上就进入了喧闹的高潮。

叶儿的尖叫钻进枝儿的耳朵里，扎得她生疼。她把手里的葫芦瓢在木桶上磕得咣咣响，桶里的猪食溅出来，溅了她一裤腿。

叶儿是枝儿的兄弟媳妇，前年冬天嫁过来，人长得漂亮不说，嘴还甜，见人不笑不说话，一笑还露俩小虎牙。如果没有叶儿衬着，枝儿在家里是一枝独秀，婆婆放在心尖上，一家人都让着她。叶儿进门，婆婆就把叶儿放在心尖上了，枝儿很是恼火，于是，撺掇着丈夫分家另过，占了两眼东窑，叶儿住西窑。

枝儿不待见叶儿，可叶儿眼里没水儿，有事没事就往枝儿家跑，枝儿爱搭不理的，她也跟看不见似的，她跟枝儿的姑娘果子玩。

听见叶儿放肆的尖叫声和笑声，枝儿撇了撇嘴：二乎乎的，不着四六。

喂完了猪，枝儿把果子从炕上拉起来，换了新衣服，打发果子洗脸梳头，她开始煮鸡蛋。

村里过节总是和吃联系在一起，有个顺口溜说吃的，小孩成天挂在嘴上喊：懒婆娘，盼节令，过了正月二十三，婆娘女子没处钻，有心钻墙缝，门外来个卖油饼，有心跳黄河，还想月尽吃煎馍。正月过完到了月尽吃煎馍，二月二吃狼窝窝，到清明节，新麦没下，实在没啥吃了，吃鸡蛋。

枝儿把鸡蛋煮好，摸着不烫手了，在果子眼睛上滚了滚，滚完要剥开给果子吃，果子不让，一手抓一个鸡蛋跑了。枝儿一回身看见养的蒜苗还在碗里，忘了给果子戴，撵出去，早没人影儿了。

大场院的尖叫和喧闹还在，枝儿想去，又想到那个傻叶儿在那儿丢人现眼，哼了一声，坐在院子里果子爷爷给果子绑的麻绳秋上荡几下。麻绳秋太短，腿伸不开，压根就荡不起来，她对着墙根骂叶儿：死媳妇浪不够了，专挑人多的地方浪。

嫂子，你没去打秋啊？叶儿在身后搭腔了。

枝儿一听叶儿说话，吓了一跳，她不是在大场院打秋千吗，刚还听见她可着嗓子叫唤，一眨眼咋就回来了，屁股后面还跟着果子，俩人咯咯笑着进了西窑。

她喊果子：果，你干吗呢？赶紧回来。

叶儿在窑里回她：嫂子，果子一会儿就回去。

枝儿听见俩人在唧唧咕咕地说话，不时发出笑声。搞什么鬼？这个半憨。她一把拉开风门，风门弹了一下，中间贴的团花剪纸龙凤呈祥被她的胳膊肘戳了个窟窿。

果子从西窑跑出来，一手举一个红鸡蛋：妈，小婶给的。

枝儿看见果子早上起来随意扎着的头发被梳成俩冲天辫，红头绳密匝匝缠了一圈又一圈，发根上绑了绿生生的蒜苗和麦苗，鲜红嫩绿，衬得果子的脸粉嘟嘟的。

她心里明白，嘴却硬，冲着果子说：别拿别人东西，头发妈给你扎。

果子不听，哧溜一下从她身边跑开，边跑边喊：戴苗麦，长一百；戴苗蒜，长一万。

叶儿说：嫂子，我刚看人家娃都有，咱果子没有，就领她回来给扎上。

枝儿原本想说，谁和你咱咱的，果子是我闺女，但张口却变成：就你能，想绑蒜自己生一个随便绑。

叶儿脸憋通红，没法接话，手里一根绿生生蒜苗扯成了几截。

日子一天天过去，西窑里突然就消停了，叶儿很少出来，听不见她没心没肺的笑声，也不见她喊果子过去。枝儿奇怪，问果子：你小婶咋了？

果子说：我哪儿知道，你又不让我过去。

端着一篮豆子，坐在院当中太阳地儿挑拣，枝儿的心不静：这半憨弟媳妇咋了？想问，张不开嘴；想看，又磨不下脸。犹豫了两天，还听不见叶儿有啥响动，枝儿撺掇果子：去看看你小婶。果子回来说：小婶在炕上躺着，哭呢。

枝儿赶紧丢了手里的鞋底，过去一看，叶儿的脸跟白粉连纸一样，没有一点血色：咋了这是？叶儿把头扭向墙，没吭声。枝儿一拧屁股坐在炕边：咋了么这是？病了？叶儿脸侧一侧，晃着满脸泪。

老天爷，说话啊，你急死人。

嫂子，孩子没了。

多会儿的事？你个憨子，咋不说一声哩，兄弟不在家，你这冷锅冷灶的谁给你弄吃喝？

叶儿说：我怕你笑话。娘我都没说。

枝儿拉了叶儿的手：我的憨憨妹子啊，嫂子这嘴，你还往心里去？

说完扭身下炕，不大一会儿，从东窑里端来一大碗红糖鸡蛋水：赶紧起来喝了，好好补补。我给娘说了，把我那只芦花鸡杀了，炖鸡汤。

一口鸡蛋水喝下去，叶儿又哭了。

枝儿搓着手：咋了嘛，是不是烫？她冲着窑门口喊：果子，来给你小婶吹吹，我去帮你奶杀鸡。

顷刻间，院子里鸡飞人叫，快赶上清明节的那天早上了。

（原载《天池小小说》2018 年第 12 期）

梁姬

夫人，你听，他还在高歌。小玉说。

是的，我听到了。

我听到了，那是午良的声音。已经整整一天了，他不停地唱着我们虢国的小调，高亢的声音从城外传来，在这小小的上阳城里缭绕徘徊。

三个月前的那个清晨，我第一次听到午良的声音。他驾着马车，送我到城外去。

我听到他挥舞马鞭的声音，呼喝马儿的声音，哼起小调的声音。掀开朱红的缎帘，我看到一个宽阔的后背，着铠甲，端正威武。

你叫什么名字？

回夫人，我叫午良。

午良，午良。我轻轻念着这个名字，看着他宽阔的后背。我想伸出我长长的指甲，在他的青铜的铠甲上划出清脆的声音，那一定非常悦耳动听。

我不能。我只能坐在他的身后，看着他威武的后背，听他哼着家乡的小调。

夫人，休息一下吧。

午良把马车停在路旁，他转过身，我第一次看到他的脸庞，当然也是最后一次。

那是怎样的一张脸啊，我至今难忘。那个厚的嘴唇，赤红的脸，明亮单纯的眼睛，还有看着我时的羞怯。我知道我是美丽的，我穿着尊贵华丽的服饰，佩戴着精美的玛瑙玉石，我是虢国国君虢季的夫人。

午良在我的注视下，慢慢低下了头。他手握马鞭，像个做错了事的孩子。

我笑了。我看到远远的那一树柿子，如前夜忘记熄灭的红灯，在树间闪闪烁烁。

午良，你能爬到那棵树上吗？

午良疑惑地看看柿子树，看看我，然后点点头：夫人，我能。

我在小玉的搀扶下，下了马车，和午良一起来到树下，我要看着他爬上那棵树。曾经，我也能很麻利地爬上树，坐在一个细细的枝条上，晃啊晃啊。

午良脱去了铠甲，一眨眼工夫就像一只猫一样蹿到了树上，他摘下几个红软的柿子，身子一纵，从树上跳了下来，我看得眼花缭乱的。

夫人，给您。

我从午良的手上拿起一个柿子，剥去薄如蝉翼的柿皮，轻啜一口，可真甜啊，还包裹着太阳的温热。

我说：午良，小玉，你们也吃。

午良看着我，笑了，露出一排洁白的牙齿。

后来的路上，午良不停地唱着歌，有些我能听懂，有些我听不懂。

回到上阳城，我端坐在宫殿里，再也听不到他的声音。

突然有一天，小玉说城外有人求见，手里拿着鲜红的柿子。我知道，是午良。但我不能让他进来，不能。

一切像风一样，莫名其妙就刮起来了。小玉说城里到处都是关于我和午良的传言，要我尽快做个了断。

了断，我了断什么呢？

后来，午良再也没有出现过。我以为一切都平静下来了，可谁知三个月后，他又出现了。

他说有一样宝贵的东西要献给我。柿子吗？寒冬腊月，到处是雪花飞舞，哪里还有什么柿子。可不是柿子，又是什么呢？

夫人，他跪在城门外了。

我知道了。我凝视窗外的雪花，仿佛看到雪中午良挺拔的后背，上面落满了厚厚的白雪。

夫人，一天了，他还在那里。他手里抱着一只木匣。

行了，知道了。

两天过去了，我突然听到了午良的歌声，高亢明亮，似乎刺穿了厚厚的城墙，穿门破窗而来。

午良唱了一天，我在镜前端坐了一天。幸好，国君没来打扰我。他在忙他的大事，武器，征战，城池，这些与我无关。

午良的声音消失了，没有一点前奏，就那样戛然而止。窗外，天已经渐渐黑下去，又一天过去了。

从此，我再也没有听到过午良的声音，没有得到过关于他的任何消息。我不敢问，也不能问。

我只能在每一年的秋天即将结束时，遥想那一树点燃小小灯笼的柿子，悄悄地念着他的名字，一遍又一遍。

我始终不知道午良要献给我的是什么。

（原载《天池小小说》2010 年第 2 期）

虢季

我知道。我知道午良要献给梁姬夫人的是什么。

我是虢国的君王，这黄河的南北，都是我的属地，一个小小的武士，当然也是我的。

我不能容忍午良的行为。传言就是传言，我是偶然听到的，我不会去追究这些传言的真与假，不会责备夫人，但我不能放过午良。只不过是一个武士，赶车的武士而已。

我威严地坐在大殿之上，午良跪着，低垂着他年轻的头，他宽厚的脊背示威一样冲向我。

午良，你可知错？

大王，我不知。

好个不知。来人啊，拉下去……我想午良会有所解释，可他却一言不发，实在太可恶了。

午良被带下去了，按照惯例，他会被带到作坊去，像那些贱民一样，挥汗如雨，烧火或者锻打，浇铸或者打磨。除了酷热，就是无休止的叮叮当当。战场上，我的武士们正等着那些铜戈和箭镞，我的宫殿里，需要那些青铜的酒爵和食器。

站在高台之上，我远远地看着午良，看他赤红的脸在炉火的映照下闪着油亮的光，他赤裸的上身肌肉隆起，时刻准备迸发出无穷的力量。这也是我不能容忍的。

在这小小的城池里，每天都如此乏味，而来到这里，看到午良在无休止地劳作，像一头不知疲倦的牛一样，慢慢消耗着他的体力和年轻的生命，我才会高兴。

午良似乎一点也不知道我的快乐，他不声不响，埋头干着自己的活，认真而投入。

突然，我看到了午良手中的那个东西。那是一柄剑，一柄我从未见过的剑。

我喊来作坊里的头领：给午良安排的是什么活？

铸戈。

可你看，午良手里的是什么。

头领看到午良手里的剑，也大吃一惊：他在做什么啊！

我在问你！

可我……我……

我疾步走向午良，他正在用一块柔软的棉布擦拭那柄剑。我看到了一柄一尺来长的短剑，它有着浅青的玉柄，硬而有形的剑身。令人奇怪的是在剑身上，那种闪着青蓝色光芒的东西，我从未见过。

午良，这是什么？

回大王，这是一把剑。

大胆，你竟敢违抗命令。谁让你铸剑的？

大王，我……午良把头低下去，陷入沉默。

我伸出手，午良把它递给我。于是，我看到了那柄永远无法忘记的剑，也让我寝食难安的剑。玉柄握在手里，一阵冰凉，剑身上蓝里透青的东西，是我第一次看到。我试着用拇指肚试试剑锋，锐利无比，比我用过的任何青铜铸就的剑都要锋利。我用中指在剑身上弹一下，发出"铮"的一声脆响。

这个，是什么？我是指剑身上的东西。

我不知道。

你铸的剑，你不知道？

回大王，我真的不知道。我也是偶然发现的。

哼！偶然，偶然……我仰天大笑。

就在我要带走那柄短剑的时候，午良拦住了我，跪在我的脚下：大王，你不能带走它。

为什么？

……

为什么？我忍不住高喊。

它……我想……献给夫人。

夫人，又是夫人。当啷啷，剑从我手中跌落，我头也不回地离去。午良啊午良，你好大的胆子。你也配送夫人礼物，她是我的，永远是我的。午良，你真的不知道我的厉害吗？任何的忍耐都是有限度的。

后来，我看到午良在城门外徘徊，手里抱着一只红漆的木匣，我知道就是那柄短剑，他要献给夫人的剑。我静静地观望，静静地等。我看到午良跪了下去，看到他背上厚厚的雪花。我听到他的歌声，高亢苍凉的歌声。夫人的宫门紧闭。

还好。还好！

午良，我不会让你得逞的。夫人是我的，你是我的，剑也是我的，这黄河的南北两岸，这偌大的虢国，都是我的。

这柄剑，我要一直留在我的身边，直到我死。

等着吧，我说到做到。

（原载《天池小小说》2010 年第 1 期）

铁剑

我就是那柄短剑。那柄后来被誉为"中华第一剑"的玉柄铜芯铁剑。

正如虢季第一次所看到的，我有着精致的玉柄，有着散发着青蓝色光芒的剑身，那是铁，一种新的金属，在铁的里面，包裹着一个铜芯。

现在，我被安放在一个小巧的木架上，展览。隔着厚厚的玻璃，他们只能看到我锈蚀的笨拙模样，津津乐道我所记载的中国最早的冶铁史，却一点也不知道我曾经历过的失望和血腥。

午良锻造我的时候，天天哼着小曲，开心得像个孩子。他并不知道在他手里锻打的就是铁，他只是想送给梁姬夫人一柄剑，一柄女人使用的小巧玲珑的短剑。

每天干完活，午良就守着我，不停地锻打、钻孔、打磨，我在他的手里变得越来越精美，像一个将要出阁的女子，浑身上下散发着诱人的光芒。

终于，在午良又一次端详着我的时候，我被国君虢季发

一念之间

现了。他毫不吝惜地把我扔在地上，疼，浑身上下都在疼。我知道，午良的心也在疼。

午良给我做了一个红漆的木匣，抱着我，要献给夫人。

寒冷的风雪中，我和他站在一起，听他高歌，看他难过。而那个他尊如女神的梁姬夫人，却始终没有露面，也不让他跨进城门。我还看到，远处的那双眼睛，正牢牢地盯着午良。

我以为，一切都是因为梁姬夫人，却没想到，是因为我。

黄昏来临的时候，雪花依然在飘。虢季派人把午良带到密林之中，要他把我交出来，说我是一柄奇异的宝剑，要归于大王。

不！不……午良抱着我，大叫起来。

这虢国之中，有什么不是我的？何况一柄剑！虢季发怒了。

午良仍是不肯，虢季手一挥，两个武士冲过来，去午良手中抢。三个人乱作一团，撕扯中，午良手一松，木匣掉在地上，我从中滚落出来，跌进冰冷的雪地。

哈哈……哈哈哈……虢季从地上将我拾起来，仰天大笑：宝剑，这是一柄宝剑。

午良挣脱武士，想要从虢季手中把我夺回去。可是，晚了，太晚了。

虢季紧握着我的身体，将我尖利的头部向午良刺去。如果午良能够就此停住脚步，或者闪身躲开，我就不会这么血腥。可是不，午良想把我夺回去，他直冲过来。

我看到虢季眼中的愤怒和冷酷，看到午良眼中的悲凉和绝望，我不住地颤抖。

刹那的温热之后，我看到鲜红的血顺着我的身体流下来，流到地上，流到虢季的手上。我不寒而栗，心里不住地打着哆嗦。怎么会这样？怎么会这样！是我，杀死了我的主人，将我从沙石中带出来的恩人。

看到午良倒下去，虢季撩起衣襟，把我身上的血迹仔细地擦干净，他对我说：你是属于我的，我的。

从此以后，我只有跟着虢季。

当梁姬夫人第一次看到我的时候，我看见她眼中燃起一簇小小的火焰，她不停地抚摸我：真是一柄好剑，实在太精美了。我想告诉她：我原本是你的，是午良准备献给你的。但我不能说，我只能眼睁睁地看着虢季从她手中把我拿走，并告诉她这是作坊的头领献给他的。

我想听梁姬夫人问问午良，哪怕是随口提起也行。可是，她没有，一直没有，和小玉闲聊的时候也从不提起。不知道是她真的忘记了这个人，还是不愿提起呢？

在虢季的身边，我越来越沉默，我的身体渐渐失去光泽，变得喑哑粗鄙。他们发现不了，只有我自己知道，我在一天天地老去，在怀念午良中老去。

午良，他值得吗？

连年的征战，虢季也一天天老去，他抚摸我的时候越来越多，他叫我老伙计，他把我当成他的宝贝，可我不是，我忘不了沾在我身上的血迹。

终于，虢季死了。他临死之前还交代他们：这柄剑，要一直留在我身边。

我明白，我是永无出头之日了。

虢季死后，我作为他的陪葬品被安放在他的身旁，梁姬夫人把我擦得干干净净。我最后看了她一眼，代替午良看了她一眼，黯然地陷入一片黑暗之中。

两千多年后，当虢季只余下几根白骨的时候，我被人们发现，重新暴露在阳光之下。可是，我已是锈迹斑斑，谁也看不出我原来的模样。

无数惊喜的目光在我身上扫视，他们说：铁。

可我想说：血。

（原载《天池小小说》2010 年第 3 期）

午良

我就是午良，那个锻造了中华第一剑的午良。

现在，我是虢季身旁的几根白骨，人们用"将军"来称呼我，这太可笑了。我哪里是什么将军，这不过是他们掩人耳目的把戏。我是一个小小的武士，赶车的武士而已。

当我第一眼看到梁姬夫人的时候，我的心都快跳出来了。她是高高在上的女神，是虢季美丽的夫人。我端坐在车上，呼喝着马儿，身体僵硬挺直。尽管穿着厚厚的铠甲，我仍能感觉到身后那一道目光，像火一样炙烤着我的脊梁。

听到她让我去摘柿子，我的心几乎融化成了一摊水。我喜欢那些山梁上火红的柿子，我不知道，这个尊贵的女人，她也喜欢。当我捧着鲜红的柿子来到她面前时，她笑了，笑得那样优雅、温暖，就像那些柿子一样，发出温润的红色的光芒。

可谁知，等她回到上阳城，我再次捧着几个柿子要献给她的时候，她却紧闭宫门，甚至连贴身的侍女也没有出来一个。我不明白，她怎么变得这么快，难道她不再喜欢柿子了吗?

让我不明白的事接踵而来。那个早晨,我正在用一把干草洗刷马儿,有人说国君有请。我跪在虢季的面前,不敢抬头,甚至不敢用余光去瞟一眼他的脚。他是虢国的国君,我知道他的威严和霸道。

他命令我去作坊做工,我只有服从。

在作坊里,我挥汗如雨,拼命锻造着铜戈、箭镞,把一锅又一锅青铜水倒进各种各样的范里,看它们慢慢凝固。我想忘掉那个尊贵的女人,忘掉她温暖的笑容,但我做不到。

我是无意间发现那种后来被称作"铁"的金属的。我欣喜若狂,我喜欢它青蓝色的光芒,清脆的声音。我决定,用它来造一把剑,一把女人用的短剑,献给夫人。

几个月后,当我终于完成了那把剑的时候,却被虢季发现了。

他问我那青蓝色的东西是什么,我不知道,我真的不知道。他把剑扔在地上,拂袖而去。

我抱着装剑的匣子,跪在上阳城外,整整跪了三天,夫人的宫门依然没有打开。我只是要献给她一把剑,一把玉柄铜芯的铁剑而已,她怎么就不开门呢?

第三天的黄昏来临时,雪越下越大,我已经快冻僵了。这时,有人把我拖走,拖到了一个小树林里。那里,站着虢季,他在冷笑。他要我把剑给他,我不能,这是要献给夫人的。

午良

"哼，夫人？你也配！"

他发怒了。他从木匣中抽出那把剑，向我刺来。我想躲，可没有躲开，我眼看着我亲手锻造的那把剑刺穿我的胸膛，血，冒了出来。我大叫一声，昏死过去。

当我醒来时，厚厚的白雪将我覆盖。也许虢季以为我已经死了，那就当我死了吧。我跟跟跄跄地朝上阳城的北方逃去，一直逃到黄河边，面对冰封的黄河我又无路可走了。

是一个渔夫发现我的。他说远远地看到岸边有一堆东西，以为有人要偷船，就过来看看。他把我带回家，给我熬香甜的小米粥，给我清洗伤口并敷上草药。我庆幸，在我遭到夫人的冷遇、国君的凶残之后，我还能遇到好人。

我的伤一天天好起来，我可以帮渔夫劈柴，和他一起到黄河里破冰叉鱼。

时间过得真快，眨眼春天就来了。春天真的是让人发昏的季节，我的脑袋也在桃花的幽香里失去了方向。我竟然把一切都告诉了渔夫，包括献给梁姬夫人的柿子和剑，包括虢季抢走那把剑，又刺伤我。

我看到渔夫的脸变了颜色，我知道，我完了，我说得太多了。

武士们再次把我拖了回去，打入囚牢。在黑暗潮湿的囚牢里，我终日与老鼠、蟑螂为伴，我渐渐忘记了尊贵的梁姬夫人，忘记了暴虐的虢季，但我忘不掉我亲手锻造的那把剑。

当我再次看到那把剑的时候，虢季死了。

我被人从囚牢里拉出来，到处是一片白。所有人都穿上了孝衣，为虢季举丧。我看到梁姬夫人，她正在擦拭那把剑。我从她身旁走过，她连瞅都没有瞅我一眼。我的心剧烈地疼，比虢季刺伤我的时候还要疼。

这个女人的心，是石头做的吗？我尊她为神，她却视我为草芥，太不公平了。我朝地上吐了一口唾沫，仰天大笑。

"你还有心情笑，马上就该你哭了。"有人大喊。

我知道，不就是陪葬吗？我已经是死过一回的人了，我不怕再死一回。我唯一感到遗憾的是那把剑放在了虢季的身旁，而不是我的身边。

黑暗掩盖了一切。他们给我挖了深深的墓穴，我突然就成了将军，守护着死去的虢季。太可笑了，真的太可笑了。如果虢季知道，躺在他身旁的不是要随他而去的心爱的大将，而是一介小小的武士，一个罪人，他该多么难过。哈哈哈，而我又是多么开心。

两千多年过去，现在，我和虢季一样，都只剩下几根白骨。

可我还是想告诉你们，我是午良，锻造天下第一剑的午良，而不是什么狗屁将军。

（原载《小小说月刊》2010 年第 9 期）

午良

一条忧心忡忡的蛇

院子里透出古意。墙角有青苔层叠，绿了又黄，一架紫藤茂盛得无边无际，遮蔽出一大片浓荫。

老的太师椅，老的人，老的猫，和这个院子倒是协调。

太师椅在房门前，老人在太师椅上，猫在老人的脚下。一整天，院子里像一幅静物写生，少声音，不流动，甚至空气也是凝滞的，老人和猫的呼吸都显得很惊人。

临近傍晚的时候，一条蛇溜了出来，成为这个院子里少见的客人。这条蛇拇指粗细，青白的身体，有暗的纹络。

蛇抬起头四下里看看，看到了打盹的老人和猫。她不知道是该从他们身边穿过去，还是该退回去，于是，蛇停下来，看看椅子上的老人。

老人并没有发现这条小蛇的到来，他沉浸在自己的回忆里，以一种表面的静态掩盖另一种动态。过去，像一条河一样，潺潺地在心里流过，无数的欢喜悲歌，他都一清二楚。

老人很克制自己，尽量控制着这条河，不让它流得太快。每天，他只敢把闸门打开一条很小的缝隙，让这条河流出一点点，尽管只一点点，他已经很高兴、很满足了。他双目微微闭上，阳光在脸上覆上一层暖。

但在高兴和满足之外，老人也总有着隐隐的担心，他担心这条河总有流干的时候，一旦再开启闸门，却没有了那潺潺的流水，他该怎么办？他很努力地说服自己不要多想。

蛇一直盯着老人，她似乎忘记了自己的初衷。她很奇怪，这个老人居然可以这么长时间地一动不动。

太阳一点点退去，院子里有些清冷。

一个老的保姆踢踢踏踏从屋里出来，先是轻声叫了一下，老人没有反应，她又大着嗓子喊：老爷子，吃饭了。这一声，惊醒了老人，也惊醒了那只老猫。

蛇看到老人抬起眼皮，疑惑地看看周围，然后站起来一声不吭地跟保姆进屋，那只老猫也一言不发地进去。吃晚饭的时间到了。

穿过院子，从墙角到墙角，蛇也走了。

第二天，如同头一天的复制再粘贴，依然没有一点声息。那条蛇被勾起了好奇，也在老人出来不久再次出来了。这次，她把自己悬挂在紫藤架的深处，从叶与叶的中间看老人。

整整一天，除了老保姆出去过一趟，院门发出沉重的一声响，还有老保姆回来的又一声响，让蛇惊了一下，其余再没有什么动静。偶尔有一两只蝴蝶飞来，在紫藤架上空寂地飞了两圈，又飞走了。

中午吃饭的时间，老人走进屋里，蛇很想跟进去看看，看他们在饭桌上会不会说话，但她没有，她怕那只老猫。

一天又一天，蛇感觉自己也在慢慢变老，她的灵动和机敏，都在一点一点失去。她在这个院子里待的时间太长了。

就在天渐渐冷下来，蛇准备离去开始她漫长的冬眠的时候，她终于下定决心跟着老人溜进了屋里。

屋子很大，一个又一个房间，摆满了家具。看得出，这里曾经人丁兴旺，有过热闹繁华的时候。现在，家具静悄悄地待着，人都走了。蛇不知道他们去了哪儿，也许是附近，也许是远方。

老人和老保姆在堂屋吃饭，那只猫依然在老人的脚下。老人没有说话，老保姆也没有，只有咀嚼的声音与筷子碰到碟子和碗的叮叮当当。老人吃得很慢，仿佛那些饭难以下咽。

老人背后的墙上，有一个大的相框，里面装着一张全家福。老人坐在前面的正中间，另一个老的女人坐在老人身边，周围十几个人，大家温和地笑着，其乐融融。老人也在笑，笑得很慈祥。

蛇看看相框里的老人，又看看正在吃饭的老人，她有些恍惚。

吃完了饭，老人坐在椅子上没动，老猫也没动，仿佛吃饭耗费了他们所有的力气。老保姆动作迟缓地收拾桌子，一趟又一趟，过来过去，脚蹭着地，橐橐地响。

　　　　　　　　　　　　　　　　　一念之间

如同白天一样，老人又坐在屋里，把过去的河流放出来一点点河水，他安然地回忆。

　　蛇看得有些心酸，她很想弄出点什么声响，或者溜过去贴着老人，但她不敢。她的身体是冰凉的，不但给不了他一点温度，还会吓着他。

　　突然一阵电话铃声惊天动地地响起，似乎把整个屋子都震得在抖。老人吓了一跳，很迅速地转过头，看着桌子上的电话。老猫似乎也吓了一跳，猛地弹起身子，昂头看着老人。老人似乎不知道怎么去接电话，他伸出手，又缩了回去。

　　老保姆急急地从厨房出来，匆忙在围裙上抹抹手，拿起电话。"是三儿啊，好，都好。"老保姆嘟嘟嚷嚷地说着，脸上渐渐有了笑容，老人看着老保姆，脸上慢慢也有了笑容。老保姆把电话递给他，他接了，没说两句话，却又挂了。

　　因为这个电话，整个屋子好像全都又活了过来，老人在椅子上不停地扭动身体，老猫在桌子下转来转去，老保姆嘴里小声地自言自语。

　　看着这一切，蛇也高兴起来。

　　这个晚上，她就要离去了，寻找冬眠的地方，不能每天来看老人了。她突然又变得伤感起来。

（原载《小说月刊》2013 年第 3 期）

最后一滴眼泪

这是一个可怕的事实。

阿瓦城的所有人都丧失了流泪的能力。自私和不信任，让阿瓦城人的心变得越来越硬，越来越冷酷，不知道悲伤和欢喜，不知道感恩和感动，他们的泪腺蜕化，眼里已经流不出一滴眼泪，所有人，他们装模作样的哭泣只是一些干巴巴的声音，类似兽类的嗥叫。

女人因为缺少眼泪的滋润，渐渐委顿下去，如一把干草，脆弱而没有弹性。孩子因为缺少眼泪，一个个长得如同五六十岁的老人；男人因为女人和孩子的快速老去而焦虑，他们不轻易弹出的眼泪更是丁点也没有了，所有人双目空洞如废弃的窑洞。整个城市没有了灵动，没有了生气。

医生说：太可怕了。他担心的是有一天人们的心脏越来越硬，因为失去收缩能力而不能使血液正常循环，人们的肌体停止运行。

医生对市长说：必须尽快解决这个问题，马上，立刻，十万火急。

一念之间

市长何尝不着急，他刚刚失去了白发亲娘。母亲年轻守寡，含辛茹苦养大他和妹妹，省吃俭用，供他和妹妹上学，可在母亲的追悼会上，他"哭"了三个多小时，却流不出一滴眼泪，他的眼睛如同两眼枯井，不能泛上一丝的潮湿。

市长询问医生有什么办法，医生摊开双手，这不是医学能够解决的问题，最好去找社会学家。

社会学家一进市长办公室就知道市长叫他来的目的。其实他已经研究过这个问题了，从他和他的家人，还有周围同事、邻居纷纷失去哭泣能力的时候，他就开始关注，试图从社会学的角度寻求答案。

以前的以前，阿瓦人和善、友好，他们伤心、感动、欢喜的时候，都会流出眼泪，那些纯净的液体，从眼睛里像泉水一样涌出来，经过脸颊，使阿瓦人楚楚动人。到底是什么让阿瓦人丧失了这样的能力呢？

社会学家分组调查了学龄前的孩子、成年人、老年人，调查结果让他大吃一惊。学龄前的孩子不知道什么是眼泪，成年人是最早丧失眼泪的群体，而老年人是最为怀念眼泪的一部分。

社会学家对这个结果有点迷惘。成年人是肌体最强壮的，也是这个城市的中流砥柱，可他们怎么会最先丧失流眼泪的功能呢？随着调查的深入，社会学家陷入了一团泥淖，他没办法继续深入下去。每个人诉说的症状是一样的，可原因却千奇百怪，原因背后隐藏着嫉妒、自私、缺乏信任、心理失衡、贪婪、情感稀释……如此种种，他无法从中归纳出一个明晰的主线。社会学家对市长说：我无能为力，再调查下去，我会崩溃的。

市长看着社会学家的脸，还有那一双空洞的眼睛，他不能通过眼睛判断出他所说的是否属实，现在，阿瓦城每个人的眼睛看起来都一样，无精打采，透露不出任何个体的信息。

市长叹息一声，不甘心地拿起电话，叫来了报社的主编，要主编在报上刊登一条启事：重金寻找本市市民的眼泪，哪怕就一滴。他不相信阿瓦城的人就这样彻底告别了眼泪，走向枯萎。

启事很快登出来了，头版报眼位置，套红。阿瓦城的人以高度的热情关注这件事，因为长期没有眼泪，他们对眼泪的渴望比金钱更为强烈，大家议论纷纷，用各种办法寻找这珍贵的眼泪。

一位临产的母亲躺在产房里，也在祈祷：上天，赐给我的孩子眼泪，赐给他哭泣的能力吧！

夜晚子时，这位母亲经历了三个多小时的剖腹产，生下一个可爱的小男孩，母亲给他取名字：呼唤。

呼唤的哭声嘹亮，所有新生儿就数他的声音最大，底气十足，但遗憾的是，十天、二十天、三十天过去了，呼唤只是干巴巴地哭，同样没有眼泪。这让呼唤的母亲很伤心，她觉得她最起码还尝过哭泣、流泪的滋味，可呼唤就像天生的盲人一样，一脱离母体就陷入干涸。

　　这位年轻的母亲抱着呼唤，一边祈祷，一边回忆起少女时代，无数次泪水从眼里涌出，那是怎样美妙的倾泻啊。可是，可怜的呼唤……她想着，突然鼻子一酸，涩涩的眼里有了异样的感觉。

　　是眼泪来临前的那种感觉！她高兴地抱起呼唤，在呼唤的头上、脸上不住地亲吻。

　　那是什么？晶莹剔透，如熠熠发光的钻石！一滴泪，在呼唤的眼角凝聚，然后，慢慢地，慢慢地，朝发际滑过去……

　　整个阿瓦城的人欢呼起来，大家彼此拥抱、亲吻，庆祝这滴珍贵的眼泪，这也许是阿瓦城最后一滴眼泪了。

　　当然，也可能不是。

（原载《天池小小说》2007 年第 8 期）

奔跑

我和米小安坐在一根斜斜的柳树身上,两条腿不停地前后晃着。

米小安从裤兜里抠出一根压扁的烟,横着放在鼻子下闻了闻,又竖起来在左手的大拇指甲上敲几下。这些粗糙的动作,肯定都是跟他二叔学的。

准备点火的时候,米小安把烟朝我脸前一晃:你也来一根?我摇摇头:不要。

于是,米小安把烟点着,很吃力地吸啊吐啊。

这个夏天,我和米小安经常在这里玩。

是我先发现这个地方的。在汛期到来之前,大坝开闸泄洪,黄河的水一下子就只剩下窄窄的一条黄带,很拖沓地在这个地方转了一个又一个弯,没有一点气势,就好像我们十六岁的青春一样。原本沉浸在水中的黄河柳裸露在滩涂上,枝干黢黑。我对米小安说:在这里可以看到黄河落日。

米小安和我坐在树干上,摆出很隆重的姿势,迎接黄河落日。很可惜,河道里的水太少了,太阳只匆忙在水面上点了一下，就坠进了对面的中条山。

米小安说：靠，你可真会蒙人。

我急忙辩解：我没有，我真的看到过黄河落日，像一场战争，特别壮烈。还悲伤。我又补充道。

米小安没再说话，呆呆地看着乱糟糟的黄河滩。突然他拍拍我的肩膀：我们明天还来。为着他这句话，我感动地几乎要哭出来，因为他很像一个长着小虎牙的韩国演员。

这个暑假的很多个下午，我们都会无所事事地坐在树干上。偶尔会看到太阳在河里一晃，或者看到驮着游人的老马在拼命奔跑，荡起一溜尘土，很多时候我们什么也看不到。

我问米小安：我们像不像在约会？他摇摇头：不知道。我也不知道，我觉得约会应该要比这个更甜蜜吧，米小安也应该比现在更热情。

暑假就要结束的那个下午，我和米小安似乎都有点心烦，可又说不清在烦什么。天阴得很厉害，我提醒米小安：回去吧，要不一会儿要下雨了，米小安说：下雨了才好。他装腔作势地说：让暴风雨来得更猛烈些吧。我大笑起来，差点后空翻翻下去。

突然，米小安从树干上跳下去，拉着我的胳膊说：我们去偷红薯吧。我止住笑：真的？他说：真的。

河水退去的广阔滩涂上，附近的农民会趁机种上大豆、花生、红薯。米小安说我们偷红薯吃。我嘻嘻笑着跟在他背后，像真正的贼一样，蹑手蹑脚地在广阔的滩涂上寻找红薯。我们不认识红薯苗应该是什么样子的，只知道红薯，可红薯埋在土里，又看不到。米小安指着一片绿色问：这个是吗？我摇摇头：不知道。

这让我们很受打击，偷红薯居然不认识红薯。米小安偷偷骂了一声。

这时，我发现了远处的一片向日葵，无比灿烂的金黄吓了我一跳，我几乎说不出话来，只是拉着米小安的胳膊，激动地晃着，指给他看。米小安看到那一片燃烧的黄，也非常激动，他丢下我就跑。我在后面喊：等等我。

我知道米小安的目的，他要去偷向日葵。

跑着的路上，我的心里泛滥着隐秘的快乐。在阴沉的天空下，我像要飞起来一样，跟在米小安身后，幸福地跑向那片向日葵。

就要接近向日葵的时候，米小安突然停下来，鬼鬼祟祟地朝四周看看。我又笑起来：哪儿有人啊，要有人刚才就出现了。

米小安似乎很泄气。他走到向日快跟前，挑出一个非常壮硕的花盘，左右扭几下，把这个花盘扭下来递给我。

我拿着花盘，并不着急弄干净它。我告诉米小安再扭一个，米小安真的又扭下来一个。我一手拿一个花盘，在坑坑洼洼的土地上跳起新疆舞来。米小安看了我一眼，又去寻找下一个目标。

就在米小安扭下来第四个向日葵花盘的时候，我听见了一个粗暴的声音：谁？干吗呢？

我吓了一跳，米小安也吓了一跳。我的第一反应是赶紧扔掉手里的花盘，米小安却把手里的花盘抱在怀里。

一个男人手里拿着一把铁锨，好像从土里钻出来的一样，向我们冲过来。

米小安先反应过来，一个"跑"字还在嘴里没吐干净，他已经窜出去几米远。我跟着他，拼命朝前跑。

滩涂地上到处是各种高高低低的植物，在脚下磕磕绊绊。我们不知道跑了多久，好像要把心脏都跑出来的时候，米小安才停下，跟一头马一样弯着腰，吐着粗气。我们的身后，空荡荡的。

我和米小安哈哈大笑起来。雨，就在这时落下来了，在我们身边发出噼噼啪啪的声音。

今夜月圆

　　已经是来到阿瓦城的第四个年头了，田小像一个老阿瓦城的居民一样，喜欢在清晨用手托一块热豆腐，垫一个塑料袋，拿筷子戳几下，淋上一些蒜汁和辣椒酱当早饭。也喜欢趿拉人字拖，哪怕已经入了冬，穿着毛衣，不上班的时候，屋里屋外永远是拖鞋。

　　这时，他在一家电子厂做工，和厂里一个湖北的女孩阿霞好着，俩人都倒班，住宿舍不方便，就在外面租了一间小民房。

　　两个人的日子好过多了，赶到都不上班的时候，一起去公园，一起看电影、去网吧，尽管这样的时候并不多。

　　田小已经连着两年没回去过年了，买不着票是真的，想要加班费也是真的，尽管他比阿瓦人更像阿瓦人，但他不是。阿瓦人吃完豆腐去喝茶聊天打牌了，他还要上工；阿瓦人趿拉拖鞋是为了舒服，他是为了省钱；阿瓦人把一套又一套房出租，按月等着收钱，他等着结了工资交钱。而且，在遥远的北方，家里还等着他打钱回来买农药化肥、行人情、

　　　　　　　　　　　　　　　　　　一念之间

盖房子、娶媳妇。

这个月初，家里打电话说他弟弟田沫从山东回来了，要考驾照，他得多打点钱。田小算了算，到下个月初发工资，算上加班费，最近不买啥，自己留五百块钱足够了，他直接给家里打了三千。田沫在微信里给他发一堆献媚的表情。

但他忘了，这个月要交房租，而且，这个月还有个中秋节。

下夜班回来，房门上贴着一纸条，房东打印好的，催这季度的房租，限期五天。

他赶紧给房东打电话，说宽限几天，等下月一发工资就交。房东懒洋洋地说："不行的呀，就五天，交不了搬出去好了呀。"

只能跟工友们借了，在这个厂里，老乡原本就不多，加上每个人都是事等钱，一发工资就着急忙慌寻去处。田小借了三天，只凑了不到一千。

和阿霞出去瞎逛，他试着问阿霞，能不能先把房租交了，等下月发了工资，他立马还她。

阿霞说："田小，你脑子坏了？我交房租？交不起房租就不要谈朋友了，我哪里还有钱。就知道疼你弟弟，从没见你对我这么大方过，我也是眼瞎，看上你了。"

一个问题，转眼变成了两个问题，田小的脑子有点蒙。

眼看到期限了，房租还没有凑齐，如果再不交，房东估计会把他的东西扔出来。东西扔出来事小，跟阿霞的恋爱也就吹了，这个事大。田小只好再给房东打电话，说了一堆好话，说先交一千，余下的五百下月一发工资就交。房东似乎在打牌，手气正好，嫌他啰唆影响心情，勉强同意，但绝对没有下回。

交了房租，田小长出了一口气，他可以全力上班、多加班，全力去哄阿霞了。

一心想着加班的田小忘记了一个非常重要的问题：中秋节，确切地说是忘记了给阿霞买中秋节礼物。

等到厂里通知聚餐，说晚上一起团圆的时候，已经是中秋节的当天，晚了。他在班上，要上到下午六点才能下班，下班去聚餐，聚完餐，压根来不及给阿霞准备礼物，更何况，他兜里的钱，除去吃饭，也准备不出什么像样的礼物。

一整天，田小在流水线上都晕晕乎乎的，手里不停，脑子也不停，怎么办？怎么办？

直到下班，他还是没有想出任何办法。聚餐的时候，吃着月饼，喝着啤酒，他也高兴不起来，很快就把自己灌醉了。

摇摇晃晃地回到小屋，灯亮着，阿霞已经回来了。他一进门，阿霞就盯着他的手，两手空空。

"田小，你是不是忘了什么？"

"没忘，今天我一天班，下了班聚餐，没时间给你买礼物，走，咱现在去。"田小硬着头皮说。

"还说没忘，昨天干吗了？前天干吗了？前几天好几个夜班，白天你不都没事？你心里压根没我，只有你爹你妈你弟。"

头更晕了。"阿霞，你听我说，这个月我手头确实有点紧。"

"你哪个月手头不紧？跟了你几个月，你送过我什么像样的礼物，还想着中秋节你能大方一点，谁知道你压根就忘了。"阿霞说着说着哭了起来，还开始掐田小。

如果在平时，这时候的田小会哄着阿霞，带她出去买她喜欢的蛋糕。酒后的田小，脑子一热，在阿霞再次捶他掐他的时候，他伸出胳膊挡了一下，阿霞的头撞在了他的胳膊上。顿时，她哇哇大哭，说他打她。

一个问题又演变成了另一个问题。阿霞哭着拿起包，一摔门，走了。

等田小反应过来去追的时候，阿霞早就不见了，手机也关机了。

窄窄的小巷子里只有田小一个人，他靠墙站着，不知道是该继续找阿霞还是回去。手机响了，是他妈。

"小啊，今儿八月十五嘞，吃月饼没？"

田小说："妈，吃过了，公司聚餐，有好多菜，还有酒。"

"小啊，在外面要吃好的，别亏待自己。对了，你爹让问你，今年过年回来不？"

"回，今年肯定回。我早早抢票。"

一抬头，月亮正好在巷子上方，又大又圆，田小说："妈，我给你拍张阿瓦城的月亮吧，可美了。"

（原载《小小说选刊》2018 年第 15 期）

一念之间

爱情来临

　　花开了花落，花落了自然就该结果。可对田小来说，过早地喜欢上一个叫高丽丽的肿眼泡女孩，甚至还让那个女孩怀了孕，那也不算是爱情。那时，他才十九岁，顶多算开了一季诓花，他一离开广东，花落了，就什么都没有了。

　　在南下打工的人群里，田小就是一粒尘土，高丽丽也是，尘土与尘土相遇，稍微一点风，就又成了各自飘浮的尘土。田小从广东到苏州后，就再也没见过高丽丽，也没联系过。

　　在苏州，他先在一家公司当保安，后来又跟着一个周口老乡干装修，再后来在一家工厂做工，辗转到最后，跟着一个浙江人做实验室装修，生意还不错，他的收入有了保证，兜里有了钱，他才想起来，二十六了，该找媳妇结婚了。

　　每次回家，爹就在他耳朵边叨叨，不该找对象那会儿，倒是谈了一个又一个，这会儿该结婚了，你又找不到对象了。田小说，没合适的。

　　田小没说实话，岂止是没合适的，是压根就没有。他已经把标准降到了高丽丽们以下，可那些四川的、贵州的、江西的、河南的女孩都看不上他，加上老板的工地不停换，他就更找不到合适结婚的女孩了。

他爹在电话里说，指望你找个媳妇是指望不上了，在家里给你看有茬口没有，差不多了过年回来见见。

他爹的效率比他高，转眼到了年底，腊月二十五一回到家，他爹就安排了四个相亲的。一天一个，日期都排好了，四个女孩也都在外面打工，刚从不同的地方回来，为了一个目的，来跟他见面。

第一个，约在阳店街上，那天正好是集日，他妈说年前就这一个集了，要是相中了就好好跟人家谈，要是不中，就跟人家直说，早点走还能给家里买肉买菜。

两个人一见面，田小就觉得悬。女孩顶着一头奶奶灰的头发，化着浓妆，漂亮是漂亮，可他发怵，这怕是养活不了啊。最后，他带着一筐菜和肉回家了。

第二个，女孩家离观头村远了点，只好约在灵宝市。吃了小火锅，看了一场电影，田小觉得女孩实实在在的，人也挺好，还能继续交往，可女孩提到了一个敏感的话题，彩礼钱。女孩说，她们那儿订婚是六万六，结婚是八万八，还有三金一钻、衣服钱。一听这个，田小的头皮就发麻，不说其他的，就这十几万，他到哪儿弄去？他很自觉地撤了。

去见第三个的时候，田小都有点灰心了，那么多女孩都嫁给谁了？东混西混跑了大半个中国，咋就连个对象都找不来，活得实在窝囊。

这天见的女孩叫小格，人长得瘦小，小鼻子小眼睛小嘴巴，猛一看，很普通，可以说不怎么好看。可这个女孩爱笑，一笑，眉眼就生动，看着也顺眼多了。

小格在北京当过服务员，后来又去了福建，她不太爱说话，问一句答一句。两个人没地方去，街上到处都是急匆匆买年货的人，他们只好坐在路边一个小区的健身器材上聊天。田小给他讲在外边打工的事，她眯眯笑着，一脸好奇，他就更加来劲，讲得眉飞色舞。

回到家的时候，天已经快黑了，风呼呼地刮着，要下雪了。

他妈从他脸上的表情看出来，八九不离十了。他爹问他，这个咋样？

田小说，不咋样。

不咋样是咋样？

不咋样就是不咋样，就是啥都没说，人家没说彩礼的事，也没问房子。

那你这一天都干啥呢？

跟小格说话，还吃饭了。

说一天跟啥都没说一样，全都是废话，这是成还是不成？明天那个还见不见？

不知道。拿不准。

其实在回来的路上，田小已经想好了，如果小格能看上他，他就同意。当然，前提是小格家的彩礼钱不能太多。可他没说，他怕万一小格看不上他。

他妈忙活了一天，蒸馒头、炸油饼、炸带鱼，满屋子热腾腾香喷喷的。田小浑身也觉得热腾腾的，他决定直接问问小格。

院子里的风刮得泡桐树枝咯啦啦响，田小不愿意让他爹他妈听见，他站在树底下给小格打电话，问她吃饭没有，晚上吃的啥，这会儿在干吗。问了一圈，他发现，说的又全是废话。

小格说，要不，你加我微信，咱们微信上说，怪浪费电话费的。

田小这才发现他脑子短路了，为什么不早试着加她微信呢？这样就不用七绕八绕废话一堆说不到正题上了。他突然灵光一闪，她主动说加微信，是不是就意味着她也看上我了呢？

当然，他们是互相看上了，田小的爱情降临了。他们在微信里不停地聊，他妈不停地喊他搭把手，他顾不上，他爹凶他妈，猪脑子啊，不知道哪头轻哪头重。

因为小格，那个年，田小过得特别轻松幸福，他爹他妈脸上也汪着一脸的高兴。他爹说，你跟小格商量商量，叫她跟你去苏州吧，过完年你们俩一起走，一个东一个西的，真不保险。

田小说，不用问，她肯定跟我走。短短十几天的接触，田小越来越喜欢这个瘦小的小格，觉得她哪儿都好，她也喜欢他，他完全可以断定，她会跟他一块儿走，两粒相爱的尘土总比一粒孤单的尘土要好吧。

他爹一拍大腿，要是这样，再回来就结婚。

（原载《小小说选刊》2018 年第 15 期）

美好时光

　　田小突然喜欢上音乐，喜欢上打碟，这让他周围的人猝不及防。

　　只有他自己知道，这一切并不是突然，而是由来已久，久到还在学校当混混的时候。音乐老师说：田小，你的嗓子条件太好了，不唱歌可惜了。但他那会儿只顾着玩，家里没有任何条件让他走上一条专业的道路，他对音乐的爱好，就只有这句话了。

　　后来，在不同的城市打工，在网络上打发难熬的时间，他终于找到了寄托，在音乐网站流连忘返，嘴里哼个不停。以至于，后来竟然喜欢上了打碟。他并不十分了解打碟，只是在网上看过，那动作，太潇洒了。

　　随着旭日阳刚的走红，他又喜欢上了流浪歌手，天天叨叨，要去桥洞下唱歌，要去远方流浪，当然，他和旭日阳刚差的不仅仅是运气，他连吉他都没有，更别说弹吉他了。

　　他尝试过一次，打算买把吉他，溜达到吉他店一看，几百的、几千的、几万的都有，店员问他想要什么牌子，他哪里懂啊，哼唧半天还是走了。从此也死了心，那玩意不顶吃喝，花那么多钱，算了吧。

唱歌不花钱，随时随地都能唱。不上班的时候，田小的嘴就没闲过，这也成了工友和老乡们解闷的一种方式，不倒班的晚上，就着啤酒烤串，在地摊上、在宿舍里，田小能唱俩小时。

那是田小最开心的时候，他的音乐梦、DJ 梦、流浪梦，好像一下都实现了，他摇头晃脑，拍桌子敲碗而歌，忘记了在遥远的观头村，等待他打钱回去的爹和妈，忘记了要恋爱要盖房要结婚的人生大事。

那天下班，工段长找田小，说区工会组织职工歌唱大赛，要求一线职工参加，公司要选派三名选手参加，他是其中一个。

田小忙摇头：不行，不行，我哪敢去参加比赛，唱得跟狼嗥一样。

工段长扯着他的工装不放：你这娃咋是狗肉不上桌啊。不行也得行，这是经理下的命令，你还想不想干了？

田小吓都吓死了，他唱歌只能自己号，哪里上得了台面，还去区里参加比赛，估计路都不会走了。他再三跟工段长求饶，说他会弄砸的，会丢公司的人的。工段长比他还有韧性：参加了再说。

推不掉的比赛成了田小的噩梦。唱什么？他脑子里乱哄哄的，唱过的那么多歌，一个一个再唱一遍，用手机录了音，自己都听不下去，怎么那么难听！让工友们帮着参谋，他们全是好听话：哪首都好听，随便一首都能拿一等奖。

田小只好再去找工段长，说不知道唱啥。工段长一听他说这话，忙说：这好说，好说，只要你肯上去唱。

工段长把田小领到公司办公室，找到工会韩干事，一个热情漂亮的小姑娘，和田小差不多大小。面对韩干事，田小脸憋通红，不知道眼睛该往哪儿放，揣在工装兜里的手满是汗，他不停地偷偷在衣服上蹭着。

韩干事问他平时喜欢谁的歌，他说汪峰的。韩雪说：简单，你就唱他的歌，找两首你最熟悉的。来，你唱一遍。

田小说：现在？

韩干事说：啊，现在，就在这儿唱。

公司办公室里坐满了人，大家都在各忙各的，并没有多少人看他，但他还是张不开嘴。

韩干事说：来，和我一起唱。说着她自顾自唱了起来，是《花火》。

工段长催他：唱啊，张嘴啊。

田小只好小声跟着唱，唱着唱着，他好像找到了点感觉，声音不由自主大了起来，盖过了韩干事的声音，到最后，完全是他自己在唱了。一曲终了，办公室响起热烈的掌声，有人站起来为他鼓掌，田小激动得满脸通红。

这掌声给了田小信心，他又唱了两首，大家依然报以热烈的掌声，还有叫好声。

一念之间

韩干事说：多好啊，你这嗓音条件，比汪峰的好多了。以后下了班，你和那俩工友一起去活动室练歌，练好了，奖励你们去 KTV 唱。

那是田小第一次去 KTV。他没有想到 KTV 里面竟然那么大，到处都金碧辉煌的，闪得晕头转向。他第一次，现场看到打碟的 DJ。他又开始激动，心都快跳出来了。

那天晚上，田小失眠了，他的脑子里全是年轻的 DJ 潇洒的动作，还有 KTV 里的那种让人想跳起来的氛围。

比赛的日子到了，韩干事为他们公司参赛的选手租了演出服，请了专业的化妆师。看着镜子里的自己，田小有点不敢相信，这是我吗？他让工友帮他拍了好多照片，他要发给他爹他妈他弟，还有他认识的所有人。

歌唱比赛进行得还比较顺利，田小几乎是晕着上去，又晕着下来，歌倒是完整地唱下来了，没有忘词走调。最终，他拿到了二等奖，是他们公司选手里唯一一个获奖的。

颁奖的时候，公司领导、韩干事、工段长，还有好多工友，他们在台下为他鼓掌呐喊，他又有那种激动得心都要跳出来的感觉。

那个晚上，田小又失眠了。唯一让他遗憾的，是工段长帮他拍的唱歌时的照片，表情狰狞，姿势僵硬，真难看。

（原载《浙江小小说》2018 年第 5 期）

小惠的心事

　　十五岁那年的冬天，小惠突然长大了。她学会了装睡，一两个时辰一动不动地躺着，偷听。

　　小惠的父亲是观头村做挂面做得最好的。一到冬天，和面的大瓷盆，齐齐整整的挑竿，晾挂面的架子，一丈长的大案板，铡刀片一样的大刀，一样一样从后窑里取出来，擦洗干净，在屋里、院子里摆好，等着前来做挂面的人。

　　一家人从这时候开始忙碌。小惠没上过学，也不下地干活，她的活动范围除了窑里、院里，顶多到窑垴上拽把麦秸，抱捆棉花秆。她爱绣花，竹绷子上绷着红的绿的绸缎布，丝线劈成两股甚至更细，绣枕头顶，绣门帘，绣肚兜，图案大多是鸳鸯戏水、喜鹊登梅、莲花童子、梅兰竹菊一类。她有的是时间和耐心，各种针法交替，针脚细小密实，颜色过渡自然。村里谁家有头面上的事需要了都来求小惠帮忙，小惠乐呵呵的，从不推辞。因此，当全家人开始忙着挂面的时候，小惠依然端着她的竹绷子，就着阳光，一针一线慢慢地绣着。

挂面的活儿是从夜晚开始的，头天下午看看天气，预计着第二天是晴天，就要开始和面。半袋子面倒进大黑瓷盆，加了盐，和成光溜的大面团，盖上面褥子醒着，醒一会儿，盘一次，盘完了再醒。于是，夜晚变得很漫长，等待醒面的过程，小惠娘坐在炕上剥花生、夹核桃，和五姑说话。

五姑是村里的媒婆，她来做挂面，自然要往头里排。小惠娘不但留她吃了晚饭，还给她捞了一碗酸豆角。五姑也不推辞，酸豆角摆在桌子上，免得走时忘了，花生核桃吃得嘴干，揪一截嚼嚼，生津提神。

小惠在炕的最里面躺着，由于身材瘦小，几乎不占什么地方。她原本已经睡着了，又被核桃碎裂的声音惊醒，于是，听到了娘和五姑的谈话。

一盏油灯昏黄闪烁，小惠面朝墙，在黑暗里一动不动。

屋里几口人？

八口。

这是老几？

老四还是老五。不是老大，也不是老末。

哪儿有毛病？

没大毛病。羊角风，不犯病跟正常人一样。

咱小惠，人家知道不？也就是看着人小点，哪儿都好好的，屋里的活儿不耽误，可灵性了。

大人知道，娃我没问。

唉⋯⋯

嫂子，这事不能急，我再说说看。

小惠知道，这是要给她说媒了。那个人，是个什么样的人？她睡不着了，身子一动不动，心思活泛，但又不能问，也不敢问。

鸡叫头遍，父亲和娘起来盘面、搓条的时候，小惠刚刚睡着，等她起来，挂面已经上了架，一点一点往下垂着，越来越细长，一丝风过，银丝一样的挂面微微颤动，带来一股面香。小惠依然绣着花，针却扎了好几次手。

又一个夜晚来临的时候，五姑的面已经切好，捆扎成七两一把，齐齐整整码在筐箩里，剩下的面头盛在盆里，等五姑来取。小惠娘说，去喊一下你五姑，就说面好了。小惠说，我不去。小惠娘纳闷，这闺女咋突然使唤不动了。

五姑来的时候，小惠已经吃过饭上了炕。

惠睡着了？

早睡着了。

今儿后晌我去马家寨了，把咱小惠的情况说透了。那娃在，我也见了，平常人，紫棠色脸，话不多，看着怪老实。

咋说？

那娃没说啥，说他来串亲戚见过小惠，除了人小点，还有点罗锅，脸好看。他知道小惠手巧，说手巧的人心也巧。这娃看着是没啥，不过，家里大人有说辞。

是嫌啥？

说怕不能生娃，还怕这病遗传。

她五姑，这病不遗传，我们去城里大医院看过，家里人老几辈都没这病，医生说能生。劳烦你再去说说，这事吧，你不跑是不成，明儿赶集我给你捎双好鞋。

这个夜晚的一字一句，小惠都听得仔仔细细。她开始在脑海里勾勒那个紫棠色脸的小伙子，他不说话的样子，不犯病的样子，甚至，犯病的样子，还有那个未知的家，嫌弃她的公婆，心里一阵酸一阵甜一阵苦的。

白天的小惠，和过去的每一天一样，细声细气，绣花，帮着做饭，耳朵却不闲，总想从娘嘴里多听到一点关于她的事，还总盼着五姑来。

进入腊月，雪盖满田野、院落，五姑来了。天刚擦黑，五姑进门就喊小惠娘，嫂子，炒个葱花鸡蛋，这一天腿跑细了，一后晌水米没打牙。

小惠娘欢天喜地去罐里摸鸡蛋，喊小惠剥葱。小惠剥着葱，莫名其妙心跳得厉害。五姑吃了一个烤馒头，一盘子炒鸡蛋，喝了糖水，却不着急说事，小惠娘拿出给她买的鞋，开始试鞋，讨论鞋的样子。小惠收拾完碗筷，擦了桌子，实在无事可做，只好上炕躺着。

五姑看小惠睡着了，才说，哎呀，当着小惠的面，我没法说，那事，成了。腊月里看能把亲定了不。

那咋不能。她五姑，真是多亏了你，等咱小惠出嫁，给你扯件好褂子。

五姑又说，就是婆婆问，看咱这边嫁妆，他屋里弟兄多。

小惠娘说，这我知道，咱小惠的只会比别人多，不会比别人少，只要他们不亏待我娃。

小惠突然喊了一声，娘。吓她娘和五姑一跳，再看，小惠还闭着眼，五姑说，说梦话呢。她们看不见，小惠的泪都把枕头洇湿了一大片。

[原载《短篇小说》（原创版）2019 年第 3 期]

一念之间

你的快乐不能问

　　刘子奇给郝拉拉打电话：耗子，晚上一起吃饭。不等郝拉拉回答，他就挂了电话。

　　郝拉拉是刘子奇的高中同学，两人一个城市上大学，一个城市工作，熟悉得就像左手和右手。刘子奇一直沿用高中时同学对郝拉拉的称呼：耗子。

　　不用说时间，也不用说地点，左手自然知道右手想什么说什么。

　　郝拉拉一身破衣烂衫的样子，头发也是乱糟糟的，屁股后面一个硕大的帆布包，瘪瘪地拍打着她瘦瘦的身体。刘子奇头也不抬，闷声说：坐。

　　刘子奇用吸管不停地搅面前的泡沫红茶，仿佛杯子里盛的不是红茶，是浓得化不开的东西。

　　又失恋了？郝拉拉一边从身上把包摘下来，一边问他。

　　放屁，你才失恋。会不会说点好听的。

　　好，既然没失恋，我就挑贵的点。郝拉拉招手叫服务员，刘子奇忙说：别，给我留条命吧。

郝拉拉鼻子一拱，哼哼笑起来。就你这抠门样，还请人吃饭。服务员，一碗牛肉面。

两个人吃着饭，几乎没什么话，各想各的心事，陌生人一样。他们经常这样，一起吃饭并不是为了说话或者谈事，就是吃饭。吃完了，各自离去，过几天，又打电话，还是离不开。

郝拉拉吃饭的样子很野蛮，嘴巴张开很大，一筷子面塞进去，腮帮子鼓起老高。刘子奇说：你能不能慢点吃，没人跟你抢。郝拉拉嘴巴占着，点点头，嗯嗯几声，依然如故。

吃完，郝拉拉问刘子奇：没事？没事我走了。

刘子奇说：走吧，我也走。

两个人，一前一后，慢吞吞地在街边走。刚下过雨，梧桐树叶花儿一样贴在红色的道砖上，路灯的光照过来，一闪一闪的，美极了。郝拉拉站住，看着脚下的叶子出神。

刘子奇过来，问她发什么愣呢？郝拉拉说没什么。两个人又开始沉默，不知道该说什么。说什么呢？汇报别人介绍的第三十九个对象？有些刘子奇自己都没印象了。两年前，当刘子奇用玩笑的口气问郝拉拉，我们俩谈恋爱怎么样，郝拉拉很惊奇地看着他，问他是不是发烧了。之后，刘子奇就开始了漫长的相亲过程，一个又一个，他自己不记得，郝拉拉都记得呢，每见一个，刘子奇都会跟郝拉拉一起分析研究，但结论只有一个：不合适。

郝拉拉曾经问刘子奇烦不烦，刘子奇嘿嘿笑笑，不烦，

　　　　　　　　　　　　　　一念之间

一点儿也不烦。耗子，你别得意，将来你也会走上这条路的，除非你不嫁人。郝拉拉很意外地没有反击，只是摇摇头。

尽管走得很慢，但还是到了郝拉拉住的地方，她从背后拉过大包，一只手伸进去找钥匙。刘子奇摆摆手：我走了。郝拉拉还没找到钥匙，很不耐烦地挥挥手：走吧，走吧。

一个晚上就这样过去了，一碗牛肉面，一段路，不到十句话。但他们知道，如果没有这些，这个周末就不圆满，这是两个人的需要。

几天过去，刘子奇又给郝拉拉打电话，说一起吃饭，有事要说。郝拉拉在电话里笑出了声：见新对象了吧？

郝拉拉猜对了，这是第四十个。经过了千山万水之后，刘子奇终于累了，看谁都顺眼，看谁都觉得是可以结婚的对象，他不想再有第四十一个。

一碗牛肉面，两碟小菜，一瓶啤酒。刘子奇说：我决定了。

郝拉拉还要问第四十个的具体情况，刘子奇打断了她：别问了，问我也不会告诉你。不管怎么样，就是她了。

郝拉拉用筷子当当当敲他的碗：喂，你不能这样出卖自己。

刘子奇埋下头，吞一口面：我没有。

郝拉拉不再说话，继续各自吃饭，但都吃得很慢。郝拉拉很意外地没有发出各种声响，吃得格外淑女。

这是他们吃得最漫长的一顿饭，但还是有吃完离去的时候。刘子奇依旧跟着郝拉拉，在街边慢慢地走，路上的行人和车辆匆匆而过，跟他们毫无关系。

郝拉拉突然转过身，瞪着眼问刘子奇：你快乐吗？

刘子奇一愣，没有回答。

郝拉拉又问了一句：你快乐吗？

刘子奇想了想说：快乐就像一阵风，总在我不经意的时候悄悄来，又在我想抓住它的时候悄悄地走了。

郝拉拉泪流满面，她转身拉过大包想去拍打刘子奇，手却软下来，包拍在自己腿上。

郝拉拉恶狠狠地说：神经病。也不知道是说刘子奇，还是说她自己。

（原载《小小说选刊》2009 年第 21 期）

像花儿一样自由开放

　　王小倩总归是要结婚的，嫁了人的王小倩赶场似的又离了婚。从结婚到离婚，不过半年时间，看得人眼花缭乱的。

　　才喝过喜酒，没有吃上葡萄的人，嘴里眼里冒着酸气：王小倩啊王小倩，两亩地的茄子都挑遍了，怎么最后挑了这么个老茄子，能做菜吗？

　　王小倩眼皮一挑，老茄子去了皮就不老了。

　　一群人不怀好意地笑翻了酒杯，王小倩脸一红，扭身走了，纤细的腰袅袅娜娜，像突然惊走的蛇。

　　王小倩离婚的时候，没有前兆。愤怒、哭闹、诉说，这些环节都省略了，不就是离婚吗？直接到办事处把本儿换了，然后两人各奔东西。小日子"咔嚓"一下过到头了，跟玩儿似的。

　　有人试图了解王小倩离婚的原因，没等含含糊糊把话说完，王小倩就截住了话头儿，很多事情都是没理由的。

　　好吧，好吧，没有理由就没有理由，煮熟的鸭子，嘴总是硬的，看你一个人的日子怎么过！王小倩的身边，总是不乏像我这样看热闹的人。

每天早晨，王小倩拧着细腰在我眼前晃来晃去，擦桌子，拖地，嘴里哼着歌。完全看不出是离过婚的人。哎，王小倩，你是真离了还是假离了？

王小倩把拖把朝门后一扔，怎么，离婚还得给你打个详细报告？你是给我介绍新的呢，还是撮合我复婚呢？

呸。我悄悄扇自己一嘴巴。多事不是，真是记吃不记打。

那天早上，我正眯着眼在电脑上研究八卦新闻，有人敲门，进来的是王小倩的那个"老茄子"。说老实话，也不怎么老，只是抬头纹重了些。王小倩问：干吗？

"老茄子"把身子靠在一张办公桌上，一直看着自己的右手指甲，好像那指甲是金子做的。看看，互相抠抠，然后轻轻吹吹，整得跟电影里的老大似的。王小倩一皱眉：什么毛病，有话快说。

"老茄子"慢唧唧地说：我呢，下个月要结婚了。你抽空把你的东西收拾一下。

王小倩说：恭喜你啊，屋里没我的东西了。

"老茄子"鼻子里哼一声：谢谢了。你柜子里那么多毛线团，不要了？辛辛苦苦缠出来，不容易啊，拿回去呢，给我下一任织个袜子背心啥的。

王小倩冷不丁站起来，冲他嫣然一笑，那一笑还真是妩媚动人，我还从没见过她那样笑过：谢谢噢！还是你留着，让你新媳妇给你儿子织毛衣吧。

"老茄子"原本大概是想气气王小倩，谁承想她是这个反应，他有点不知所措。迷迷瞪瞪地站在那儿，看着王小倩妩媚地笑，轻飘飘地离去，直到王小倩的脚步已经响在很远处了，他才愣怔过来，冲我点点头，走了啊。

我正张着嘴看故事发展呢，没想到他跟我打招呼，下意识地点点头：啊，啊，走啊。

王小倩再回来，还是哼着歌，好像她那个"老茄子"根本就没来过。这人，到底是没心没肺呢还是受刺激故意装呢？不明白，真不明白。

日子很快就晃到年底，各种聚餐聚会慢慢多起来，我们俩一个科室，就更有机会一起"出双入对"。科长说，你要担负起保护王小倩的重任。老天爷啊，这哪儿是重任啊，这样的重任还是越多越好，我太乐意承担了。

总有马失前蹄的时候。那天晚上，我一大意，王小倩就喝多了。当然不是特别多，只是走路有点摇晃，腰扭的幅度有点大，一个人嘟嘟囔囔不停。科长命令我送她回去，我欣喜若狂，又是一桩好差事啊。

王小倩的家太难找了。出租车司机大概都绕晕了，王小倩还说没到，没到。出租车在那些我从没见过的小巷子里拐来拐去，像走迷宫一样，我摇摇王小倩的胳膊，你没糊涂吧。她哼哼几声，没啊。

终于到了一个破旧小院前，王小倩掏出钥匙开门，反锁了。她用力拍拍大门，有人答应，来啦……烦死了。

看得出来，这是她租的房子，院子里堆满了东西，王小倩熟练地左绕一下，右绕一下。开门的胖女人在门口说：怎么喝多了？外人不准留宿的啊。我知道是说我，我倒想，可我哪儿敢啊。

王小倩的家在二楼，她开门进去，我跟着往里走，眼睛才看到一个黑和白两色的清爽世界，王小倩就把我拦住了，停，停，谢谢啦。我试图再往里走，她毫不客气地把我推了出来。

第二天，王小倩又扭着腰哼着歌在拖地，我说：送你回家，也不请我进去坐坐，太绝情了吧？

她好像什么也不记得了，瞪着一双大眼睛，很无辜地看着我：真的？怎么会，怎么会呢？

她的样子，好像是我在撒谎。

[原载《微型小说月报》（原创版）2015 年第 3 期]

一念之间

隐秘之地

　　兴兴头头地奔着，突然刹一下车，才发现，这一路如此不堪和狼狈。

　　刹车是因为隐疾。更年期来临前的潮热、出汗、失眠等让秦井棉不胜其烦，又无能为力。老中医把着她的脉说：放松一点，这很正常。

　　回到家，她想大哭一场。可哭什么呢？

　　谁的岁月不是一天天熬过去？谁的年华不是一天天老下来？为什么她就非要哭一下？

　　说到底，还是有些怨恨，仿佛这些都是李五原带来的。

　　越想越气，她恶狠狠地删了李五原所有的联系方式，并加入黑名单。这才长舒一口气，似乎唯有这样，才是与过去一刀两断，才能开始接受现在的自己。谁知到了周末，秦井棉的悲伤又席卷而来。

　　这次完全与李五原无关。是她的高中同学约了一大帮人聚会，这个班那个班，终归是一个学校的吧。同学聚会，无非炫耀与八卦两样，顶多再加一样——养生。

她强忍着，一个一个打量她的那些同学。吃饭的、演讲的、喝酒的、沉默的、端坐的，无一例外，个个脸色暗沉，缺乏生气，浑身上下带着倦态。从他们的脸上，秦井棉看到了自己，原来这就是她现在的状态，或者说，她已经老成了这样。她的憋屈压在喉咙里，咽不下，咳不出，以至于把脸憋得通红。看到大家看她，她忙说，喝酒上脸，一杯就这样。事实上，她面前的那杯酒，她碰都没有碰。

对李五原的怨恨减轻了一些，但气已经赌下去收不回来，只有等李五原自己找上门来。

李五原不傻，离过两次婚后，对女人了如指掌，对付一个秦井棉还是绰绰有余。秦井棉同学聚会之后的第二天，他直接敲门进去，什么也不问，只说天气好，带她去个地方。在车上，秦井棉才想起来，自己是下了决心和他分开的，怎么又走顺了脚一样跟他出门了呢？莫非更年期的女人就是这样，健忘而冲动？

车在一条陌生的道路上行驶，李五原一声不吭。秦井棉心里翻江倒海：何去何从？如果说更年期的隐疾之前，还固执地将爱情放在第一位，那么现在或者更远一点的将来，还敢这样想、这样追吗？一个离异的单身老女人，还有条件和资格谈论爱情吗？

秦井棉把自己的心弄得狼狈不堪，手心里满是冰冷的汗。好在车停了。

下了车，李五原在前面走。距离路边十几米远的地方，有一道小斜坡，下去是十几级台阶，再下去右侧有一个四五米宽的大铁门，大门用铁链子锁着，小门开着，李五原直接推门进去，示意她也进去。

进到门里，一下子豁然开朗。这里别有洞天，看得出这里曾经树木葱茏，规划有致，特别安静。李五原说：这里以前是个公园。

沿着青砖小路，秦井棉跟着李五原在园子里转。园子很大，树木花草都活着，只是长走了形，小池塘的中间留着一汪浅浅的水，几叶睡莲漂在上面，孩子们玩的秋千架、跷跷板、小转椅也在。李五原坐在跷跷板的一头，让秦井棉坐在另一头，看起来很搞笑的样子，但没有第三人，就不觉得尴尬。

怎么回事？李五原问她。

是啊，怎么回事？她说不清楚，确切说是用语言无法向李五原传达清楚她身体的隐疾，以及这些隐疾带给她的悲伤和绝望。

李五原等着，她总得回答。她把所有的这一切归结成了三个字：我老了。

李五原用了将近十分钟的时间，把这三个字后面隐藏的种种理顺，告诉秦井棉，知道为什么带你来这个地方吗？秦井棉摇摇头。他说，因为我觉得这是个好地方，我叫它"隐秘之地"。

我是无意间发现的，后来就常来。当我觉得绝望和无力时，就来坐坐。这里安静，像一个暮年的英雄，让我学会接受被人遗忘，接受无力。这样的感觉，你应该懂。

秦井棉点点头。她努力在懂。

他们在公园里继续走，几只野猫懒洋洋散着步，远处的树上一群鸟清脆地叫。秦井棉真的好多了，也许是因为不再怨恨李五原，也许是她也爱上了这隐秘之地。

离开的时候，李五原说：接受一个人一个地方并不难，对吧？

坐在车上，秦井棉悄悄把他从黑名单里放出来。突然就想起一句俗语：买卖不成仁义在。秦井棉自己笑出了声。

李五原问：笑啥？

秦井棉说：笑自己。

（原载《红豆》2018 年第 3 期）

一念之间

而天亮之后

　　唐度选择的方式很极端，不留一点儿后路，也不拖泥带水。没有任何预兆，甚至，连一句话也没有。

　　越过二十七层的窗户，但他并没有像鸟一样飞起来，而是以一种难看的姿势一头栽在水泥地上，脑浆迸裂，血肉模糊。

　　从二十七楼一个活生生的人，到变成警察嘴里的尸体，大约用时五秒，就一切归零。

　　瞬间的事故让袁眉惊慌失措，连哭泣都来不及。警察接管了楼下与房间的一切，包括她。

　　袁眉不得不一遍一遍地回忆有关唐度的一切。他上班，下班，吃饭，睡觉，毫无异常啊。往前回忆，他依然是上班，下班，吃饭，睡觉。再往前，他除了这几样，还喜欢看书，喜欢下棋，喜欢说话。对了，他最近好像不爱说话了。从什么开始的？我想想，没什么印象。不，不，他没有和别人有矛盾，同事，朋友，家人，都没有。我说了，他不爱说话的。没有经济纠纷，也不赌博。我们俩？

我们俩……这个问题让袁眉陷入了短暂的迷茫。

在一起生活了十几年的夫妻，早就成了习惯，突然面临这个问题，她不知道该怎么回答了。有问题吗？没有，任何问题都没有，不吵架，不打架，没有第三者，鸡毛蒜皮的拌嘴也没有。可是，真的没有问题吗？袁眉有点儿不确定。

警察的结论很快就出来了，自杀，并没有意料之外的信息。

警察的问题却让袁眉陷入了悲伤之中的迷茫，迷茫之后的愤怒。但她又无法表达这种迷茫和愤怒，只能用眼泪暂且掩盖。

她换上一套过时的黑衣裤，用一块手绢把眼睛擦得又红又肿，不吃不喝，身体虚弱，完全符合一个新丧丈夫的妻子形象。但如果有人听到她的腹语，一定会吓一跳。她一直在骂唐度，用最刻薄的字眼。

除了骂他，她不知道还有什么方式可以排解这一切。好端端的一个人，让车撞了，不小心掉河里了，喝酒喝死了，突发脑溢血、心脏病，哪怕是吃口馒头噎死了，摔一跤磕死，都有一个解释和交代的理由，唯独这个自杀，让袁眉无法面对，无法和其他人交代。

最后，关于唐度的死，也只能用抑郁症来概括了。

有人来吊唁。袁眉不得不像祥林嫂那样，把给警察说的重复一遍。毫无征兆啊，没有任何矛盾啊，关于唐度跳楼前几个小时、几天、几个月能想起来的细枝末节，毫无异常的

　　　　　　　　　　　　　一念之间

生活过程，再诉说一遍。听者大多哀叹一番：人已经走了，你别多想。

多想？我要怎么想才算多？

闪烁其词的安慰让袁眉重新疑惑起来，也许唐度跳楼并不是因为抑郁症？

在这个时候，一根刺种下就很难再拔出来，只能越扎越深。袁眉觉得有必要弄清楚一些细节。

勉强拼凑在一起的唐度被冻在一只盒子里，袁眉只看了一眼，就让工人把他烧成了一把灰，潦草地装在另一只盒子里。

随后的都是程序，有人安排。袁眉只需要根据安排，给唐度一个体面的葬礼，她像一个真正爱他的妻子那样，该哭的时候哭，该昏倒的时候昏倒，该默默流泪的时候默默流泪，该答谢的时候答谢，没有丝毫破绽。

不过，她的内心里一直在翻江倒海，她观察着每一个来参加葬礼的陌生女人，探究她们到底是同事般的伤心，还是朋友般的难过，还是真正的悲痛，但一无所获。

葬礼过去了，袁眉开始在家里家外寻找她需要的细节。

那时候，各种版本已经在坊间飞速传播。不外是为女人、为钱、为孩子、为名节、为保全他人……无论哪一种，传到袁眉的耳朵里，都足以让她的心再悲凉一次，让她再骂唐度一次。因为，在这些版本里，她，一直是缺失的。莫非在外人的眼里，他唐度与袁眉早就貌合神离？或者说，唐度早就拥有了另外一种不为她所知的生活？

怪不得呢，他回家不爱说话了，他的话都说给别人听了吧。

唐度，你该死，你早就该死，采取什么方式死，都无所谓了。

袁眉原就不太深重的痛苦几乎消失殆尽，她开始将唐度从自己的心里和家里清理出去，什么都不留。与他有关的，十几年积攒下来的，该扔的扔，该烧的烧，如果不是没有新的地方住，她甚至连那个房子都不想进去。

关于唐度与他的死，袁眉什么都想象到了，唯独他最后在书桌上留下的几行字"孤独无药可治，你看，黑夜已来临，我们各自端坐向前，不言不语。而天亮之后，依旧孑然独行"，早被袁眉扔进了垃圾桶，看都没有看一眼。

（原载《小小说选刊》2019 年第 2 期）

如果这样

李胜利是一个胆小的人，大家都这么认为。

胆小的李胜利把一切想法都藏在心里，表面上波澜不惊，可心里却风起云涌。

平常，这个看起来瘦弱苍白的男人，会静静地坐着，待在那张干净整齐的办公桌后，微微地闭上眼睛，想很多事。

这些事，往往都是未来的，或者说过去的，存在于李胜利的假设中。

如果这样……

如果那样……

如果十五年前，月亮没有那么亮，他就不会在操场上徘徊那么久。他会果断地推开辅导员的宿舍门，告诉辅导员他想留校。现在他肯定已经是一名术有专攻的教授了。当时，全年级他学习成绩最好，他的表现也令系领导满意，谁都认为他会留校，因为每年都会有一两个留校名额。但最后，留校的不是他。离校前那个夜晚，月亮依然明亮得让人心惊。全班同学在操场上狂欢：喝酒、唱歌、喊叫、摔酒瓶子、敲洗脸盆。他独自在宿舍待了一整夜。辅导员送他上车时说：我以为你在家乡找到更好的单位了。

想到这些，李胜利就肚子疼，揪成一团地疼。

李胜利经常会想象着自己站在讲台上，口若悬河，像当年教《中国革命史》的周老师那样，腰板挺直，思维敏捷，一双眼睛锐利有神，笑容温暖迷人。

现在，李胜利只是一个平庸的小职员，按时上班，按时下班，听领导吩咐，听老婆吩咐，甚至，听孩子吩咐。

喝一口茶水，轻轻叹息一声。这一段打一个结，暂时放下了。

再退一步。如果先前那个胖脸的女孩约会没有迟到，那么性格温和的胖脸女孩，就是他李胜利的妻子了。

胖脸的女孩是同事介绍的，说好在电影院门口见面。李胜利等了二十分钟，着急了，小声埋怨同事：人家怕是不乐意吧。同事说再等等，可李胜利不愿意再等下去了，他脆弱的自尊心受不了这样的折磨。李胜利刚走，胖脸女孩就慌慌张张地来了，推着后轱辘瘪下去的自行车。一切还没有开始就已经结束。

后来，胖脸女孩来过李胜利的单位，同事拉过他，悄悄指给他看，说那就是当时给他介绍的女孩，那天是因为自行车车胎被扎破了才迟到的。李胜利看着胖脸女孩温和地笑，缓慢地说话，暗暗掐自己，那天干吗不多等几分钟啊！此时的李胜利已经和一个干瘦的女孩恋爱半年了，似乎也没什么

　　　　　　　　　　　　　　　　　一念之间

好，也没什么不好，只是她偶尔尖细的嗓音让他受不了。直到看见胖脸女孩，李胜利才明白，错了，选错了。但，太晚了。

李胜利后来不止一次假设，如果他当时多等几分钟，肯定会和胖脸女孩好上。如果和胖脸女孩结了婚，他肯定会天天心情愉快，不用每天听妻子越来越尖厉的喊叫。

李胜利甚至想，如果和胖脸女孩结婚，他也许不会来这个科室，那么他的工作也会是另一种样子，也许早就被提拔当科长了。

即便没有和胖脸女孩谈恋爱、结婚，李胜利觉得自己的人生轨迹还是会有滑向另一个方向的可能。

如果当初领导让报名下乡扶贫，对口帮扶贫困农村，他不听老婆的话，长久地保持沉默，那么他就会去农村待上一年。去过那里的同事说除了缺水，那个小山村好极了，民风淳朴，空气清新，景色宜人。驻村的同事用单位筹措的钱，帮忙修了一眼水窖，把半山腰的一小股泉水引过来，那个小山村立刻便活泛了，村民敲锣打鼓给他们送来感谢信。就这样，一年后回到单位，那三个同事都得到了提拔。

想到这些，李胜利的肠子悔得打成一个又一个结，疙疙瘩瘩地难过。才不过一年时间嘛，怎么熬也能熬过去，总比现在这样没有希望地熬着好吧。

如果毕竟是如果。人只有一次机会，就像一片树叶，只有朝一个方向生长的可能，选择了朝右，就不能向左。

如果这样

于是，李胜利的假设就永远是假设，没有人能证明他的假设是好还是不好。

不过，有一点可以肯定，李胜利就是在这样的假设中一天天老了，头发越来越稀，说话也越来越不利索，连假设的次数也越来越少了。

（原载《小小说选刊》2008 年第 9 期）

一念之间

流落在民间的文学

文学这个东西就像暗夜的萤火虫，不定在哪片草叶上闪着光，就会照耀一方巴掌大的天地。

比如我的父亲，今年八十二了，据说只上过两年村学还带折扣，居然也能时不时地和我谈谈文学。

他老人家隐藏得真挺深的，几十年了，我愣是没看出来。

我只知道他当过生产队长，每天早上拿根铁棍当当当地敲挂在老柿子树上的大车轱辘，敲完了蹲树下抽烟，等一个个从家里打着哈欠的社员下地干活。他最大的官职也不过是在村里当个干部，连书记也不是，顶多带着人北上沈阳买树苗时，顺道在天安门前照张相。最辉煌的是当了村里第一拨万元户，挂红花，发枕巾，跟我小时候拿了全乡竞赛奖村里敲锣打鼓送喜报似乎也没啥区别。

后来，父亲进了城，在地级干部住的二号院把守大门，天天准时提前半小时上班，多次批评我上班不认真，眼看到点了也不走，拖拖拉拉。我反驳他：别人退休当农民去了，你这农民退休成干部了，还这么积极。他依然很严肃地教育我：才出校门你懂个啥，新职工必须提前去，等老同志到了，你要打扫好卫生，烧好开水，要懂规矩。

我知道父亲除了看报纸，每天雷打不动《新闻联播》《河南新闻联播》《三门峡新闻联播》这一溜挨着看，看完了接着看《天气预报》，除了国际、国内形势和全国天气状况了解得十分透彻外，还真不知道他老人家还有文学修养。

写小说之前，我写散文，在报纸副刊上发，也没跟父亲提起过。有一天他突然给我打电话：你可以写写一生凉粉、石子火烧，这是咱灵宝的特产，很有历史渊源。

电视剧《白狼》热播的时候，他坐在沙发上看得投入，声音开得老大，震得我耳朵嗡嗡响。看完了跟我讨论：你瞧，人家这人物形象多突出。我一听，刚喝进嘴里的茶水差点喷出来：你还知道人物形象？父亲急了：我咋不知道？就是那个白狼，还有谭志祥嘛，多好。我是从这儿开始和父亲谈文学的。

讨论完《白狼》，他说：你可以写写你三伯。记忆里我已经去世的三伯手颤脚抖，嘴角的哈喇子扯多长，头发金黄稀少，弓腰塌背。我喊了一声：三伯有啥好写的。父亲原本就很大的嗓门又提高了一个八度：你不知道，你三伯才是有故事的人哩，当过县警察局大队长，会双手使枪，还帮助过八路军。

那个早晨，我的父亲喝了三杯茶水，铿锵有力地讲述了

一念之间

两个小时。和他一样，我三伯从小也被送了人，不同的是，我父亲换了三亩薄地，我三伯才换了一百斤谷子。我跟他开玩笑：你比我三伯值钱啊。父亲哈哈大笑：你三伯给的人家是地主，却小气啊。

和父亲谈完没多久，他就问我，你三伯的故事写了没？我说写了，还写了三娘。我明明记得他说过我的第一个三娘是三伯从窑子里抢的，他却矢口否认：我没说过，你三娘不是窑姐儿。我只好跟他说：小说嘛，虚构的。他说：假的？我说：假的。他说：假的你怎么能写"我三娘是个窑姐儿"，那不还是写你三娘吗？我跟他说不清了。尽管我的父亲懂得文学，懂得人物形象的塑造，但他好像还是不太懂什么是文学的真实，什么是生活的真实。

又一个春天，老家一个侄子结婚，我和父亲一起回到故乡。村口、巷子里、院子里人来人往，都是看起来面熟，却又不知道该如何称呼的乡亲。

父亲坐在大门口，热情地和亲戚邻居打招呼，满脸笑容。吃完饭，要走了，父亲却说不着急走，他还有事。

父亲是被账桌上记账的宏亮叔叫走的。回来的时候，父亲问我还记得宏亮不，我说记得。父亲说：他现在和你一样，是作家了。

我大吃一惊：宏亮叔不是大队会计吗？怎么成作家了！

父亲说：刚才宏亮让我看他写的剧本了，老厚一本子，还获奖了，奖章、证书我都看了。父亲伸手给我比画，那奖章估计得有碗口那么大。

我问：写的什么？

父亲说：我大概翻了一下，还是农村的这些事。

也许父亲觉得家里有我这个作家，宏亮叔的写作他还是有权指点的。父亲说：我告诉宏亮了，他写得太单一。

我大笑：你还给人家指点？

父亲说：本来就是嘛，你看他光写一个剧本，这怎么行，要多写，小说散文都应该写点，这样才丰富。

我有点晕。难道宏亮叔很郑重地叫父亲去他家，就是想和父亲探讨一下文学？无论如何，从结果看，他们确实探讨了，而且探讨得还很深入、很认真。一个年过八十的农民和一个年过花甲的农民，他们对文学的态度，比我更虔诚。

几天后，父亲在一个清晨又给我打电话。他说：你找机会介绍你宏亮叔加入作协，哪怕是咱县作协，他应该多跟人家交流交流，光在村里写还是不行。

这回，我觉得父亲说得很有道理。